相信阅读，勇于想象

火星三部曲

MARSBOUND
飞向火星

【美】乔·霍尔德曼/著　吴天骄/译

北京理工大学出版社

火星三部曲

作者简介：

他，多次获得雨果奖、星云奖；

他，参与撰写了从20世纪60年代开始长盛不衰的电视剧集《星际旅行》；

他，创作了"最值得回味的科幻战争小说"；

他，就是美国科幻小说作家，美国科幻奇幻作家协会（SFWA）的终身会员，协会的前会长，雨果奖、星云奖以及约翰·坎贝尔奖获奖者——乔·霍尔德曼(Joe Haldeman)。

蝴蝶忽略月份而重视瞬间，于是便获得了充裕的时光。

——罗宾德拉纳特·泰戈尔

感谢我最爱的火星人，杰夫·兰迪斯（Geoff Landis），给予我关于科学和数学的宝贵建议。当然，若有谬误之处，皆应归咎于作者自身。

Ⅰ 告别地球

1. 不死生物

我们即将离家 6 年,踏上人类最漫长的旅途,但我们轻装出行,拿的行李很少,只不过人手一个轻便旅行袋和一个小型钛制手提箱而已。

佛罗里达的夜晚温暖宜人。在这样的夜晚,我们走出房门,把行李拿到路边。我回头看看那所房子,内心却没有太大波澜。我们只在那儿住了两年,而且不会再回来了。等我回到地球时,我就 24 岁了,好歹也得有个自己的窝啦。

老爸把地平线附近的木星和火星指给我们看。

出租车发出低低的轰鸣声,拐过街角,停在我们面前。"你们是杜拉一家吗?"它问道。

"不,我们只是出来散个步。"老爸回答道。老妈横了他一眼,"我们当然是。不然谁会该死地在凌晨三点的时候站在大马路上!"

"您的声音跟电话订车的声音未匹配成功。"出租车说,"午夜之后,我需要正确识别乘客身份。"

"是我打的电话。"老妈说,"你没认出我的声音吗?"

"请出示银行借记卡。"一个托盘滑了出来,老爸把一张卡扔在上面。"声音识别成功,刷卡成功。"

车门不声不响地开了。"诸位,需要帮忙搬运行李吗?"

"待在原地吧。"老爸说,而不是回答"不"。他总是在测试它们。

"不用了。"老妈说。搬运行李的机器人待在原处不动,我们把我们的小型箱包放进了后备箱,它就蹲在一旁,用目光追随着我们。

我们上了车,老妈和我坐在一起,爸爸和卡德坐在我们对面,卡德已经困得撑不住眼皮了。"请确认目的地。"出租车说,"请问你们要到哪儿去?"

"去火星。"老爸答道。

"我不明白。"

老妈叹了口气说道:"去机场,到二号航站楼。"

"不死生物。"卡德模仿僵尸的声音说道。

"你在嘟囔什么哪?"

"这东西你们人类称为出租车。"他闭着眼睛,嘴唇微微翕动,"它并非生灵,但亦非死物。它会说话。"

"继续睡吧,卡德。等我们到了火星,我会叫醒你的。"

我要跟我的小弟、老爸、老妈,还有几十个萍水相逢的陌生人一起关在一艘太空飞船里共度 6 个月。不过,我们很幸运,因为 6 个月可能是到火星的最短飞行时间了。如果火星位于远地点,我们可能会花一年以上的时间才能抵达火星。

等我们从火星重返地球时,卡德就跟现在的我年龄差不多大了。这感觉怪怪的,可能只比看见僵尸好一点。

2. 再见，清凉世界

这是世界上唯一一部带呕吐袋的电梯。我弟弟指出这个事实，他会留意诸如此类的东西；而我注意的则是厕所，就一个厕所，供36个人使用。这么多人一起锁在电梯里过两周，它可没广告上看起来的那么大。

一旦你待在里面，你就不会叫它"电梯"了，你乘坐的东西只是登上太空的工具。在这些登上太空的工具中，有两部太空电梯——专有名词通常大写首字母——通过50000英里[①]直升入太空的缆绳与另一端的宇宙飞船相连，那艘飞船将搭载我们全家人去火星。另一部太空电梯会有两个厕所(供26个人使用)，但大概不带呕吐袋。如果等电梯抵达飞船你还没习惯零重力，估计就不会让你去火星了。

整件事始于两年前，那时我年纪轻轻、傻头傻脑的，或者说豆蔻之年、天真幼稚。老妈想买彩票，看能不能参加火星计划，老爸对此没意见。我弟弟卡德认为这事棒极了，我得承认，当时我也觉得就是碰碰运气。所以接下来的一年，每个星期六上午卡德和我都参加训练以通过测试——就我们俩；我爸妈不用参加测试。成年人能不能成功入选，取决于他们的教育水平和社会适应能力。我们的父母所受的教育四倍于常人的教育水平，但在其他方面他们却平淡无奇。

这些测试基本上是为了让我们——卡德和我，看起来很正常，或者和其他24个人一起挤在像沙丁鱼罐头的狭小空间里6个月，也不会失去理智。

[①] 1英里=1609.344米。

飞向火星

　　所以最重要的问题来了：登上太空电梯的这些孩子通过测试，仅仅是因为他们真的正常吗？还是他们也牺牲了一年的每个星期六时间来参加训练，所以学会了如何向测试者隐藏自己杀气腾腾的倾向呢？"记住，和小菲多上床的事情，我们都得守口如瓶。"

　　我们乘飞机到了维利亚米尔港，这是加拉帕戈斯群岛上的一个小镇，在南美洲海岸附近。这个小镇被选中建太空电梯是因为这里位于赤道，但是闪电雷击并不频繁。如果你坐在长度足以绕地球两圈的避雷针下，你一定会因赤道一带上空的电闪雷鸣大吃一惊。

　　总之，小镇因为地处加拉帕戈斯群岛，又有太空电梯的存在，吸引了源源不断的游客。人们乘坐渡轮观看太空电梯的起起落落，然后去其他岛屿裸身潜水或者呆呆地观看具有异国情调的动物。那些岛上有很多形貌奇异的鸟类和蜥蜴。老爸说等我们回到地球的时候，可以花个一两周探探险。

　　他没说出口的是，如果我们回得来的话。去火星可不像从小镇一头搬到另一头。

　　老爸老妈都会说西班牙语，所以在从机场到酒店的路上，他们跟出租车司机聊了一路。我们会在酒店休息一晚，然后乘坐渡轮抵达电梯站台。我们搭乘的出租车与众不同，这是一辆电动吉普车，长度惊人，足以容纳十几个人。没有挡风玻璃，车顶也换成了帆布遮阳篷。我问如果下雨怎么办，司机搜肠刮肚，动用了他仅有的英语词汇答道："被淋湿。"

　　卡德和我睡一间，所以在火星之旅之前，老爸老妈还能最后享有一晚二人世界。我希望他们未雨绸缪采取了预防措施。不然，在零重力下晨吐6个月吗？我好奇若是老妈真怀上了，他们会给造成这种情况的婴儿取什么名字。"清理你的房间,巴夫①。""不,你不能开车,斯皮尤②。"

(毕竟,他们可是根据那部我无法忍受的歌剧③给我和老弟命名的,所以老弟叫卡德而我叫卡门。"斗——牛——士,别随地吐痰哟,吐痰就要用痰缸,这才算是好榜样。④")

我们把行李扔到一旁,出门散散心。卡德跟我去的方向不同;他进城,我径直走向海滩。(老爸老妈大概认为我俩会待在一起,不过他们倒也没特别指示让我俩待在一起,只要我们七点前回酒店吃饭就行。)

这是我在地球上的最后一天。我应该做点特别的事。

3. 船长,我的船长

海滩上石多沙少。这里的岩石是一种黑色熔岩,纵横交错、参差不齐。不同洋流的交汇形成了旋涡,惊涛拍岸,海浪撞击礁石迸出碎玉般的浪花。风浪太大,看起来不太适合岸边漫步踏浪而行,所以我坐在一块还算光滑的岩石上,享受着阳光和略带咸味的空气。这可是真正的地球空气,趁还能呼吸的时候赶快多吸几口吧。

---

① 巴夫:意为呕吐。
② 斯皮尤:意为呕吐。
③ 指的是歌剧《卡门》,法国作曲家比才的最后一部歌剧。
④ 这一段出自美国动画片《辛普森一家》的台词,他们全家去看歌剧《卡门》,10 岁的儿子巴特哼唱了这样的歌词。

10 码①开外的岩石上有只灰色的大鬣蜥，它对我的到来漠不关心，以至于看起来不像真的。

海浪拍击礁石的声音在我耳边回响，因此我没注意到有个男人从我身后走了上来。"卡门·杜拉？"他唤我。

我吓了一跳，猛地转过身来。这个男人的样子很奇怪，比我年长，大约 30 岁。他的皮肤像白色粉笔一样雪白。仔细一看，我发现他不是皮肤白皙，而是在皮肤上涂了某种白垩粉，应该是某种防晒霜，能杜绝阳光侵袭。他一身白衣，长袖长裤，还戴了顶宽边帽。除了衣着打扮，相貌还颇有几分英俊。

"我不是故意吓你的。"他伸手与我双手交握，我感觉到白垩粉下他的手皮肤干爽、强壮有力。"我是保罗·柯林斯，你到火星的飞行员。我能认出你是因为之前在旅客名册上见过你的相关资料。"

"太空电梯上还有飞行员？"

"不，那上面只有个服务员，要飞行员干吗？"他笑了笑，露出一口金属牙，"我是约翰·卡特号火星飞船的船长，此次火星之旅为您效劳。"

"哇，你以前飞过火星？"

他点了点头。"两次当船长，一次当副船长，在火星和地球之间来回奔波。"他眺望大海，"这将是我最后一次去火星了。我要待在火星上。"

"要待整整 5 年吗？"

他摇摇头说："在那儿定居。"

---

① 1 码 =0.9144 米。

"永……永远吗?"

"如果我能长生不老的话。"他蹲下,捡起一块扁平的石片,冲着海面打水漂。石片碰到水面后弹了一下再沉入水中。那只鬣蜥对此情景眨巴了下眼睛。"我要么得留在地球上,要么得留在火星上。因为我能承受的太空辐射快达到极限了。"

"天哪,我情愿留在地球上。"他疯了吗?"我的意思是,如果我担心辐射的话。"

"在火星上,如果待在地下基地的话,情况也没那么糟糕。"他说,然后用另一块石片又打了一次水漂,结果直接石沉大海。"每周上火星地表去一次。这些限制只适用于想要孩子的人,我没这想法。"

"我也不想。"我说。他处事圆滑,没有追问细节。"这就是你这么保护皮肤的原因吗?我是说那层白色的东西?"

"不,我涂那个主要是考虑防止晒伤而不是防止强烈的辐射……"他摘下帽子,用手指扒拉了一下头发,或者说原来长头发的地方。很明显,他刚剃过头,除了中间那一窄条修剪整齐的莫霍克发型,其他地方都只剩了个头发茬儿,长度大概只有四分之一英寸[①]。"我上次晒黑时,比现在的你年纪大一些,从那以后我就再也没有晒黑过了……"

"我19岁了。"我说道,虽然还有6周我才满19岁。

"耶,我晒黑那会儿是21岁。我那时加入了太空部队。他们不鼓励大家晒得黝黑发亮。"

这挺有趣。"我不知道连军方都参与了火星计划。"这好歹是官方参与。

---

① 1英寸=0.0254米。

"他们没参与。"他慢慢挺直身子坐在岩石上。"我服役五年后就退伍了。一直在大气层内飞行，就飞了一次亚轨道，没什么大不了的。飞火星能冲破大气层飞行，这听起来更有趣。"

"但你也只能飞三四次火星吧？"

"你说的没错。"他承认道，然后向那只鬣蜥扔了块石头，结果跟目标相差甚远。"他们太保守了。我一直努力想让他们转变观念。"

"待在地球上岂不是更好？"我坐在他旁边。

"嗯，既好也不好。现在，如果我留在火星，我就是火星上唯一的飞行员。一旦出现问题，他们就需要一个像我这样的人。"他冲鬣蜥又丢了一块石头，这次准头更差。"自打我上了太空，我就没扔过一丁点儿东西。"

我瞄准那只鬣蜥丢了块石头，险险擦过那家伙，仅仅差之毫厘。它对我怒目而视然后滑入水中。对视的那一瞬，可真是度秒如年。

"对女孩来说，你的准头还不赖嘛。"

我觉得他在开玩笑，但是从他的表情又看不出来他是否在开玩笑。"我听说太空飞行对肌肉极为有害。"

"是的，即使你每天锻炼身体，你也会变得虚弱无力。在这么大的地心引力下，我弱得像只小猫咪。"

我茫然地接话说："我把我的猫留下了，留在了佛罗里达。"

"猫多大了？难道它……"

"9岁了。"猫的年龄是我现在年龄的一半，我头一次意识到这一点。

他点了点头，说道："不算太老。"

"是啊，不过等我们回到地球的时候，它就不再是我的猫了。"

"大概吧。猫这种动物挺古怪。"他揉了揉手指，看样子挺疼。"这么说，你就不上学了吗？"

我摇了摇头，表示并非如此。"9月开始，通过虚拟现实技术上大学，马里兰大学。"

"这挺有趣。不过也挺奇怪。"他笑着说，"我大一那年净参加各种派对了，险些因为考试不及格被退学。我想你对此无须担心。"

"火星上没有派对吗？那我可要大失所望了。"

"噢，只要有人就有派对，只是火星上的派对没么狂热。你没法叫披萨外卖，也没法开一桶啤酒喝个痛快。"

我忽然有种空虚的感觉，倒不是渴望吃披萨。我试图忽视这种感觉，于是问道："你们有什么消遣呢？出去探险吗？"

"是的，我是这么做的，上到火星地表去收集岩石样本。在我成为飞机驾驶员之前，我是一名受过正规训练的地质学家。现在嘛，我是一名火星学家了。"

我对此略知一二：在希腊语中，阿瑞斯是火星的意思。"那你有没有新发现呢？"

"当然啦，几乎每次都有新发现。不过，就像孩子进了糖果屋，或者像你找到一家不断引进新品种糖果的商店，找到从未被分类过的东西并不难。你喜欢地质学吗？"

"不，我更喜欢英语和历史。虽然地球和行星科学是我的必修课，但那不是我……最喜欢的科目。"事实上，除微积分以外，我就只有这门课得过C了。

"一旦要探索新的星球，可能你就会喜欢上地质学了。"他从沙子里挖出一块鹅卵石。他注视着这块紫色的石头，还用他的拇指指甲刮了一下石头。"对熔岩而言，这样的颜色很有趣。"他扔掉了石头。"如果你愿意，等到了火星，我可以带你四处逛逛。"

天哪，我想，这个飞行员是在冲我放电勾引我吗？他可是个30多岁的大叔了！"不敢劳您大驾。我还是自己出去到处转转吧。"

"没人独自出去。"他突然严肃地说，"稍有差池，你就会瞬间死去。"他耸了耸肩说，"说真的，这是不可能的。火星比太空、外太空更加危险。那里的空气太稀薄，呼吸时，近似身处真空。"

"是吧。"我又不是没看过电影，"还有沙尘暴？"

"嗯，沙尘暴不会悄无声息地靠近你。主要的危险是变得粗心大意。因为上有天下有地，你还能感觉到重力，你就以为那里比太空更安全，但事实并非如此。"他看了看手表，慢悠悠地站起身来，"我最好继续锻炼身体。明天见。"他慢吞吞地走了，步伐沉重，显然感觉到了地球重力。

我没有问他是否需要陪伴。他是个有趣的人，但我们将要在宇宙飞船里一起共度6个月，肯定会经常见面。

我一点都不想找人陪着我。也许我可以忍受鬣蜥。我找了条路，在不会把脚弄得太湿的前提下，尽可能站得离海近一些，尽情欣赏旋涡激流、惊涛骇浪。

4. 最后一餐

在回旅馆的路上，我又碰到了保罗。那是一家看起来破破烂烂的酒吧，名叫"游艇俱乐部"，外面的露台顶上苫着茅草。保罗独自坐在露台的荫凉处，喝着生啤，看样子心情不错。我和他坐在一块儿，却要了一杯可乐，因为隐隐担心老爸可能会路过此地。要是他看见我和一个男人喝酒，哦，天啊！我也不知道法定饮酒年龄是多少岁；如果要求我出示身份证，他会发现我还未满19周岁。

不管怎样，这次会面时间很短暂。我们刚寒暄了几句诸如"你来自哪里？"这样的礼节性问题，他的手机就响了，他不得不动身前往太空电梯办公室。通过交谈，我得知他来自新泽西州，那个以黑手党和空气污染而闻名的地方，但来不及问他跟黑手党有没有联系，也来不及问他如何呼吸一氧化碳。

要想独自坐着和思考我究竟在干什么，这地方可算不上舒适宜人。我家乡的朋友们一半嫉妒我，一半怀疑我是不是疯了，我也觉得自己是不是有点疯。而且这里可乐口感怪怪的，也许里面被人下了药，等我陷入昏迷失去知觉，他们会把我拖到游艇的船舱里，然后把我偷渡到新加坡，拐卖为娼赚取高额利润。

不过，也有可能是因为这里的可乐是用蔗糖而不是玉米糖浆做的。为了安全起见，我没再多喝，然后回到了酒店。

说到可乐，不管卡德和我有多喜欢这玩意儿，正餐的时候我们一定喝不着。正餐也吃不着披萨，或者汉堡包，甚至是一罐冷豆子。这将是进行6年火星之旅前最后一次真正的家庭聚餐，我们当然得吃顿豪华大餐。

加拉帕戈斯群岛的"豪华大餐"跟林荫大道的"豪华大餐"可不是一回事。幸运的是，他们不会把鬣蜥做成菜肴卖给你，但你也找不着几道正常菜单上的菜色。

酒店餐厅"德洛丽丝之家"，主要供应厄瓜多尔的美食，这并不令人意外。我吃的是什锦肉糜①,这是一种古巴菜,听起来像汉堡包加米饭。虽然口味奇特,但很像墨西哥菜,不过里面加了很多柠檬汁,还有股肥皂的味道。老妈说那味道来自一种类似欧芹的草本植物——香菜。我相信在火星上不会种植这种植物。也许这是他们唯一的绿色蔬菜。

老爸果然不愧是老爸,点了菜单上最离谱的东西:特龙基托,就是牛鞭汤配炖山羊肉。我不想看到他的盘中物,所以我把菜单竖在了我和他之间,以便挡住他的盘子眼不见心不烦。老妈点了酸橘汁腌鱼,是生鱼片配爆米花,看起来很不错(我喜欢寿司)。但是,请原谅我如此现实,想象36个人大排长龙等着上同一个厕所的画面,让我打消了大快朵颐的念头。第一天还是不要太冒险了。

(卡德点了一份豆子烩香肠,但只吃了豆子,也许是因为香肠跟老爸汤里的东西形状太相似了。我可不想知道他为什么这么干。)

老妈问我们整个下午都干了些啥。卡德详细分析了岛上的游戏厅。你能在虚拟现实中遨游宇宙,杀死外星人还能拯救大波美女,为什么还要去火星呢?如果在火星上我们真跟外星人来了个不期而遇,我们手上还不见得有把激光枪呢。

我告诉他们我邂逅了机长。"你觉得他只有30岁吗?"老妈问道。

"唔,我没算过。"我说,"他在太空部队待了5年,所以他退役的时候至少有23岁。然后他去了火星3次,期间可能还在地球上待了一段时间,在某所大学弄了个地质学的学位。"我试着让他听起来越年轻越好。

---

① 什锦肉糜:古巴特色菜,是一种拌有洋葱、马铃薯、火腿、蒜、橄榄、鸡蛋和葡萄干等的牛肉馅,搭配米饭食用。

"也许是待在太空的时候远程进修的学位。"老爸说,"打发时间呗。不过,他看上去有 30 多岁了吧?"

他还在享用他的晚餐,所以我没直视他。"其实,他看上去有点儿木讷呆板。我猜他可能已经 30 多了。"

我向他们解释了机长擦防晒霜的事儿,但没提他曾提议带我在火星上寻找岩石。只要一谈到哪个男性跟我有关,老爸的保护欲就有点儿过度泛滥。对他而言,三十几岁可能不算太老。

"真是令人印象深刻。"老妈一脸平静地说,"他认出了你,还记得你的名字。我想知道他是否记住了所有 25 名乘客的脸,或者只记住了漂亮姑娘的脸。"

"拜托。"老妈的调侃让我脸红不已,我可不喜欢这样。

"哦,我的大美女。"卡德这个傻瓜油腔滑调地耍嘴皮子,我在桌子底下踢了他一脚。他缩了一下,但还是笑嘻嘻的。

我说:"化了妆人人都是美女。"但是出于对空气循环的考量,去火星不允许化妆。当我听到这个消息的时候,我想去做个口红文身,但这需要监护人在同意书上签字,而老爸老妈都不肯。这不公平——老妈可是在她的脸颊上做过文身,当时她的年纪跟我一般大。虽说现在已经不时髦了,而且她现在对它嫌弃不已,但那与我无关。如果你厌倦了口红文身,你可以涂层口红盖住它嘛。用脑子好好想想吧。

老爸说:"如果大家都不化妆的话,你皮肤好,优势大。"

"老爸,别提了。"他一提"皮肤"这个词,我顿时觉得所有的青春痘分子都在我的血液中蠢蠢欲动起来,兴奋地往皮肤上蹿。"我不着急找老公。在只有五六个候选人的情况下,我不急。"

"不会那么糟的。"老妈说。

"不,更糟糕!因为他们中的大多数人计划待在火星上,而我已经在期盼回到地球了!"我站起来,抛开餐巾,在尽量维持尊严的前提下快步走出餐厅。老妈说:"你得说'失礼了'。"于是我胡乱应付了两声。

直到进了房间,我才放任泪水肆意流淌。我对自己火冒三丈。如果我不想这么做,为什么会被人牵着鼻子走呢?

一部分原因可能是因为我们要去的火星没多少适龄男孩,但是我们已经对这个话题翻来覆去地讨论过了。我们还讨论了火星之旅带来的人身危险,以及我在离校园数亿英里的地方上大学的小小不便之处。

我戴上耳塞,听泰德·杨指挥的《英雄交响曲》。这曲调总能安抚我的心灵,让我心静似水。

我走上阳台,去感受一下没经过空调调节的自然风。放眼望去,太空电梯尽收眼底,我不由得吃了一惊。一道红色光柱笔直插入云霄,逐渐被黑暗吞噬。太空电梯轨道长达5万英里,这也许就是最开头的那两英里吧。我还没在白天见过太空电梯。

仰望浩渺苍穹,繁星点点,银河横亘,比我们在家时看到的更加绮丽璀璨。我能看见两颗行星,但它们都不是火星,我知道火星要到凌晨才会升起。老爸曾在去机场前把火星指给我看,此情此景仍历历在目却已似经年。火星比这两颗行星黯淡得多,颜色更近于黄橙色而不是红色。火星没被称为"黄色星球"而是"红色星球",我猜是因为听起来不够戏剧化吧。

我关闭了灯光,在一片漆黑中听完了交响乐的剩余部分,然后在上饭后甜点的时候及时回到了餐厅,点了一份冰激凌,还点了一个黏黏糊糊的海绵蛋糕，坚果和水果在蛋糕上堆得满满当当。大家对我的缺席闭口不谈。卡德估计是被爸妈警告封口了。

老爸待我小心翼翼，就好像我是个因为"大姨妈"造访而脾气大的娇娇女，可我肯定没来"大姨妈"。我让医生给我开了处方药德雷兹，要等我们抵达火星以后，我想排卵的时候才会排卵。我下载了太空电梯的相关资料，里面极为详细地说明了如何使用可循环利用的卫生棉条。我很庆幸自己不用在约翰·卡特号的零重力环境里用到它们。我猜想真空能够灭杀所有细菌，所以对使用可循环利用的卫生棉条这事有洁癖其实蛮傻的。不过这种事关乎隐私，感性一点儿也无可厚非。

我好不容易才把这个念头驱出脑海，安心吃完饭后甜点。

晚饭后，卡德和我试着看了会儿电视，但除了美国有线电视新闻网和一个全部播报澳大利亚新闻的频道，其他频道都是西班牙语的节目。电视机可以转换模式，像日本掌上游戏机，但卡德没折腾成功。我看我的书，不受其扰，悠哉乐哉。

房间里有个小冰箱，设计很有趣。它里面有各种饮料和酒，那些瓶瓶罐罐插在里面，像被磁铁吸附住一样。要是你抽出一瓶可乐或者别的什么，其价格就会在电视屏幕的右上角闪动，还有一条留言提示你，它的费用已被加入你的房费账单中。

冰箱知道我们还没到合法饮酒的年纪，没有解锁，因此我们抽不动烈酒的酒瓶。可是，我们显然已经到了可以喝啤酒的年纪了——有个标记注明只需年满18岁即可饮用啤酒。然而，冰箱的智能水平还不够高，无法分辨是为我还是为我弟弟提供啤酒。所以我喝了两罐啤酒，助我入眠。但卡德清醒的时间足够长，他足足喝了6罐啤酒，然后把空罐子垒成了金字塔形。我本该当个负责任的姐姐，

飞向火星

不让他这么干，可我心软了，因为在火星的沙漠里，可不会有太多啤酒供他一醉方休。

5. 搜寻披萨

因为尽情享用了啤酒要多付 52 美元房费。对这件事，老爸老妈啥也没说。但我猜他们瞪了卡德一眼，然后觉得他已经吃够苦头了。他告诉我在学校里他就跟他的狐朋狗友们喝过"好多次"啤酒了。也许他们喝的是不含酒精的啤酒。这种啤酒是大罐装的荷兰啤酒，浓度高酒性烈。要是一口气喝上 6 罐，那滋味可是后劲十足。当我们离开酒店时，他面无血色、一声不吭。等我们上了渡轮，波涛汹涌、上下颠簸，他看上去脸都绿了。

太空电梯在地球上的底层端站并未固定在陆地上，因为需要它具有机动性，能向各个方向移动。每个世纪，台风会造访附近的海域一两次，要让太空电梯避开台风路径。搭载电梯的平台能在 24 小时以内移动 200 多英里，足以远离台风的风暴中心。至少官方说法如此，还从未有机会进行验证。

运载太空电梯轿厢的带状电缆必须也能四处移动，以避免在另一端的顶层端站遇上麻烦——要避开人造太空碎片和较大的流星，大到可以追寻踪迹的那些流星。（小流星若是造成孔洞，会有个小机器人自动上下进行修补。）

太空电梯的搭载平台离海岸大约有 40 英里，在通常情况下，又长又细的带状电缆是看不清楚的，只能看见警告飞行器远离的航空警示灯频繁闪动，极为明亮。

但只要角度合适，电缆反射的阳光就会在你眼前闪耀，像熊熊烈火中的锐利刀锋一样耀眼；我们花了一个半小时去平台，这期间我看到了两次电缆反光。

飞行员保罗·柯林斯没涂那层白垩粉，把自己弄得像画了战争彩绘似的，看上去更帅了。他向卡德和我的父母做了自我介绍，证明他能认出所有乘客而不仅仅只是对女孩上心。

在我们到达太空电梯的搭载平台之前，我们绕过了一个更大的东西——"阳光农场"——那是太阳能电池板组成的巨大的能量筏。太阳能电池板不直接从太阳获得能量，而是从一个轨道发电站获得能量：发电站将太阳光转换成微波并将其向地面传输，然后，又以某种方式传输回去。电梯轿厢的发动机由搭载平台上的庞大激光器驱动，激光器所需能量由"阳光农场"提供。厄瓜多尔的山区里还有一个"阳光农场"，当电梯轿厢上升到更高的高度时，它会为其传输能量。

这个平台就像个过时的浮式石油钻井平台，有办公楼那么大。电梯轿厢用于攀爬的带状电缆看起来很脆弱，从平台中心处开始直入天际。激光器和轿厢占据了平台上的大部分空间，周围还有几间小屋和仓库。从海面上看，平台比我们在航拍照片中看到的更大。

我们乘电梯到太空电梯去。平台停泊在浮动船坞上。感觉很像出海远航，浮动船坞随波浪起伏，绳索嘎吱作响，海鸥盘旋鸣叫，空气中弥漫着大海的味道，又咸又涩。

我们的船随浮动船坞上上下下、起起伏伏，当然啦，露天电梯可与此不同。那是个巨大的金属笼子，我们随波涛摇摆不定，它却似乎以某种更加危险的方式上下左右移动。要是你的脚步很稳，你就能把握好时机，一下子从浮动船坞迈进电梯。和大多数人一样，我小心翼翼、谨慎行事，趁电梯地板下落的时候跳了上去。

我们都拎着轻便的钛制小手提箱，外形一模一样，里面装着10千克的个人物品。22磅①听起来不算太多，但我们没带平时旅行要打包的东西，因为我们不能携带衣服或化妆品。有3个人带的乐器太大了，放没法进金属手提箱里。

露天电梯嘎吱嘎吱地响着，一路咆哮着向上升，最后咔嗒一声停了下来。我们走出电梯踏上金属地板，地板感觉像砂纸一样粗糙，我猜是为了防止人们滑倒。边上有一道护栏，但一想到要从我们来的路上掉下去，我就感到胃里好一阵翻腾直犯恶心。这得有100英尺高吧？要是掉下去，在碰到水面的时候你就会昏迷不醒，这可能还算最好的结果。

说的好像我们都没有什么烦心事儿一样。让我们为是否会溺水操操心吧。

咸涩的空气中多了一股油脂和臭氧特有的气味，闻起来跟修理电动车的汽车修理厂味道差不多——还有披萨的香味？我得去瞧瞧。

一个男人身穿浅灰蓝色的连体工作服——太空电梯公司的统一制服，前来核实我们的身份，确认大家全员抵达，也没有偷渡者企图蒙混过关。我们每人都领到一条蓬松柔软的毛巾和一叠折得整整齐齐的衣物。有一个指示牌提示我们，我们现在穿着的衣物将被捐献给当地的慈善机构。当地？难不成捐给那些光溜溜的鱼儿？我揣测。

我之前在旅馆冲过澡，但要是接下来的几周时间都没法冲澡的话，

---

① 1磅=453.6克。

再洗干净点儿也无妨。或者说接下来的5年都没法冲澡,如果你指的是真正可以让你洗个痛快的那种冲澡。

女浴室一次最多只能进6个人,我不太想和老妈一起洗澡,于是我把自己那堆东西堆在墙边,和卡德一起四处探险。现在,他的脸色开始恢复正常了。

太空电梯还没开门,没关系,我们会在里面待上好长一段时间。太空电梯是个巨大的白色圆柱体,直径约20英尺,高20英尺,顶部是圆形的。要容纳40个人,这空间可不算大。太空电梯上方是外形丑陋的自动曳引机。自动曳引机将把我们拖上几百英尺的空中,然后由激光器完成剩下的牵引。自动曳引机同时也是维修机器人,如果运载太空电梯轿厢的带状电缆出了问题,就全靠它了。

"这激光器简直是个巨无霸!"卡德惊奇万分、赞叹不已。我想这是我见过的最大的激光器了。不过说老实话,我本来期待看到更令人印象深刻、更有未来感的东西。我知道,它射出的光束直径超过20英尺,当然,它的能量足以帮助沉重的电梯轿厢脱离地球的重力井上升。但这台激光器跟大型陆军坦克尺寸差不多,事实上它看起来有点像军用的,充满威胁。更让我印象深刻的是那面闪闪发光的大镜子,它会把激光束反射到我们身上,反射到电梯轿厢底部的光学电池上。那镜子,才是真正的巨无霸。

另外三个年轻人也加入了我和卡德的行列,他们是来自特拉维夫的费尔德曼姐妹戴维娜和埃尔斯佩思,还有巴里·韦斯特林,他来自奥兰多,那个城市就在我们家乡的南边。埃尔斯佩思看上去比我年纪大一点,我估计其他人的年纪介于我和卡德之间。巴里是个瘦高个儿,个子比卡德高出一头。

飞向火星

　　埃尔斯佩思有点魁梧——不是胖,而是"骨头架子大",管它什么意思呢。你不禁会注意到,我们大多数未来的火星人体形都偏小,原因很明显。去火星的每一磅重量都得有人买单。老妈不可避免地写下数学公式说明此事——每天,你需要为每磅体重摄入 12 卡路里的热量才能保持体重不变:一个比你重 50 磅的人每天必须比你多狼吞虎咽一个巨无霸汉堡包。到火星要花 6 个月飞行,那么要多携带 85 磅的食物,还要加上人身上那多出来的 50 磅。所以个子小的人中彩票去火星的机会更大。

　　(他们称这是"彩票",听起来很民主,好像每个家庭都有平等的机会。如果这是真的,我就不会因为这件事损失一整年的星期六了。)

　　一想到食物,我就问有没有人知道披萨的气味来自何方。大伙儿都不知道,所以我们开始到处搜寻披萨。

　　不出所料,通过搜寻我们找到了一个小屋,里面有一台饮料和食品自动贩卖机,旁边还放着一台微波炉,最近有人在微波炉里热过一片披萨。埃尔斯佩思拿出信用卡也买了披萨,除了我弟弟卡德,每个人都吃了一片。卡德对披萨没多少眷恋之意,而我们更多的是有想吃披萨饼这个念头,倒不是真的想吃。我们不确定火星上是否会有披萨,但看起来可能会有。

　　巴里和卡德去玩飞盘抛接游戏去了,我们剩下的几个人坐在荫凉处。戴维娜和埃尔斯佩思并非出生于以色列,她们家是在战后搬到那里去的。和我们一样,她们的父母也都是科学家,父亲是生物学家,母亲研究纳米技术。两人都参与了欣嫩子谷惨案后去除战场污染的工作。

戴维娜讲述她们不得不做的事和不得不看到的景象，不禁痛哭流涕。埃尔斯佩思和我抱住她安慰她，直到她恢复平静。

也许火星上没有披萨，但火星上也没有战争，没有仇恨带给人们的恶果。

6. 惶恐不安

淋浴时没有隐私，水量很小——我的意思是，虽然你向任何方向张望都能看到一望无际的大海，但我猜海水中的盐分会腐蚀管道因而不能敞开供应。所以淋浴时你必须按一下按钮，会出 30 秒微温的除盐净化水，然后打肥皂，再按一次按钮放水，然后再试着在 30 秒内把肥皂泡冲干净。接着洗头，重复一次相同流程。这里没有去除静电的护发素，所以我很庆幸自己是一头清爽短发，而埃尔斯佩思就不得不花上好长一段时间打理因为静电打卷的长发。

她的身材相当引人注目，柳腰纤纤，丰乳肥臀。老妈用"男孩子气"形容我，我想那是当妈的对"平胸女汉子"的隐晦说法。像埃尔斯佩思这样身材的女人总是抱怨胸部容易撞到东西，我想撞到的都是些男孩子吧。

不过我很喜欢她。虽然说来有点尴尬，作为初次相遇的陌生人，先是一起痛哭流涕，然后裸裎相对一起淋浴。但是埃尔斯佩思为人风趣，对共浴也大大方方、处之泰然。她在以色列沙漠里的集体农场基布兹度过炎炎夏日，那儿没有单独的淋浴，水也限量供应，几乎和这里的配给一样严格。

浅蓝色曾经是我最爱的颜色之一,可若是你放眼望去,目光所及之处人人一身蓝衣,这颜色就有几分黯淡无光了。我们把"平民"衣物留在了捐赠箱中,穿上太空电梯专用的连体工作服和拖鞋。然后,我们去媒体中心吃午饭,听情况介绍。

午餐装在一个白色纸盒里。一份发潮的三明治,一块味道怪异的饼干,还有一个苹果和一瓶微温的水。不想喝水的话,你可以到自动售货机那儿花几块钱买可乐或者啤酒。我选了啤酒,只是为了逗逗卡德看他有什么反应。他打了个手势,把手指伸进喉咙假装呕吐。

媒体中心就是一个房间,一个薄型立体视频显示屏占据了它的一端。房间里还摆了大约50把折叠椅,基本上坐满了身穿淡灰蓝色制服的人。制服让大家看起来都差不多,为此我花了一分钟才找到老爸老妈。卡德和我跟他们一起坐在了前排。

灯光暗了下来,我们看了一段太空飞行历史,幸好拍得比较短。不出所料,重点强调了那些早期使用的火箭有多大、多危险。大量的爆炸,包括三次航天飞机失事,几乎让美国的太空计划就此终止。

然后我们看了一些图表,展示太空电梯的工作原理。几个月前在丹佛给火星彩票大赢家开了情况介绍会,这会儿讲的内容跟我们当时听到的差不多。就算没参加过那个情况介绍会,我想时至今日,应该不会还有人对太空电梯一无所知了:太空电梯就是——大惊喜!——能进入太空的电梯。

这很有趣,尤其是关于他们是如何安装太空电梯的那部分资料。他们从中间向两头安装,或者说向上和向下安装,究竟采用哪种说法取决于你的观点:起点在地球同步轨道上,绕地球运行一圈正好要花整整一天,所以它保持在同一位置的上空,施工人员同时向地球方向放下电梯材料和向更高的轨道送入电梯材料。这样一来，整个过程就保持了平衡，就像跷跷板同时向两边延伸一样。

我们正前往太空电梯的另一端，约翰·卡特号和另一艘火星飞船就是在那里建成的，并将从那里发射到火星去。

他们花了些时间谈论我们面临的危险。就像乘坐普通电梯一样，如果电缆断了，你就完蛋了。不同之处在于吧唧落地之前，你的坠落高度会更高。（嗯，这可没那么简单——地球上的电梯有防故障的自动装置，除非我们从非常低的高度坠落，否则太空电梯不会真的摔个粉碎。如果坠落高度不到 2.3 万千米，我们就会在大气层中烧毁；如果坠落高度超过了 2.3 万千米，我们就会进入绕地轨道，理论上而言，最终可能会获救。但是如果电缆在那么高的地方断裂，在我们去约翰·卡特号停放位置的路上，我们就会被抛入太空。那么理论上的营救就仅仅在理论上有效了，因为迄今为止，还没有宇宙飞船能及时起飞并且赶上我们的速度。）

太空中有很多危险的辐射，但是用来运载我们的电梯轿厢有力场和电磁屏蔽，能挡住大部分太空辐射。巨大的太阳耀斑能突破电磁屏蔽，但这种情况很罕见，而且我们能提前 91 小时得到预警，足够太空电梯回到地球或地球同步轨道上了。火星飞船和地球同步轨道上都有藏身之处，大家可以挤进去在那里避难等太阳风暴结束。

在我们离家之前，我已经把这些危险的相关资料都读了一遍，我读过的资料上还提及了一项危险，那是他们闭口不谈的部分：机械故障。如果在地球上，电梯出了故障，自然会有人上门修理。地球上的电梯不会爆炸，不会把你炸熟，也不会把你暴露在真空中。不过到了这个时候，我猜他们觉得无须再讲一遍这项危险了。

当我们离开家的时候,我的很多朋友都问过我是否害怕,我对他们大多数人都回答"不,算不上害怕"。电梯公司已经解决了大部分的问题。太空电梯已经运送了成百上千名乘客到希尔顿空间站,还搭载了几十名乘客一直到尽头的终端站,乘坐去火星的飞船。

但对我最好的闺蜜卡罗尔,我吐露了心声,承认了甚至没对家人讲过的实话:我总是夜半惊魂,从噩梦中惊醒过来,每天晚上都这样。

这感觉就像跳下悬崖,然后希望自己学会如何在空中翱翔。

7. 肉罐头

我们走上斜坡,最后久久地凝望大海、天空和友好的太阳——在太空中,太阳可不会像现在这么友好——然后走进了电梯轿厢。

电梯轿厢中有股子"新车"的气味,你可以买到包含这种气味的喷雾罐——万一你要售卖二手车,或是稍稍用过近乎全新的太空电梯,这法子就派上用场了。

电梯轿厢有两层楼。第一层摆了 20 张长沙发,就像老式的拉兹男孩休闲椅,黑色,毛茸茸的。脚冲着外面,头冲着中间。每张沙发都有一个"视窗",其实就是一个高清立体薄型显示屏。所有这些显示屏都被调整成暂时看起来像真正的窗户。所以,如果你愿意视觉上受到愚弄的话,还依然能看到似火骄阳、浩瀚大海和蔚蓝天空。

每张沙发边上都有一个小储物格,里面有一台笔记本电脑和几本纸质杂志,还有那堆呕吐袋。

划船机、爬楼机和自行车这三台健身器材被一起放在通向第二层的楼梯口。

充当我们服务员的波特医生站在梯子的第二级横档上，通过衣领上夹着的麦克风轻轻地说道："离起飞还有大约60分钟。在一点钟之前，请找到你的座位坐好并系好安全带。按你们这些科学家熟悉的说法来说，就是13:00。"

"如果谁有问题要问的话，可以到楼上来找我。"说完，她轻快地爬上梯子。

其实，我倒是有个问题，不过我没问：我能不能跳下平台，游泳逃生？

我收到的信息包告知我的座位号是21A。我找到座位坐下，把靠背放平，半躺半坐。卡德的座位号是20A，就坐在我旁边；老爸老妈在楼上B区就座。

卡德从他的小包中拿出一个小药瓶，盯着里头的5粒药片。"你紧张吗？"他问我。

"是的。不过我想我还是把药留到以后再吃吧。"这些是镇静剂。情况介绍会导致有些人一开始很难入睡。你能想象到吗？

"也许那样做很明智。"看来他跟我深有同感。

"视窗"的控制台从座位扶手上弹出，咔嗒咔嗒地响着在膝盖上方就位。控制台的一面是键盘和各种各样的指令按钮，但你可以把它翻过来，另一面像飞机上的折叠式小桌板，有带绒的防滑表面。

卡德不停地敲击键盘，导致一条可怕的信息以数种语言反复显示，在窗口上瀑布般倾泻而下：显示器锁定，电梯启动后恢复使用。我按了一下自己键盘上的按钮，收到了同样的信息，虚假的海景上，模糊暗淡的字母飘了下来。

"他们只是想尽力让我们觉得舒服点儿。"我说。但这有点令人失望。在通常情况下,"视窗"巧妙地利用了人们的视觉错觉——你可以玩游戏或者看看书或者干点儿诸如此类的事,但是没人能看到你的显示屏上到底有什么内容,除非他们在显示屏的正前方,而且坐在你腿上。从其他角度看,它就像一扇向太空电梯外面张望的窗户。这与光的偏振有关;实际上,显示屏同时显示了两幅图像,但你只能看到其中之一。

还有一个小时要打发,我可不想只是干坐着通过一扇假窗户往外看风景。我和巴里、埃尔斯佩思一起试用了这些健身器材。这些健身器材主要是为我们这些要去火星的人准备的。其他人只是去希尔顿空间站的游客,他们在太空中待的时间不会太长,零重力不会把他们的骨头变成芦柴棒,把他们的肌肉弄得软趴趴的。

然后我们上楼瞅了眼零重力厕所。我们在丹佛的"欧密特彗星号"上稍稍受过些训练。那是一架庞大的老式飞机,每次让我们体验50秒的零重力——拉升再俯冲,拉升再俯冲,这样重复一整天。我能把脚伸进脚蹬,把屁股放回原位,但仅此而已。其他当时没学会的内容,我应该很快就能学会了。

但也没那么快。零重力厕所的旁边有个普通厕所,上面有个指示牌写着"重力在 0.25G 以上可使用"。所以我们还有几天,不用着急学。

"个人卫生"小隔间看起来让人有种会患幽闭恐怖症的感觉。每日一次,你会得到一个塑料袋,里面有两块毛巾,上面沾着酒精之类的东西。尽可能用毛巾把自己弄干净,然后再把同样的衣服套回去。约翰 · 卡特号上面的情形会好些,但也更古怪——把自己塞进塑料袋里，然后拉上拉链？

电梯上的厨房在房间另一边，只有一台微波炉和一台小得出奇的冰箱，以及一堆装满食物和餐具的抽屉。除此以外，还有一张可折叠的工作台。

两层楼、两间房的中间都摆着一张圆桌，桌旁有 8 把带安全带的椅子，我猜是供大家进行社交活动的。摆放更小的、单独的桌子不是更聪明的做法吗？万一你看什么人不顺眼，实在无法忍受怎么办？

不过 6 个月以后，可能见了谁都觉得烦，包括镜中的你自己。

就像老爸说的，千万不要有消极的想法。我们在太空电梯里只待两周，然后换个地方，在火星飞船上待五个半月，接着就到了新行星了。

"真有趣，"我悄悄地对卡德说，"在渡轮上，我想我搞清楚了怎么辨别谁是富人，谁是新火星人。"

"看是否衣着讲究吗？"

"或者是深思熟虑过，专门穿得比较差。熨过的 T 恤，肯定要捐出去的。还有干净的旧牛仔短裤？"

"可在这儿——"

"对，在这儿不仅仅穿的衣服看不出来，而且不化妆也不戴珠宝，大家都灰头土脸的不甚光鲜。这真有趣。"

"有些要上火星的人也是有钱人啊。"卡德说，"巴里的爸爸是个发明家，有各种各样的专利。他们可是乘坐自己的飞机到这儿来的。"

"买不起机票吗？"

"当然不是啦。他有两架飞机、两辆摩托车、两辆汽车。想用的时候万一遇到故障抛锚，就有备用的了。他们住在迪斯尼乐园的湖边。"

看来是亿万富翁，但也没什么了不起的。每样东西都是双份似乎有点浪费，即使钱对他们来说不是问题。但我对此没有发表评论，只是说，"巴里看起来是个不错的人。"

卡德耸了耸肩说："的确如此。我觉得他有点儿怕他爸爸。"

"不知道他爸爸喝不喝牛鞭汤，那才真叫人害怕。"卡德开始咯咯地笑起来，我也一样。妈妈用眼神警告我们，结果我们笑得更欢了。我们吃吃笑着爬下梯子回到楼下，尽量走稳别弄断骨头。

8. 半空暂停

我想，用老办法发射是有道理的，3000吨高能燃料燃烧推进，火箭喷着火舌离开发射塔。危险但激动人心。当我们搭乘太空电梯升空的时候，有点儿像乘坐普通电梯。

我们都系着安全带，被固定在座位上，可能只是为了防止我们四处走动。我们头顶上的曳引机发出些小噪声，呜呜作响，然后轻微地颠簸了一下，我们下面的平台慢慢地掉了下去。几秒钟后，你就能看到那个巨大的能量农场。我使劲拉着安全带，但离"视窗"不够近，看不见激光器和镜子——我真笨！这又不是真正的窗户；如果摄影镜头没有对准激光器，我就看不见它。

噪声停止了，接着轿厢又颠簸了一下。"切换。"波特医生对着内部通话装置说道。她真是个寡言少语的女人。

主发动机的运行稳得多。有轻微的加速压力，还传来了低沉的嗡嗡声，几分钟后我们就达到了巡航速度，大约每小时250英里。

再直线上升几分钟，我们的高度就超过了大多数飞机的飞行高度，当加拉帕戈斯群岛出现在眼前时,你可以很容易地看到地球曲率造成的地平线弧度。随着气压下降,我开始耳鸣。楼上有几个小孩在哭喊,是因为耳朵不适还是恐惧?

这并不是什么新鲜事;我们在丹佛的情况介绍会上做了长达12个小时的静坐测试,空气稀薄但加大氧气含量,每个人都设法忍了过去。在未来的5年里,我们将会一直呼吸这样的空气。(氧气含量高是我们不能带普通衣服的原因——所有的东西都必须完全是不易燃物。吸烟者必须戒烟。)

窗口角上的小数字显示了我们当前的高度和重力。在七八英里处,南美洲的边缘显露在我们的视野中。天空变成深蓝色,颜色越来越深。在25英里处,天空几乎漆黑一片。你可以看到几颗星星,至少在我这边看得见。我伸长脖子看身后的窗口,面对午后炽热阳光的那些窗口被遮住了。

很快,天空变得漆黑一片,我不由自主地哆嗦了一下。实际上,我们已进入太空。要是没做任何防护待在太空电梯外面,你一分钟也活不了。

在飞机上也是如此。我告诉自己不要惊慌失措。我想吃片镇静剂,但只是闭上眼睛深深地吸了几口气。

当我睁开眼睛时,重力已经降至0.99G。在太空电梯减肥计划中,我已经减了一磅重量了。(退款保证——解决你的体重问题,七日无效全额退款!)

相对于以前的宇航员,我们拥有一项优势。他们一下子就从全重力进入零重力,结果造成大约一半人罹患疾病。我们有一个星期的时间逐渐适应重力变化,但我们也备有呕吐袋。

这让我向下瞥了一眼椅子边上的容器,我没有数呕吐袋的数目,而是把杂志拿了出来。

我们家里没有纸质杂志,除偶尔有些纸质目录以外。杂志摸起来挺有趣,有点沉,还滑滑的。我想杂志是用不可燃的纸张印刷的,就像我们的衣服一样,材质不可燃。

一本是《太空电梯新闻》,上面贴着一张标签,上面写着"请把此杂志带回您的家"。我想"家"应该指的不是火星。其他还有《国际先驱论坛报》《时代周刊》《国际摄影》和《十七岁》的周末版。我曾在酒店读过《国际先驱论坛报》(如果看漫画也算的话)。

"天哪,你在看杂志?"卡德说,"快看,那是南美洲!"

"几英里前我就看到了。"我说。但是地球真的开始看起来像颗行星了,而我们只在 30 英里的高空。我原以为看到这样的景象需要花更长的时间、到达更高的高度呢。

"你们现在可以解开安全带,在电梯轿厢里四处走走了。"波特医生说,"在 6:00 之前,请核对你们按个人喜好做出的晚餐选择。晚餐准备好后我会通知你们。"医生、厨师和女服务员,她一人身兼三职,令人印象深刻。虽然我怀疑这儿没有太多厨师发挥的余地,后来果然证明我是对的。

一旦通过视窗看地球的新奇劲儿过了,再看的感觉就像看着青草生长一样。我的意思是,不像近地轨道飞行,可以看到地球上的房屋在你的脚下滚动,风景时刻变幻。我想自己每小时看一次就够了。于是,我试了一下键盘。

它的工作原理和家里的控制台差不多,区别只在于画面更大、具体信息更多。出于好奇,我在键盘上输入了看色情片的请求,得到了一个按字母顺序排列的菜单，让人有点儿望而却步。我知道卡德要想看色情片的话会被"拒绝访问"，这让我自觉成熟而且高他一等。（他可能会在几个小时内想出一个法子进行变通，他肯定会这么干的。我其实不是真的想看色情片。看过几次之后，看色情片就有点儿像上生物课似的索然无趣了。）

这儿有几千个视频和虚拟频道，但不像家里，这儿的控制台不知道我喜欢看什么，所以没有"建议"按钮。但我可以像使用谷歌和维基百科那样，随心所欲地进行搜索，想看什么就看什么。

"菜单"这个词开始在屏幕一角闪烁，于是我点击了它。晚餐有12种标准套餐可供选择，大多数是美国菜和意大利菜，还有一种中国菜、一种印度菜。此外有10种"高级"餐点，配葡萄酒，附加费从40美元到250美元不等，其中有些是我前所未闻的法国大餐。

为求安全稳妥，我点了炖牛肉。不知道老爸会不会为了法国菜大手一挥花费重金，而那些法国菜的原料来自各种动物身上难以形容的部位。老妈或许能管住他，但他们俩都喜欢喝葡萄酒。看来家里的财产又要缩水了。

你可以切换并缩放视窗。我把准星调到维利亚米尔港上，然后放大250倍，这是最大的倍数了。图像最初摇晃不定，不停抖动，随后又变得清晰起来。我能看到我们在岛上住过的酒店，蚂蚁般大小的人们走来走去。我小心地切换画面，找到了那片礁石密布的海滩。

"嘿！"我身后有个声音说，"我们就是在那儿相遇的吧？"当然啦，说话的是飞行员保罗·柯林斯。他正蹲下来看我屏幕上显示的是什么。这是不是不太礼貌？

"是啊，就是你朝鬣蜥扔石头的地方。还是我在胡思乱想？"

飞向火星

"不,你的记忆力很好。不知道你想不想玩牌。趁着楼上空桌子没人用的当儿,我们可以凑个牌局。"

他下楼来找我,这让我受宠若惊,又有点紧张。"当然,要是我会玩的话。"

"玩扑克吧。来点小彩头,就几美分那种。"

"好吧,我可以的。"我读高中时,同学们就不再和我玩扑克了,因为我总是稳赢不输,他们也整不明白我是怎么作弊的。我没告诉他们我的制胜秘诀,因为这根本算不上什么制胜秘诀:除非你摸到了好牌,否则就弃牌。大多数其他的孩子都不肯弃牌,相信他们会时来运转,在最后一分钟还希望能有好手气。那太傻了!我叔叔伯特教我:只有一个人会赢。你要么赢,要么出局。

我从小手提箱里拿出钱包,瞥了卡德一眼。他戴着虚拟耳机,全神贯注地沉迷于游戏或是别的什么中。记住:这样就没有人能偷偷溜到你身后看到你在做什么了。

楼上,有五个人已经坐在了桌旁,包括我老爸。见我来了,他说:"啊哦,还不如让我把钱都直接给她呢。"

"别这么说,老爸,我又不是常胜将军。"

他哈哈大笑,然后说:"我只要跟你打牌,我就老是输。"事实上,作为一个扑克玩家,他的牌技相当糟糕,经常输得一塌糊涂。对于一个工程师来说,这并不太合乎逻辑。但他打牌是为了获得乐趣,而不是为了赢得金钱。

我们愉快地玩了几个小时,玩的是德州扑克和七张牌梭哈。我跟他们也玩了几把五张牌梭哈,这是最纯粹的牌戏,但对他们中的大多数人来说,这还不够刺激。

我走的时候老爸遥遥领先,这既令人满意又让人恼火。

我看飞行员保罗的玩牌风格很像我,谨慎小心,稳扎稳打。如果他不弃牌,那手上肯定有好牌——或者他擅长虚张声势,没被觑破虚实。

我参加牌局时带来了 10 美元,离开牌局时带走了 20 美元。这是伯特叔叔教我的另一件事:在你坐下来之前,就想好你打算赢多少或输多少,到了预计数额就停止玩牌,不管你玩了多久牌。如果你赢两局就走,你可能交不到什么朋友。但打扑克可不是为了交朋友的,他是这么说的。

当我回到我的座位重新坐下时,重力降到了 0.95G,我几乎能区分出前后重力变化的差别了。这是一种有趣的感觉,就像"我把钱包放在哪儿了"?

我只能看到北美洲慢慢出现在世界的边缘。我放大墨西哥城的图像,占地宽广、杂乱无序,没有武装警卫陪同的话,你可能不想在那儿逗留。

卡德还在虚拟世界里,跟外星人一决生死或者跟胸部丰满的金发尤物纠缠不休。我自己戴上头盔,仔细浏览了一下菜单。没什么能真正吸引我。出于好奇,我花几分钟玩了会儿"罗马游戏:罗马帝国艳情史",但其喧嚣嘈杂和残酷血腥简直令人难以置信。于是我把窗户调成"午夜温暖平静的海洋"模式,把闹钟定在 6 点,然后看着南方的天空,美丽的十字星云和壮观的麦哲伦星云左右翻滚,小船在洋流中轻轻摇晃。我可能瞬间就进入了梦乡,直到铃声响起方醒来。

我打开头盔,立刻希望自己能回到平静的海上。因为有人听到晚餐铃声就吐了。他们就不能等零重力时再吐吗?我的胃口全没了。

几分钟后,显示屏发出了两声钟响,一个小小的食品图标——蒸汽腾腾的盘子——开始在显示屏的角上闪烁。我上楼去领晚餐，希望能在楼上吃饭。

我是第二个爬上梯子的人，在我身后排起了一条很短的队伍。他们说他们一次会叫 10 个人吃晚饭，我猜是随机挑选的。

厨房的桌子上有 10 个白色塑料盒，上面有我们的座位号码。我按号码抓起我的那份，在中间那张桌子上占了个座，就在富家子弟巴里的对面。

他选的晚餐跟我选的一模一样，压缩模塑成型的盘子里盛着炖牛肉还配有一块硬饼干、一堆煮熟的小胡萝卜和一堆豌豆，都用塑料保鲜膜包着。中间很烫，外面很凉。

"我猜我们得跟正常食物说拜拜了。"他说道。我很好奇对他而言，正常的晚餐会是怎样的。桌上铺着亚麻桌布，配着水晶玻璃器皿，美味佳肴盛于盘中，然后由仆人端上桌侍奉用餐？"在这种压力下，水的沸点是 170℃。"他继续说道，"温度不够，没法把东西做熟。"

"是的，我看过关于在太空喝咖啡和茶的资料。"都是速溶的，而且温嘟嘟的。炖菜又韧又干。胡萝卜发出放射性的光芒，绿色豌豆亮得吓人，而且味道半生不熟。

有趣的是，豌豆开始自己滚来滚去，有几颗跳到了盘子外面。低沉的呻吟声似乎从四面八方传来。

"搞什么鬼？"巴里边说边开始起身。

"请坐在自己的座位上不要走动。"波特医生大声喊道，她的喊声盖过了呻吟声。周围的地板和墙壁都在震动。"如果你没待在指定的座位上，等太空电梯停止运行再返回原位。"

"停止运行？"他问道，"我们为什么要停下来？"

"恐怕不是为了接新乘客。"我说道,但我的声音因恐惧而沙哑。

波特医生站在那里,双脚套着像马镫似的护具,头戴虚拟现实头盔,双手放在控制台上进行操控。

"没有任何危险。"她瓮声瓮气地说,"太空电梯会暂停一下,带状电缆修理机会与电梯分离,修理小流星造成的孔洞。"她指的是蹲伏在电梯顶部的机器人。它砰的一声分离出去,轿厢颠簸了一下,我们也稍微摇晃了一下。

我艰难地咽了口唾沫。所以我们得一直被困在这里,直到那个机器人修补好带状电缆上的孔洞。如果电缆断开,我们很快也会变成陨石。或者,严格说来,如果我们在撞到地面之前就化为灰烬的话,就是流星。

巴里说:"我听说太空电梯大约每运行三四次就会发生这样的事。"

我也读过相关报导,但我没有想到会这么吓人。电梯暂停,修好轨道,继续前进。我又咽了口唾沫,使劲摇了摇头。有两个孩子在哭,还有人在干呕。

"你没事吧?"巴里问道,声音发颤。

"会没事的。"我咬着牙说。

"鳄鱼队战绩如何?"

"什么?你疯了吗?"

"你曾说过你住在盖恩斯维尔。"他辩解道。

"我不怎么关注橄榄球。"我要是在看橄榄球赛时说这句大实话,会被送上火刑柱烧死的。

"我也不怎么关注。"他停顿了一下,又问我,"你打扑克赢钱了吗?"

飞向火星

"1000。"我说,"我是说 10 美元,就是 1000 美分。"

"不管单位是美元还是美分,反正没地方花。"

听有钱人说没处花钱还挺有趣的。"我们在希尔顿空间站暂停时,你可以买些东西。"

"是的,但是你不能随身携带,除非你的行李不足 10 千克。"

也许我应该想想办法,腾几盎司①的重量额度出来,买件希尔顿 T 恤,将来带回地球,那可就是我们街区的头一份。

飞行员柯林斯坐在了巴里旁边。"又紧张又害怕。"他说。

"你都司空见惯了,对吧?"巴里说。

他沉默了半晌,才答道:"当然。"

"你以前见过这种情况发生吗?"我问道。

"说实话,没有。但我搭乘电梯的次数也不多。"他的目光越过我,看向了波特医生。她正在控制台进行神秘的操控。

"保罗……你比我还害怕。"

他向后靠在椅子上,好像想显得轻松些。"我只是不习惯事情失去控制而已。这对别人是司空见惯,"他对巴里说,"但对我并不是。我相信波特已经把一切都控制住了。"

他的表情说明他不确定。

"你们现在可以四下自由走动了。"波特医生说。她还戴着头盔。(我想飞行员可以随心所欲地四处走动。)"不到一个小时,孔洞就能被修补好。等我们结束暂停重新出发时,请大家在座位上坐好。"

听了这番话,巴里才稍稍放松了一些,然后把注意力又转回到晚

---

① 1 盎司 =28.35 克。

餐上去了。

但保罗却没放松。他慢慢站起来,从口袋里掏出那个装着白色镇静剂的小瓶子。他晃动药瓶取出两粒放在手中,然后朝厨房走去,拿起一瓶需要挤压才能出水的饮用水。他服了药再坐回座位。

巴里没有看到这一幕,因为他背对着厨房。"你不吃饭了吗?"巴里问我。

"是的。"我咬了一小口牛肉,但就像在嚼硬纸板似的,难以下咽。"知道吗,我其实没那么饿。我一会儿再吃吧。"我把塑料盖子盖回去,然后走向厨房。

冰箱用我的指纹打不开——里面没存我的指纹信息——所以我拿着餐盘和一瓶水回到了楼下自己的座位上。

卡德正在看杂志。"那食物是?"

"是我的,傻瓜,你静心等待吧。"我把它塞到我的座位下面,但把那瓶水放在手边。飞行员吃了两粒药,而我吃了三粒。

"怎么,你害怕了?"

"小憩一下的好时机到了。"我按捺住告诉他的冲动。如果连飞火星的飞行员都会害怕,我当然也会害怕,感谢关心。

我拉过那条薄毯子盖在身上。它自动在另一边固定好,零重力下应该会像个松松的茧子。

我伸手去拿虚拟现实头盔,但它被锁住了,有盏小小的红灯在发亮。我想这是为了确保每个人都能听到紧急通知。例如:"电梯电缆已断;大家请深呼吸,拼命祈祷吧。"

大约一分钟过后,药丸开始让我犯困,眼皮发沉,尽管焦虑和肾上腺素在努力让我保持清醒。但最后,药丸发挥效力,赢得了这场睡眠拉锯战。

我做了个噩梦,但不是关于电梯的。我和埃尔斯佩思在一起,和她的父母一起工作,一起清理欣嫩子谷惨案的残局。

欣嫩子谷惨案的始作俑者,几年前就开始布局,先污染了特拉维夫和赫法的水源。在这些城市居住的人,即使只住过几天,也都变成了阿撒泻勒的携带者。阿撒泻勒最初是一种无害的纳米有机体,会进入人体肺部,潜伏其中。它甚至不是有机生物,只是亚微观的机器。

然后梦的第二阶段开始了。逾越节开始一分钟后,特拉维夫和赫法及其郊区同时发生了13起炸弹爆炸事件。炸弹威力相对较小,但制造了很多烟雾。那天风很大,炸弹制造的烟雾随风飞快地扩散到四面八方。

他们称之为"共同调节"反应,听起来不痛不痒。炸弹产生的烟雾激活了阿撒泻勒。人们的肺停止了工作。他们能吸气,但不能呼气。

所以在我的梦中,我和埃尔斯佩思从一具僵硬腐烂的尸体走到另一具尸体前,收集身份标签。我们身后是重型机械,它挖了一条壕沟准备埋葬尸体。

集体埋葬是违反犹太法律或习俗的,但尸体腐烂的气味让人难以忍受。

9. 减肥

我睡了大约10个小时。当我醒来时,正值子夜;太空电梯的重新启动并没有把我吵醒。窗口显示我们已经爬升了2250英里了,我们的现有重力是0.41G。你可以看到整个地球就像一个大球。我从口袋里掏出钢笔，用它做个实验。松手让它掉落，它似乎在下落之前犹豫了一下，然后不紧不慢地飘了下去。

在立体视频显示屏上看到这种情况是一回事，但它发生在你自己身边就完全是另一回事了。毫无疑问，我们已置身于太空之中。

我解开安全带，朝厕所走去。走起路来感觉怪怪的，好像我全身都充满了氦气之类的东西。我既精力充沛，又头晕目眩，这感觉不太令人愉快。我想应该一部分是因为重力，一部分是因为白色镇静剂。

我毫不费力就爬上了梯子，几乎没碰到梯子的横档。你可以学着喜欢上这么干——尽管我们知道最终会付出什么样的代价。

这说不定是我在上火星前最后一次坐在普通马桶上了。我应该问问电脑什么时候重力会降到0.25G，转为使用那个令人厌恶的零重力马桶，然后我好赶快去排队在更换之前再用一次普通马桶。

要不，还是算了吧。反正我得使用那个空气抽吸式的马桶好几个月呢，早一天晚一天也没多大意义。

老爸老妈都拉上了毯子，睡得正香。有几个人在打鼾；我想我得习惯这一点。

有四个人在桌旁静静地交谈，我都不认识。楼下，有两个人在下棋，另外两个人在观战。我从椅子旁的储物箱中拿出那本名为《十七岁》的杂志，走到自行车旁。不如开始拯救我的骨头吧。

这台机器被设定为登山模式，但我真的不想成为第一个在太空电梯上锻炼到满头大汗的人。于是我点击按钮调到简单模式，一边看杂志一边踩起了踏板。

对接下来的5年而言，杂志上几乎没有什么有用信息，甚至毫无意义。时尚小贴士！（"习惯穿蓝色连身衣吧。"）减掉冬季赘肉（千万别吃他们摆在你面前的太空垃圾食品。）如何与你的男朋友进行沟通！（"从 2.5 亿英里之外发电子邮件给他。"）

自从一年多前跟肖恩分手之后，我就没有跟哪个男孩认真谈过恋爱了。一旦得知我将在外太空和火星上待上整整 6 年，那些男孩就热情不再，我对爱情的向往之情由此被泼了一盆冷水。

事情没那么简单。和肖恩在一起的过往和他离开的方式，深深地伤害了我，以至于离开这个星球的想法对我非常有吸引力。没有爱情的生活，也就没有了那种心碎的痛苦。

这让我对爱情冷了心肠吗？我本该与某人共赴爱河，一味为他憔悴，人比黄花瘦。

每当我看到地球在晨曦中从地平线上冉冉升起，我就会泪流满面。这样的场景也许是我在哪部烂片里看到的？

太空电梯上没有什么合适的好对象。随着岁月流逝，他们可能会看起来合适些。

我确实开始哭了一阵，眼泪一直在我的眼睛里徘徊不去，但没有足够的重力让它们从脸颊上滚落。我眼前水汽朦胧，就这样骑了一分钟自行车后，用不吸水的袖子擦了擦眼睛，然后继续骑车。杂志上有一篇关于"索尔男神"的文章，是位炙手可热的立体视频新星。除我之外，大家都听说过他。我决定逐字逐句读完这篇文章，结果没一会儿就完全读不下去了，只好中途放弃。

他很"丧"，"丧"得令人作呕，不过也很迷人。就像如果你对什么事都漠不关心，你就会自然而然地出名。你问他要签名，他就拿出一个橡皮图章随手一盖。结果大家都跑来看他，因为他真的很"丧"。

原谅我无法对他"路人转粉"加入他的后援会。我敢打赌,卡德肯定知道他的出生日期和最喜欢的颜色。

边读这本尽职报道的杂志边骑自行车,我感到马上就要流汗了,所以我停止骑车,回到了自己的座位上。卡德已经把虚拟头盔放到一边,正在解字谜。

"卡德,"我问,"索尔男神最喜欢的颜色是什么?"

他压根没抬头就答道:"所有人都知道他最喜欢黑色,能让200磅的他看上去只有190磅。"

厉害,佩服。我把杂志递给他。"上面有篇关于他的文章,如果你想瞄一眼的话。"

他咕哝着向我道了谢,然后嘀咕道:"哪个单词有5个字母,意思是'勇气'?第二个字母是'P',最后一个字母是'K'?"

我想了几秒钟后回答他:"Spunk。"

他皱起了眉头,问我:"你确定吗?"

"这是个老式用法。"这让我想起了那位飞行员,他看起来就很有"Spunk"。太空部队出身,威风凛凛,却被电梯故障吓破了胆。

我坐下来,扣上安全带,仔细想想自己又被吓了一跳,毕竟他说得在理。在去火星的路上可能会发生意外,但没有什么能把我们甩到地球大气层中燃烧殆尽。

别当个戏精,小题大做,老爸肯定会这么说。但就这样死去的想法让我眼圈发热,只是眼睛干干的,流不出泪来。

飞向火星

10. 攀高结贵

当电梯重新正常运转，向希尔顿空间站继续爬升时，我们的恐惧烟消云散。在不知不觉中，我们每小时都变得越来越轻，显然每天如此。到第6天时，我们已经失去了90%的重力。你可以身轻似燕不用梯子就能上楼，或者缩地成寸一步就穿过房间。大家对于动不动就东撞西撞、撞作一团，都习以为常了。

这已经越来越接近我们未来的火星生活状态了。我们穿的是壁虎吸盘拖鞋，它能轻轻地吸附在地板上，墙上有些灰色斑点，壁虎吸盘拖鞋也能吸附在上面。

一旦习惯了使用零重力马桶，你感觉也不算太糟糕。冲马桶时使用流动的空气而不是水，小便时必须对准一种漏斗形的容器，这跟平日里的惯常做法可是大为不同。马桶直径只有4英寸，有个小型摄像机能帮你出恭时确定自己对准了地方有的放矢。画面上的个人形象比我的年鉴照片还差劲。

我希望波特医生的薪水能很高。因为有些小家伙对上厕所这事儿学得太慢，她不得不跟在他们屁股后面打扫卫生。

知道水来自哪里对改进食物的味道没有任何帮助。不过，要么习惯这种想法，要么饿死。我发现菜单上有三种套餐我可以勉强忍受，吃下去不会不寒而栗。

我大部分时间都和埃尔斯佩思、巴里和凯美在一起。凯美是个比我小一岁的中国女孩。她出生在中国，但在旧金山长大，会说两种语言，也大概了解两种文化。她在旧金山当舞蹈演员，身材娇小，肌肉曲线优美。从她在低重力环境中的移动方式可以看出，她会爱上零重力的。

重力小的情况下,小孩子们满场撒丫子,像疯了一样到处乱窜。波特医生为孩子们设定了游戏玩耍的时间段,把调皮捣蛋的家伙强行弄回到座位上。然而,他们会去洗手间,当然不会安安分分地去。把这群小魔头们送上火星,或者甩在希尔顿空间站,想必波特医生会很高兴。

我要是处在她的位置上,也会这么想。与她相反,我跟这些萝卜头处得都不错,至少跟 10 岁以上的那几个孩子处得不错。我们把游客留在希尔顿后,去火星的就不会有 10 岁以下的人了——如果火星殖民地有小孩子的话,他们就必须出生在那里。

幸运的是,最调皮的两个捣蛋鬼——一对兄弟——即将在希尔顿离开太空电梯。8 万美金,估计卖了他俩都不值这么多钱。如果身边没有他俩整日生事,他们的父母会玩得更快活。也许他们找不到保姆肯看护他们几个星期吧。(见鬼,要是他们父母雇用我的话,不用花 8 万块我就肯干这份活计。但前提是他们同意让我给这哥俩戴上手铐,塞住嘴。)

我们不应该玩任何投球和接球的游戏,原因很明显。但卡德带了个橡皮球,出于无聊,我们在我俩之间把它拍过来打过去。当然,在这么短的距离内球的行进路线近乎笔直,如同尺子画出的直线,多令人兴奋!

他试着让球侧旋——他需要速度和能反弹球的地板或墙壁,还需要多一点空间让球四处蹦跳。但即使是他,也聪明得不会去撩虎须,不会做出任何会激怒弗兰肯斯坦博士的事情。

埃尔斯佩思和我同时报名使用健身器材,一起聊天,一起气喘吁吁。我的体形比她略好一些,因为我是击剑队员,每周游 3 次泳。本世纪,

飞向火星

火星上没有游泳池,可能也没有可以用于击剑的剑。(这艘船是以约翰·卡特这个虚构人物的名字命名的。我猜等他的射线枪耗光了电池,他就会拿起剑,把剑抡得虎虎生风。也许我们可以组建太阳系的第一支低重力环境下的击剑队。然后如果火星人真的出现了,我们就可以用比我们的聪明才智更锋利的东西来对付他们。)

事实上,在使用爬楼机的时候,埃尔斯佩思玩得比我溜多了,因为在我们居住的那个佛罗里达州的城市,四处平坦,很少会遇到楼梯。我只用了那台机器10分钟,肌肉就酸痛不已,这种感受我以前从未有过。但我使用自行车或划船机一整天都不会如此。

然后我们轮流进入"隐私保护模块",他们应该称之为密室,就在厕所旁边,供我们每天洗干澡使用。说干也不对,因为实际上是潮湿的;你有两条一次性毛巾,用外用酒精之类的液体浸湿了——一条用来擦"凹坑和顽皮的家伙",这是埃尔斯佩思的委婉语,代指隐私部位,另一条用来擦脸和身体的其他部位。然后再用一条可重复使用的毛巾擦拭干净。与此同时,你的连身衣在无水洗衣机里来回翻滚,用热空气、超声波和紫外线使其恢复清洁。衣服被拿出来的时候又暖和又柔软,只有轻微的汗味儿。有你的汗味儿,应该也有别人的汗味儿,尽管那可能是我的想象。

我幻想着潜入城里游泳池的深水区,然后尽可能长时间地屏住呼吸。

在我们到达希尔顿空间站的6个小时前,我们被要求戴上头盔听"情况介绍",这完全就是在进行不必要的销售。为什么这么说呢?因为他们已经向所有人收过钱了。

希尔顿空间站有个占地宽广的中央区域,名为"太空房"。此区域保持零重力，里面有墙面软包和一个超大的攀爬架。在相对的墙上各装了一张蹦床，你可以来回弹跳，边跳边旋转，看起来很好玩。

不过，这里不是住宿的地方；真正的房间在两个甜甜圈形状的结构中围绕着零重力区域旋转，以产生人造重力。重力有两个层级，分别为 0.3G 和 0.7G。

虽然情况介绍中没有提，但我知道大约一半的低重力房住的是常住居民，他们都是富裕的老人，他们的心脏再也承受不了地心引力了。在介绍片里，所有人都很年轻，精力充沛，穿着剪裁讲究的希尔顿连身衣，看上去一派富贵气质。但我猜除剪裁精良和多些颜色以外，他们穿的和我们穿的在材质上没什么不同。

我们要在这儿停留 4 个小时，可以抽两个小时在这儿探索酒店。我们都翘首以盼，渴望换换风景。

"除非你实在憋不住了，否则不要使用希尔顿的卫生间。"波特医生说，"我们想把这些水尽可能保留在我们太空电梯的循环系统里。你可以随意喝他们的水，使劲儿喝吧。"

这 4 个小时过得很快，基本上就是看看富人们如何在没有太多重力的情况下生活。多数人尸体般惨白的脸上挂着灿烂的笑容，看起来挺可怕的。我们看了看康拉德餐馆的菜单价格，终于明白了他们不想吃得太多的原因。

我们在无重力的健身区玩了一会儿。埃尔斯佩思和我玩抛接球，拿她妹妹戴维娜当球，她很听话地蜷缩成一团，在空中旋转翻飞，弄得我们笑个不停，但我们在她彻底头晕之前停止了游戏。当她结束蜷缩状态展开身体时，她的脸色有点儿发绿，不过我想她很高兴做了次小冒险而且吸引了人们的注意力。

我在相对的那两张蹦床上来回跳了几次,在我偏离目标撞到墙上之前,我总共跳了 4 次。卡德是此道高手,但是他只来回跳了 8 次就不玩了,没有霸占蹦床。我想要是两个人都是高手,那可以一起玩蹦床。如果不是,可能刚开始玩就撞在了一起,想想都疼!

攀爬架的有趣之处是滑翔穿梭,而不是攀爬。用脚蹬墙把自己弹出去,通过扭动身体调整前进方向,试着在不触及栏杆的情况下穿过攀爬架。诀窍是慢慢启动并提前规划路线——这是一项要求很高的技能,等将来我不得不穿过攀爬架逃离火星人的时候,这一定会超有用。

波特医生不知从哪儿摸出个哨子,用哨声把我们召集到太空电梯与希尔顿空间站对接的通道入口处,清点了我们的人数,然后叫我们待在原地别动,而她离开去找一对没及时现身的夫妇。他们很可能正在康拉德餐馆大喝特喝标价百元的马丁尼酒呢。

我对卡德说过,火星上不会有伏特加或杜松子酒,他说有,要跟我对赌 100 美元。我不打算跟他赌这个。有 75 个工程师研究向火星运输物资的问题呢,总会找到办法的。

没及时现身的那两个人出现在通道入口,我们爬回太空电梯,然后一窝蜂排队等着上厕所。轿厢似乎一下子变得狭窄起来。

约翰·卡特号的体积是太空电梯的三倍左右,但肯定没有希尔顿空间站那么大。不过,等到了火星,整颗星球都将属于我们。

11. 向上,向外太空前进

从希尔顿空间站到太空电梯终点站的旅程比前半程要平缓得多。

太空电梯上只剩了 27 个人，除波特医生之外，我们都要去火星。与前半程重力递减不同，后半程重力会递增。慢慢增加，直到我们（暂时地）在电缆末端拥有全部的地球重力。

我们不能重新使用重力厕所了。我琢磨这是不想让我们再度习惯重力从有到无的转换吧。毕竟等飞船启航飞往火星，重力又要归零了。

我们围成小圈闲坐聊天，有些是关于火星的话题，但主要是谈论我们是谁，打哪儿来的。

我们大多数人都来自美国、加拿大和英国，还有来自俄罗斯和法国的家庭。因为彩票发放的数量跟每个国家在火星计划投入的资金数量是挂钩的。在我们之后抵达火星的飞船将搭载来自德国、澳大利亚和日本的家庭。挺像一个正规的联合国，只不过大家都说英语。

老妈用法语跟那家法国人交谈，以练习法语；我想有些人不赞成他们用别人不懂的语言进行交流，就好像搞什么小动作一样。但我们抵达飞船时，他们已经是很要好的朋友了。法国家庭的妈妈，雅克，既是一名化学工程师，也是一名候补飞行员。我跟他们的儿子奥古斯特没什么来往，他比卡德还小一点。不过，他的爸爸格雷格很有趣，他带了一把小吉他，轻轻弹奏，手法娴熟。

那家俄罗斯人不爱交际，但很容易相处。那个男孩，尤里，也是一个玩音乐的。他有一台可折叠的电子琴，但显然他很害羞，不愿为别人演奏。他会戴上耳塞，一口气弹上几个小时，有的曲谱是他记住的，有的则是他自己的即兴创作，不然他就盯着显示屏，边看边弹。他比我小一点，但不太喜欢社交。

他正在练习拉赫玛尼诺夫的作品，拉赫 3，就是拉赫玛尼诺夫的《第三钢琴协奏曲》，他让我带上耳塞听他弹过的其中的片段。他的手指

飞向火星

在键盘上翩翩起舞,灵动轻快,简直到了令人难以置信的地步。(我曾学过5年钢琴,但老妈放手不管之后我就罢手不弹了。我超爱音乐,为听音乐花了不少钱,但绝不会自己上手演奏音乐。)

我们去火星路上的医生是阿方索·杰弗逊,他也是一位专门研究免疫系统的科学家;他的妻子玛丽是一位生命科学家。他们的女儿贝拉大约10岁,儿子奥兹卡可能比女儿大两岁。

姓曼彻斯特的一家来自多伦多,父母都是火星学家。他们的孩子迈克尔和苏珊是一对10岁的双胞胎,我还不认识。我跟帕里恩扎家的默里和罗贝塔也不太熟,他们是加利福尼亚人,年龄跟我们差不多(默里要小一些)。他们的父母是墨西哥移民,一个是天文学家,一个是化学家。

所以我们年轻一代的小联合国里有两个拉丁人,一个俄罗斯人,两个非裔美国人,两个以色列人,一个美籍华人,人数略多于我们这些北美白人。

在为期6个月的飞行中,我们都将通过虚拟现实技术和电子邮件学习课程,不过我们的开课日期不同,当然,上课时间也不同,分布在11个时区。如果尤里在上午9点上课,那么戴维娜和埃尔斯佩思就在10点,奥古斯特在11点,我们佛罗里达人在下午5点,而加利福尼亚人在晚上8点。这会把大家的社交活动日程变得有点复杂,好像老是有什么事要做似的。

因为有9名乘客留在了希尔顿,所以我们可以尽情享受他们离开留出的空间。我把座位换到楼上,坐在埃尔斯佩思旁边,罗贝塔坐在我的右边。

三个女生坐在一排叽叽喳喳,惹得波特医生对我们大翻白眼。她叫我们小声点，不然她就让我们分开坐。这并不公平，因为那些小孩子才是真正的噪声制造者，而且，大多数孩子的父母也坐在二楼。

但你得对她有点同情心。那些小孩子总是得寸进尺地试探她的底线，看他们闹腾到什么地步才会让她实施最终的惩罚：被安全带拘在父母旁边的座位上再把虚拟现实系统关闭数个小时。她不能体罚孩子——有些父母不会介意，但有些父母会大发脾气——她也不能让他们出去玩。虽说她如果下次狠手的话，那些闹腾的就都消停了。

（当我们还在零重力区的时候，让不服从命令的熊孩子回到自己的位置可不是件容易的事。他们互相推一把就能咯咯笑着飞掠而去，而波特医生得穿着壁虎吸盘拖鞋跟在后面追着撵。在圆形房间里很难把人逼进死角。通常孩子的父母或其他成年人都得帮忙围捕这些熊孩子。）

最终起作用的是惩罚升级制度。下一个孩子的受罚时间要比上一个孩子的受罚时间多15分钟，也就是虚拟现实系统关闭时间增加15分钟，依次累加，没有例外。10岁的孩子都会做算术，于是他们开始自己管理自己——举止规矩多了，堪称一个小小的奇迹。

下半程我们稍稍加快了速度，本来只需要4天半的时间就到目的地，但是我们不得不再次停下来，让机器人修复上方电缆上的一条裂缝。

11年前他们开始建造那两艘火星飞船，我当时看了新闻报道，现在还隐隐约约有些印象。他们从太空电梯出现之前的货运飞船上取下燃料箱，把它们切开重新拼装。第一艘飞船卡尔·萨根号，是在近地轨道上组装的；第二艘飞船是在地球同步轨道上组装的，就是在现在希尔顿空间站的所在位置。我猜建造第一艘飞船时太空电梯尚未启

飞向火星

用。总之,当时飞船是用太阳能发动机慢慢盘旋上升,花了很长时间才到达现在所在地的。我们的飞船还未竣工,第一艘飞船就已启航飞往火星了。

萨根号已经来回飞过两次火星,现在已经是飞第三次了,正在绕火星飞行。我们的飞船只飞过一次火星,但至少我们知道它飞起来没问题。

当然,宇宙飞船在外太空没有空气阻力的情况下,不一定非得设计成流线型,但用来拼装它们的燃料箱必须穿过大气层,所以它们看起来很像20世纪老电影里的火箭飞船,样式夸张做作。左右伸出的悬臂模样滑稽,还有球形突出物,我们就将住在那里面。

在到达前几个小时,我们就可以看到约翰·卡特号了,开始只能看到难以名状的大团光斑。它的轮廓慢慢变得清晰,矮胖的火箭飞船,带着两个豆荚舱。在我们飞往火星的路上,飞船会开始旋转,每10秒钟旋转一次。

电梯轿厢在最后几分钟内逐渐减速。我们系好安全带,望着飞船离我们越来越近。

飞船不太引人注目,长度只有90英尺[①],除了前四分之一船体,流线型着陆舱漆成白色之外,其余部位均无油漆。我们将通过爬行通道从飞船侧面进入。我们在希尔顿曾经使用过那种爬行通道。

电梯轿厢停了下来,波特医生和保罗穿上太空服去外面检查。他们几分钟后回来,说一切都很好,只是有点冷。从打开的气闸舱门涌进来的空气十分寒冷——我们在温暖的佛罗里达可从没体会过这么冷的滋味。保罗说不要担心,我们会热起来的。

---

① 1英尺=0.3048米。

他们打开了健身器材下面的储藏室，我们都来帮忙搬东西。有些很重的箱子，里面有很多为火星之旅准备的食物和水。"启动水"将会被反复回收利用。我几乎已经接受了这样一个事实：我喝的每一口水，其中都有一丁点儿至少在卡德的身体里循环过一次。

呼出的热气遇冷凝成白雾，清晰可见。我起了鸡皮疙瘩，牙齿开始打颤。巴里和他的父母也是一样，习惯了温暖的佛罗里达老乡哪。老爸、老妈和卡德像有纽因特人的血统似的，一点儿都不怕冷。

在保罗的监督下，我们把许多东西搬到火星着陆舱里储存，其中一些搬进了A舱或B舱，就是我们将居住的豆荚舱。

飞船有点儿像微型的希尔顿空间站。有一个相对较大的零重力室，那是一个长22英尺、宽27英尺的圆柱体。两边各有两个4英尺深的洞，有向下的梯子通往A舱和B舱。没有电梯。

一切都有点上下颠倒，因为电梯轿厢缆绳的旋转暂时产生了重力。在着陆舱这艘小太空船上，上下都是正常的。着陆舱就像一架飞机，有座位和过道。但是把东西搬回零重力室时，我们得沿着墙走。我们把东西搬下梯子搬进B舱，绑好就位。然后我们回到太空电梯里等着，等他们把飞船转180度，我们就可以从梯子上下到A舱。

我一直觉得冷飕飕的。幸运的是，我搬运的东西里有一捆毯子，是给"睡眠A区"提供的。等我们搬完东西，我会被安排在A-8，所以我解开一条毯子，把自己裹了起来。

跟波特医生道别的场面比我想象的更为情绪化。泪水合情合理地从脸颊滚落下来。她拥抱了我，低声说："照顾好卡德。你很快就会更爱他。"

她回到电梯上，气闸舱门关上了。保罗提醒我们，我们有30分

飞向火星

钟的时间去上厕所,然后我们就会系好安全带待在座位上将近两个小时。我不太想上厕所,但还是小心为妙以防万一,何况我有点好奇接下来的 6 个月我要忍受些什么。我走到队伍的末尾,让我的阅读器随便讲个故事给我听,它给我讲了一件一百万年前发生在法国关于一条项链的趣事。

这里的零重力马桶和太空电梯里的马桶一样,但没有小摄像头。我不怀念它,我也没有失去准头。

我们系好安全带坐在着陆舱里的座位上。等了 20 分钟左右,只听轻轻的"当啷"一响,电缆松开了,我们的飞船被抛了出去,重力瞬间归零。

我们到达火星所需要的大部分速度都是"免费的"——当我们在太空电梯的终点站离开高轨道时,我们就像老式的投石器投出的石头一样,或者像滚动的自行车轮上甩出的泥浆一样。两个星期相对缓慢的爬升,一直蓄力积而不发,最后形成了一个巨大的推动力,飞船从地球轨道飞向火星轨道。

我们必须系好安全带,因为航向会自动修正。飞船测定我们的航线,然后调整推进器指向不同的方向,通过燃料燃烧产生的推力改变行进方向。

刚过了一个多小时,保罗就给我们发出无危险信号,放我们去探索飞船以及随便吃点东西。

与太空电梯相比,飞船可谓巨大。可以从着陆舱进入零重力室,这个房间的大小是我们家客厅的三倍。圆形的墙壁上全是储物柜,只要按下一个凹钮就可以打开,没有把手凸出妨碍你。

向后爬下梯子,再爬过四英尺宽的通道,就能到达生活区——A

舱或 B 舱。两个豆荚舱的布局是一样的。第一层，用于睡觉，重力最小，接近火星水平。然后是工作/学习区，靠墙一排桌子，有可移动的隔板，大概有 20 台显示屏。它们被设置为假窗户的样子，就像电梯上的"默认模式"——谢天谢地，不是每分钟旋转 6 次左右。

最底下一层是厨房和康乐用地。

在经历过零重力后，我在那里感觉到很大的重力。但这里的重力只有地球引力的一半，或者说是火星——我们要度过未来 5 年的地方——引力的 1.7 倍。

这儿有一辆固定的自行车和一台划船机，上面有报名名册。每天都得锻炼一个小时。我选择早上 7 点去，因为 8 点和 9 点已经有人报名了。

埃尔斯佩思和戴维娜在下面找到了我，我们第一次在约翰·卡特号飞船上共进了午餐，未来还有好几百顿要一起吃呢。一份不错的鸡肉沙拉三明治，配上热豌豆和胡萝卜。卡德也出现了，他的午餐跟我们的一样。他对他不爱吃的蔬菜做了个鬼脸，但还是吃了。我们被提醒过要把面前的东西都吃掉。船上没有装载零食。如果你在两顿饭之间饿了，你就只能挨饿了。（我觉得我们会找到解决办法的。）

约翰·卡特号比你想象中的宇宙飞船要宽敞得多，这是为了预防灾难。如果出了什么问题，其中一个豆荚舱变得不适合居住，我们 26 个人都可以搬到另一个舱里。然后如果这个舱也出了问题，我想我们就都得进入零重力室和着陆舱。不过我不知道我们到时候会吃什么。吃掉彼此。（"现在轮到你了，卡德。做个好孩子，把药吃了吧。"）

我在一个显示屏前坐了下来，输入我的名字并按下指纹。我收到了几封朋友的来信和一封来自马里兰大学的长信。这是我的"新生入学指南包"，虽然真正的课程要等到一个星期以后才能开始。

这非常方便——例如建议在哪里获取停车许可证、宿舍的作息时间表、紧急电话的位置等。更有用的是我的课程表和他们虚拟现实教学科目的编号，这样我马马虎虎可以去上课了。

相比那些校园里的孩子们，这事对我更复杂一些。屏幕右上角显示世界时和时间滞差。时间滞差是信号从我所在之处传到教室所需时间，现在只有 0.27 秒。等我们到达火星的时候，时间滞差可能会长达 25 分钟（或者只有 7 分钟，这取决于行星之间的距离）。一堂课 50 分钟，所以，如果我在课程开始时间教授一个问题，按照地球时间，他已经上课上了一半多了。他会在其他人收拾书本的时候得到我的问题，等下课 25 分钟后我才能听到他对此问题的回复。

事实上，一旦我们踏上火星，情况就会变得更加复杂，因为火星比地球每天多 40 分钟。但我们要到半程处才会切换成火星时间，在此之前我无须担心。

在到达半程处之前，飞船采用的是世界时间，因此我们的时间表与居住在伦敦上游的人保持一致，我想当他们在地球上计划事情的时候，这一点是有意义的。但为什么不直接调成火星时间呢？不管怎样，我翻了几页大学概况手册就昏昏欲睡了，尽管对于快乐的老英格兰人来说，现在才下午两点，就是 14:00。我拖着毯子走到低重力的休息区，倒在地板上，把自己裹在毯子里，一直睡到晚饭铃响。

12. 麻烦多多

旅程开始的头一两周，我陷入昏睡的时间跟清醒的时间一样多，或者更多，这种情形让老妈忧心如焚。她让我去找杰弗逊医生谈谈。杰弗逊医生问我是否感到沮丧，恐怕我的回答有点大声而且情绪化。我说，不，我并不沮丧，我只是被困住了，而且向未知的前途疾驰而去，也许在我达到法定的成年年龄之前我就死了。于是我问他："难道你不郁闷吗？"

他微笑着点点头（也许并非"是"），并轻轻拥抱了我一下。他是个虎背熊腰的大块头，拥抱可能让我有了点轻微的心灵感应。真正让我心烦意乱的不是抽象的危险，而是我无法全神贯注，在做大学作业的时候进入梦乡……可是，我那点儿烦恼和杰弗逊医生需要担心的事情相比，完全是小巫见大巫。他是飞船上唯一一名医生，如果某人需要切除阑尾，甚至长了脑瘤，不都得找他？要是拔个牙或者用肛门镜检查某人的屁股，还是得找他。他只需要照顾我们这32个人，但任何事都有可能发生，他对我们的生死存亡责无旁贷。

他可能有满满一箱抗抑郁的药，他说如果我需要的话，他会给我一些，但他想让我先记录一周的个人作息——睡眠多少小时以及清醒多少小时，还有什么时候会发脾气或者想哭。一周以后，我们再谈这件事。

虽然他口口声声说他不是心理学家，但他给的法子似乎行之有效，也许是因为我想给他留个好印象，或者让他放心。一周后，我每天只会睡8小时——算上闭着眼睛躺着听音乐的时间——其余时间我基本保持清醒。对太空想要杀死我们所有人尤其是我这种想法，我悄悄淡了几分心思，不再那么深信不疑了。

我们所有10到20岁的人都有"工作"，也就是家务。我的任务很简单，饭后打扫厨房，这里的厨房比家里的厨房干净得多，实际上又不用真的烹饪食物。卡德不得不清洁淋浴房,我想这大大丰富了他的幻想生活。

大家每天花 30 分钟学习火星知识。这非常无聊,主要是强化我们对已知的,或者应该知道的认知。在我的大学正规课程开始之前,我得忍受半个小时单调沉闷的喋喋不休,我通常神游天外,想些其他的事情。火星上没人测试我的火星常识,但我的历史、数学和哲学可都是要考试的。

当然,火星生活会真正地测试我。我知道,但是不愿去想它。

上学很吸引人,但很累人,部分原因是每位教授都是明星教师。我每一门学科、每一个系,都选了最戏剧化的老师来上虚拟现实课,但最终的结果几乎就像是在对我们大喊大叫:"这导致了百年战争——你认为这场战争持续了多久?""看看元素周期表上钾和钠的位置——这对你有什么启示?"雄辩的苏格拉底和柏拉图开始上场了,这可比我所想知道的师生关系激烈多了。还有,我能不能只学一门不是天底下顶顶重要的课程呢?也许我该学学怎么修水管。

实际上,文学课里的小说和戏剧都很有趣,这并不奇怪,因为这一直是学校里最有趣的部分。它也没有考试,只需要写课程论文,这对我很合适。

不过,我不想学文学专业。我不觉得自己是当教师的料,我也不认为其他人能靠读这些东西养家糊口。我在几年之内都不必选定专业。也许我能成为第一个火星兽医,等等看火星上有什么动物出现吧。

有件事让我很意外,与我们实实在在的宇宙飞船相比,虚拟现实中的教室闻起来让人感觉更加真实。如果有人在你"坐"的地方附近嚼口香糖或吃花生,气味浓郁,扑鼻而来。约翰·卡特号上空气稀薄,而且空气流通不错。餐盒上的塑料保鲜膜一经揭开，食物的香气能在你的鼻尖缭绕几秒钟，然后就消失得无影无踪。因此食物的味道也大打折扣，吃起来味如嚼蜡。

罗贝塔和尤里也开始上大学了，不过尤里上的学校更像偏重实用的音乐学院——他的大部分课程都是音乐。（我挺想知道时间滞差对此会有什么影响。当我在小学和初中最开始上钢琴课时，真是苦苦煎熬。每当我没跟上拍子，瓦勒曼小姐就会用她的教鞭在钢琴旁边抽打，发出噼里啪啦的声音，吓得我畏畏缩缩。如果老师跟我之间有 25 分钟的时间滞差，我可能也会喜欢学弹钢琴的！）

我的生活成了例行公事，相当忙碌。课程、家庭作业、家务和锻炼时间。血液测试显示我缺钙，所以我把 45 分钟的运动时间增加到了 90 分钟；如果我能安排得过来的话，我就锻炼两个小时。很难打破这种组合——还有什么事情能持续两个小时，既累人又无聊呢？

其实，骑自行车和使用划船机锻炼身体时，我可以读书或者参加一些有限的虚拟现实活动。

在纽约或巴黎的大街上划船挺有趣的，在视觉上你确实会经常被许多车辗来辗去，但你会习以为常的。

不管是不是在例行公事，可能发生灾难的念头总会在你的脑海里盘旋。但你总会想到戏剧性的角度来想象，比如飞船爆炸或者巨大的流星与飞船相撞。当灾难真的发生时，除了飞行员，没有人发现。

我们的飞船漏气了。在立体视频上，你一般看到的场面都是空气尖啸而出，或者至少是发出类似口哨的声音或嘶嘶声。这样挺好的，

飞向火星

因为你可以循着声音很快找到漏气的地方，然后在上面贴上胶带。我们的问题是空气无声无息地漏出去了，我们必须尽快发现漏气处。

保罗让每个屏幕上都显示了一条信息，一个频繁闪动的红色感叹号后面跟了一句话："我们正在失去空气！"这句话几乎一下子吸引了所有人的注意力。

我们每天损失大约0.5%的空气，但我们离火星还有4个月的路程。所以如果我们没修好泄漏处，氧气就会变得越来越稀薄。

找到泄漏的大致区域很容易。

在紧急情况下，飞船的每个船舱都可以被单独关闭，所以保罗指挥我们依次排查飞船的各个船舱，每次关闭一个，关闭大约两个小时。这么长的时间足以让我们判断压力是否还在下降。

我们先关闭了A舱，那是我住的地方，发现泄漏处不在那儿真让我松了口气。泄漏处不在B舱，不在太阳风暴辐射避难所，也不在零重力室，那就只剩下着陆舱有可能了。这消息糟透了。着陆舱是把我们带到火星表面的工具，那是飞行员所有的仪器和控制装置所在的地方。着陆舱不止是将我们送上火星表面的运载器械，也是全部飞行仪器和控制设备的所在地。我们不可能在接下来的3个月里关闭它，然后再给它充上新鲜空气。

但事实上，最后我们采取的措施和这种做法大同小异。保罗一开始试图用一个"火捻"来找出泄漏处——不是祖父听的古老的朋克摇滚乐，而是一根会焖烧冒烟的东西。烟雾本应该能引导我们找到泄漏处。然而，这没奏效，意味着我们面对的情形并不简单，泄漏处不像陨石（学术名为"微流星体"）击中船体造成的坑洞那样显眼。是接缝或诸如此类的东西漏了，可能是飞行员瞭望的那个舷窗，或者是外面的气闸舱。

当然，在着陆舱和飞船的其他部分之间也有一个内部气闸舱，这给了我们解决问题的办法。保罗不必住在着陆舱里，他只需时不时去那儿检查一下。事实上，他可以用笔记本电脑从任何地方监控所有仪器的运转情况。

所以尽管这让他很紧张——不能从机长的座位上对飞船进行操控——我们还是关闭了着陆舱，对漏气的地方撒手不管。如果保罗每隔一两天必须进去一次，他可以穿上太空服，穿过密封舱进去检查。

这也让我们中的一些人感到紧张，就像在一艘没有舵的船上当货物一样。好吧，那么想很不理性，但我们已经有过一次紧急情况了。如果下一次要求立即采取行动，但保罗必须穿上太空服，等待密闭舱体、气压平衡才能通过，那怎么办呢？他这么做至少要花2分钟。

2分钟，我们的飞船会飞行将近1000英里，很多事情都有可能发生，而且飞船上也没有给我们其他人准备太空服。

13. 虚拟敌友

在我上课的班里，我不是最受欢迎的女孩——当然，除在立体视频中露出一张脸以外，我压根没待在班上。随着时间滞差越来越长，我不可能对所发生的事情做出实时反应。所以如果我有问题要问，我就得计算好时间，等第二天刚上课的时候去问他们。

这是让你自己成为一个讨人厌的"万事通小姐"的处方。我花了一整天的时间去思考问题和查找资料。所以我总是深思熟虑、切中要害，是个讨人厌的"万事通小姐"。虽说我比班上大多数人都年轻，而且是个勇敢前往另一个星球的先驱,但也完全无济于事。那种新奇感很快就消失得干干净净了。

卡德没有这方面的问题,但他跟他的大多数同学早就认识,其中有几个跟他从小学一直同学至今,而且不管怎样,他很擅长交际。我通常是班上年龄最小的,也是心智最不成熟的。

我的社交进度也有点落后于我的同学,或者说远远落后于他们。

我有男性的朋友,但很少与人约会。严格来说,我还是个处女。当我和那些显然有经验的情侣在一起时,我觉得我就像戴着一个牌子,四处宣告这个事实。

所以有个有趣的可能,从现在算起,我不觉得5年以后自己还是个处女。我可能会成为第一个在火星上失去童贞的女孩——或者在其他星球上。说不定他们还会挂个牌匾铭记此事:"在这个储藏室里,某某和某某,金风玉露一相逢……"

可是,跟我颠鸾倒凤的会是谁呢?尤里跟他的乐器难分难舍,很难想象他会远离电子琴一段时间来干这事儿。奥兹卡和莫里看上去孩子气十足,不过一旦到了上大学的年龄,情况可能就不一样了。

火星上肯定会有很多年纪较大的男人,我相信他们会很乐意忽视我的性格缺陷和第二性征不明显的问题。但想到要跟一个年长的男人这样那样的,我就心绪不宁,坐立难安。

嗯,在我们之后的两船火星旅客都是举家搬迁而来的,也许我会遇到某个不错的澳大利亚人或者一个来自日本或中国的小伙子。我们可以在火星定居,养一群奇怪的孩子,他们像吃糖一样吃钙片,长到8英尺高。好啦,也许几代人都长不了那么高。

对在火星上生孩子这事,没人多谈。但是把能生儿育女的一群年轻男女送上火星的想法，使这个项目具有了一定的迫切性。在加尔各答和欣嫩子谷惨案之后，任何噩梦都有可能发生。

思路有些偏了；可是，要把整个世界都变成地狱，那些勇士得有多老练？有这样的想法，他们得有多疯狂？

我们家在电梯上讨论过此事，老爸很怀疑这件事实现的可能性——至少在很长一段时间里不可能，他还怀疑最狂热的恐怖分子是不是真的那么疯狂：不仅恨他的敌人，而且恨全人类，恨到那种地步。老妈点点头，但她一副冷漠而忍耐的样子：我可以和你争辩，但我不想。卡德觉得有点无聊，尽管他很熟悉游戏里世界末日的场景。有时我觉得，对他来说，没有什么是真实的。那么，为什么世界末日会有所不同呢？

一旦我们上了学，而大多数人的父母都开始从事各种各样的研究项目，时间就过得飞快。在飞船上的生活比你想象的要舒服得多，虽说我们所有人都挤在一个贫困公寓那么大的空间里——但是父母和孩子似乎给了彼此更多的尊重、更多的空间。

连小孩子们也变得安安静静。玛丽·杰弗逊在 B 舱厨房的一个小隔间里同时教四个年级的学生。

当他们不上课也不锻炼的时候，他们会在零重力室里安静玩耍，那里远离所有的工作区域，而且他们通常会遵守"不得尖叫规则"。

（"太空船地球"的想法完全是陈词滥调，连我爷爷听了都会不当回事地做鬼脸。可是，时常意识到在茫茫太空中，我们孤立无援，似乎确实能让我们更加体谅彼此。如果说地球只是一艘更大的飞船，为什么他们不能学着像我们一样善良呢？也许他们在选择船员的时候，不够仔细。）

在从高中过渡到大学的阶段，罗贝塔遇到的麻烦比我的麻烦更多。

她善于交际，习惯于跟其他的男孩女孩一起学习。但在这里是不可能的，因为我们念不同的大学。再说，她要学高等数学和化学，而我要从微积分和普通物理开始。我们都有英语文学和哲学课，但所用的教科书不一样。

老妈有时担心我有独来独往的倾向，但事实证明，这是一种优势，特别是当你的同学远在数百万英里之外而你还在学习的时候。

我调整了我的学习时间，尽量和罗贝塔保持一致。这样的话，我们就可以同时做文学和哲学的家庭作业，她还帮我解答了一些在数学上的疑难之处。大部分时间，我们和埃尔斯佩思一起锻炼，一起吃饭。

这和任何人憧憬的大学生活都不太一样。没有邪恶的兄弟会聚会，没有尝试毒品和性爱，也没有在你喝得烂醉如泥之前研究出你到底能灌多少啤酒。说不定整个火星之旅都是老爸老妈编造的诡计，就为了让我远离大学校园？我的大学生涯将会是多么不完整啊！

事实上，我从未期盼过大学生活的这个部分。倒不是因为像母亲反复说的那样会"成长得太快"，而是因为我不知道在面对诱惑时该如何行事，这会让我看起来傻呆呆的。何时该委婉回绝，何时又该义愤填膺呢？

还有，何时该欣然应允呢？

14. 旅行中途

航程已至中点。前方是火星，一个明亮的黄色灯塔；后面是地球，一颗明亮的蓝色恒星。值得开个派对庆祝一下，火星公司实际上已经专门为此预留了几千克的重量额度,事先购买了人头马干邑白兰地,用一个大塑料桶盛放。

因为有几个成年人不喝酒,多出来的份额正好便宜了其他人,可以开怀畅饮,飘飘欲仙,就像我一样。我们拿火星与地球之间的时差对饮酒年龄的影响彼此打趣。老爸老妈耸耸肩,宽容地没多说什么——因为除此以外,船上就没酒了,我不太可能成为一个酒鬼。但这并不意味着我不会惹上麻烦。

保罗只喝了一杯,还掺了水——他苦涩地说,当船长就是这么没自由,得随时保持清醒——但我在父母睡觉前喝了三杯,也许等他们睡了我又喝了两杯。它降低了我的自制力,但我猜我潜意识里想这么干。

酒水供应在厨房里进行,因为这儿的重力能让酒液乖乖地待在酒杯里,但我们中的一些人却到零重力区跳舞去了。不在地板上而是漂在空中跳舞,这感觉很奇特。我们随心所欲地跳舞,不讲姿势,动作大开大合。我们轮流向飞船点播各种舞蹈音乐。很多都相当古老,爵士乐、斯卡舞和水虫舞,还有像华尔兹和摇滚乐一样古老的音乐,但也有很多城市音乐和颓废音乐。

保罗和我共舞了一阵,通常就我们俩跳,我想我开始觉得自己富有魅力,或者至少性感迷人,牢牢吸引了船长的注意力。未婚的竞争者并不多。

零重力室从午夜到早晨 6 点会关闭主要光源只开夜灯,这样既节约了能源,又给人们提供了一个相当私密的,或者至少是匿名的地方做爱——或者浪漫一把,但我觉得可能不会有太多的风流韵事。卧室里只有一层薄薄的隔板,没有真正的隐私,但还是有些人会干点儿什么出格的事，让我们其他人尴尬不已。不过大多数情侣都是在一个黑暗的角落或者在零重力间的另一个角落等着见面的。

午夜时分，在零重力室里，只剩了曼彻斯特夫妇和我们。曼彻斯特夫妇明显打了几个哈欠、伸了几个懒腰之后离开了，留下我们独处。

后来，我们一致认为，我们两个一直等待午夜的到来，有点像定时炸弹在滴答倒数一样，如果我不想被"引诱"，我就可以在灯还亮着的时候离开。但我内心有一种不顾一切的感觉，那不仅仅是性欲或好奇心。

我们低声聊着童贞的问题，还有我的童贞似失非失的状态。我以前从未跟其他人提过此事，但是酒精上头让我说漏了嘴。13岁时，我跟一个"借"了他姐姐自慰器的男孩鬼混，在研究如何使用的过程中，他有点笨手笨脚的，失手把它戳了进去。倒不是很痛，但在扮演医生病人的游戏之后，我们的关系戛然而止。

他跟我不在同一所学校上学，所以我不知道其他男孩是否对此知情，但我想他们一眼就能看出我不再是黄花闺女了。大约过了一年，我才意识到我贞操尚存。

我不受欢迎，也没什么吸引力，或者至少觉得自己不受欢迎。我跳了一级，但在我父母带我离开学校一年去国外后，我又恢复了原级。他们在伦敦和马德里工作，我跟着他们在其间来来回回，但我只会说很简单的西班牙语，顶多到餐馆点杯可乐那种程度。

我们以不会说西班牙语为引子开头，只花了几分钟就谈到了在太空中行云布雨的困难之处。缺乏隐私只是众多问题之一，而动量守恒和角动量才是最重要的问题，很难用语言描述，所以我请他实际演示一下，当然我们还穿着衣服。

那个阶段没有持续太久。我们还探讨了另一个问题，那就是当两个人必须握住把手否则就会分开旋转的时候，至少要脱掉一部分衣服。

我们设法成功地褪掉了下半身的衣服。我本来做好心理准备，以为要捱尽苦头，但事实上，这一切都相当令人兴奋而且很有趣。

那天晚上我花了很长时间才睡着，醒来时仍然记忆犹新，感觉鲜明而又清晰。我还记得朦胧光线中他的脸庞，双目紧闭，聚精会神，然后失去控制。我不再是黄花闺女了，技术上也不是。

之后过了几天我们才找到私密的地方谈论此事。吃早餐时，我们都在厨房里排最后一轮。我花了些时间清理了一下微波炉和准备区，直到最后一批人离开。

他把嗓门压得很低，飞快地说道："卡门，我很抱歉，我占了你的便宜。"

"你无须内疚，我很喜欢。"

"但你喝醉了，我可没醉。"

"我喝酒只是为了鼓起勇气。"其实不完全正确；我相信，我无论如何都会在聚会上找个伴儿的，不管他是谁。"不要感到内疚。"他依然坐着，我俯下身去，从他背后抱住了他。"说真的，别内疚，你让我很快活。"

我能看得出来，他竭力掩饰着自己的局促不安。"我也很快活。"他说，但声音却闷闷不乐。

我坐在他的对面，"怎么了？发生了什么事情？是因为我们之间的年龄差距吗?"

"不,有一部分原因是因为这个,但并非全部。"他往后一靠。"问题出在我的身份上。我是飞行员,也就是说是太空飞船的船长。"他显然内心充满挣扎,说话时斟词酌句,"我想告诉你我的感受,但是我不能。我不能向你献殷勤。我必须把你和其他乘客一视同仁。"

"你当然不能那么做了,我也没指望——"

"可是我想那么做,那一夜对我来说意义重大,也许更重要。我想把你当作我的爱人来对待,可是我甚至不能对你眉目传情,真的不能,更别说握住你的手了,或者……"

或者再来一次。我对他未出口的话了然于心。即使我们制造了一个机会也不行。"你真的认为这是个秘密吗?曼彻斯特夫妇离开,显然是为了给我们一些隐私。"

"你没有告诉别人吧?"

"没有。"没说太多,但埃尔斯佩思和凯美都对我露出灿烂的笑容,表示她们对此心知肚明。

"这很重要。船上的人靠谣言过日子,就像飞船靠氢气航行一样。人们会窃窃私语传播小道消息,他们会知道的,但只要你和我守口如瓶,我的……我的权威就不会受到损害。"

他的权威。我内心深处的恶魔在怂恿我,想告诉所有人:我是个真正的女人了——我跟船长享尽了鱼水之欢。可我只是说:"我能明白你的想法。"

有人从梯子上下来了,他站起身来。

那是我老妈,她手上还拿着咖啡杯。

"噢……你好,保罗。"真奇妙啊,寥寥数语,却意味深长。

"早上好,劳拉。回头见,卡门。"她一让开路,他就忙不迭地爬上了梯子。

她微微一笑,看着他夺路而逃,直到他的臀部消失在视线中。然后她舀了一勺速溶咖啡粉,兑上热水。"我初尝云雨那会儿,可比你年轻。"她说道,"17岁。还有'不',不是跟你老爸。"

"你是读研究生的时候才遇到老爸的。"我呆呆地答道。

"他比你大11岁吗?"

"应该说差不多大10岁,他生于2月。"

她在咖啡里加了一些糖,这对她来说可有点儿异乎寻常。"别太对他死心塌地的,他在火星上有他自己的生活,而且他将来会一直待在那儿。"

"也许我也想待在那儿。"甚至当我在说这些话的时候,我都不敢相信这话是打我嘴里蹦出去的。

"当然,我们都有选择权。"她按了按我的肩膀,"他是个不错的男人,但是别忘了,在地球上可有10亿这样的好男人呢。"

她盖上咖啡杯的盖子,摇摇晃晃地爬上梯子,回到她的研究站,没有像普通妈妈一样告诫我一番,比如不要让他伤害你或者不要让你老爸知道,证明生活不是肥皂剧。

老爸当然会知道,和其他人一样。如果飞行员和其他天真的小家伙有一腿的话,我想第二天吃早餐时我就会知道了。

我并不觉得自己特别年轻或天真。如果人尽皆知,为什么不把这种关系继续下去呢?我好像不可能怀孕,服用了德雷兹,我要等我们登陆火星之后才会排卵。他也很清楚这一点,即使是精壮的太空飞行员的精子也活不了那么久。

当路程走到一半的时候，我们所有的年轻人都通过虚拟现实技术见过了志愿帮助我们的"火星导师"。他们不是老师或父母，而是想帮助我们向他们的世界过渡的人。

我的火星导师是"奥兹"，奥兹华·彭宁格博士，像老妈一样，他也是一个生命科学家。他满脸笑容，留了把山羊胡。谈话挺尴尬，在"你好吗"和"我很好"之间足足耽搁了8分钟。

不过我们慢慢对此习惯成自然了。有点像非常慢的即时通信，你问一个问题，接下来做会儿别的事儿。然后他回答了，你再做会儿其他的事儿。我们通常不使用立体视频，除非有什么东西需要展示。

他就像个人见人爱的国民叔叔，承认我们年龄上有差距，却把我当平辈看待，只是我不像他那么知识渊博罢了。我越来越喜欢他，喜欢他的程度甚至超过喜欢大多数飞船上的人。我想这是情理之中，可以预料的，他63岁了，是非裔美国人，来自佐治亚州，是一个外星生物学者和艺术家。他们没有画画用的纸，这是自然，但是他在显示屏上绘制出了精美而又复杂的作品。亚特兰大和奥斯陆的画廊都印制并出售了这些作品。

艺术家的画，应该符合他的个性吗？奥兹天性开朗，长得胖乎乎的，喜欢狡猾的文字游戏和有趣的故事；但他的艺术作品却风格阴暗，令人不安。他曾在挪威学过两年艺术。他声称跟工作室里其他人的作品相比，他的画作算是积极开朗的了。眼见为实，我得亲眼见见才能相信。

他教我使用他用的绘画软件，但我在这方面从来就没什么天赋。他说当我们见面的时候，他会向我演示其中的诀窍。与此同时，我下载了卡通绘画的初学者教程，准备努力学习，到时候给他一个惊喜。

有一个从未接触过也从未见过的朋友，挺有趣的。不知道等见面之后，我们是否会彼此喜欢对方。

15. 性之异常

大约一周时间过去了，保罗没有提议再来一场幽会，不知用这个词是否恰当。他似乎故意把我当作一个普通的乘客来看待，当然他是按计划行事。但我有点忧心忡忡，因为他实在是演得太好了。

他没有刻意对我避而不见，但在这艘飞船上，他是最难落单的那个人了。于是我总是拖到最后一轮再去吃早饭，终于逮住机会堵住了他。

当我向他走近时，他一脸无奈，露出一脸听天由命的表情，但还是伸出手来握住了我的手。"恐怕我有麻烦了，是火星上的。"

"因为我吗？"

他耸了耸肩，"你倒没什么麻烦，但是有人听说了此事，并因为我'引诱来自地球的未成年少女'而对我大加斥责。"

"我成年了！我已经19岁了，离30岁也不远啊。"

"我也指出了这一点。但他们仍然说我行事莽撞，而且违反了职业道德。也许他们是对的。"

"这不公平，我们并没有做错什么。"

"有的人不这么认为。飞船上的某人把这事告诉了火星上的某人。"

"谁？是对你有好感的人，还是对我有好感的人？"

"我能肯定在火星上的人是谁，但我不知道飞船上是谁。估计一开始并无恶意，只不过传传流言蜚语而已。"他喝了口可能早就凉了的咖啡，"我希望你的父母不是以这种方式发现咱俩的事儿的。"

"噢。他们已经知道了，至少我老妈早就知道了，但她对此没有意见。"

他慢慢地点了点头。"那就好。不过我想我们最好还是把这事儿搁一搁，冷静一段时间。"

我努力不让自己的声音流露出愤怒，"我不明白为什么。木已成舟。"

"是的，巫山云雨，已覆水难收。但要继续这么做的话，就是不服从命令。后果可能会更严重，一定会。"

"会影响你的职业生涯吗？"

"不完全是。没人能解雇我，但火星殖民地是个小镇，我必须在那里度过余生。"

"如果你……"我差点说出会让自己后悔的话，"如果你这么说的话，那就这么办吧，但等我们到了火星上呢？"

"那情况就会有所不同，因为人们会开始了解你，并把你当作成年人来看待。"

"那是后面的事儿了，看来我暂时还是个来自地球的未成年少女。"

"我希望不会太久。"他快活起来了，"在火星上，隐私也不成问题。时间和地点都好找。我的室友不会介意消失几个小时让我们享受二人世界。你也可以挑个信得过的人做室友。"

我当然会挑凯美或者是埃尔斯佩思了。"除非他们安排卡德与我同住。"

"他们不会那么残忍的。"他站起身来抱住我，给了我一个长长的吻,"我得走了。你会没事吧?"

"当然。我很遗憾,但我可以等。"我强忍泪水,等他走了才开始哭泣。

16. 崭新世界

我想,有朝一日,火星也会有自己的太空电梯,但在那之前,人们都得以老式的方式,坐航天飞机到达那里。不同之处在于前者像坐电梯,从大楼顶层平稳落下;而后者像打了把伞从楼顶上跳下来,一边急速坠落一边只能祈祷。速度快,而且非常吓人。

我们已经跟着陆舱一起生活了几周,已经把它视为我们家园的一部分了。但到了这一刻,它却成了一种神秘的、有威胁的存在。空气不足,静等我们进入其中。我们中的大多数人都不太想进入着陆舱。

在我们第二次进入火星轨道之前,保罗打开里面的门,准备迅速打开气闸舱,然后说道:"我们走吧!"

我们事先受到过警告,所以当气闸舱打开的时候,我们都把自己裹得严严实实,以抵御气温骤降,而且对耳压增大而带来的疼痛也毫不意外。着陆舱预热了一个小时,然后我们得拿着自己的金属小提箱,飘过气闸舱,到指定的座位上去系好安全带。继而着陆舱像石头一样自由落体遽然坠入虚空,我们极力自控不要失禁,那滋味宛如世界末日。

我通过学习得知,着陆舱的动能会转化为热能,因而不断减速。

着陆舱与火星稀薄的大气层产生剧烈的摩擦,舱体表面温度迅速升高,呈现樱桃红色。但自然科学课本上的图表并没有显示,会有让牙齿格格作响的剧烈震动，以及扣人心弦、让人肝肠寸断的晃动。如果我这辈子再也不用这么害怕，那我可是开心死了。

当着陆舱开始滑翔的时候，所有剧烈的震动和晃动蓦然都停止了，我猜离着陆带还有几百英里了，我原来曾希望能有像普通客机上一样的舷窗，但那时才意识到，那样的窗户，可能会导致心脏病发作。光是斜眼看一下保罗面前那两英尺宽的屏幕，就够骇人的了。因为地面上升到与我们相遇的高度，太陡也太快了，简直让人难以置信。

着陆舱的着陆支架在岩石上滑行，发出刺耳的隆隆声。地面人员已挪开了着陆带内所有的大石头，但我们都能清晰感受每块小石头所引发的颠簸。保罗曾提醒过我们，舌头要远离牙齿。他的提醒是件好事。不然等在新的星球上开始生活时，因咬掉了舌尖而不能说话，那就尴尬了。

我们没在着陆前穿上火星服。火星服体积太大，而座位挤得很近，如果穿上就坐不进去了。而且，若是遇险，我们没机会生还也没机会利用它们。所以今天的第一件事就是为踏上火星而换上火星服。

之前我们对火星服进行了多次检测，但保罗格外谨慎，因为这是它们第一次暴露在火星近乎真空的环境中。气闸舱一次只能容纳两个人，所以我们每次只有一个人进入气闸舱，而保罗待在气闸舱在一旁仔细观察，如果出现麻烦，就随时把人抛回着陆舱。

我们从甲板下的储物柜中取出火星服，整理好。每人一件，此外还有两件满是滴状斑点的通用装。

我们将按名字字母的顺序倒序出舱。这一点不好，因为这让我们一家留到了最后。以前着陆舱从未让人有幽闭恐惧症的感受，但现在它就像个小小的沙丁鱼罐头，人们像沙丁鱼一样慢慢地鱼贯而出。

至少我们可以通过飞行员面前的显示屏，看到外面的景象。飞行员之前把摄像头对准了火星基地，基地里所有 75 个人都聚集在那里观看我们着陆或者坠毁。这导致了卡德某种病态的猜测：如果我们着陆时失事撞到他们怎么办？我猜我们也有可能撞到他们身后的火星基地。想到这样的后果，我也宁愿穿着太空服站在外面。

火星基地的照片，我们已经看过无数次了。至于一切如何运行的工作原理，我们也已经看过无穷无尽的图表和没完没了的描述。可是真的亲身来到此地，真的亲眼看到它的存在，依然让人心神震荡、激动不已。农场比我想象的要大出许多，我想是因为站在农场周围的人与它形成了鲜明对比。当然，由于火星地面有辐射，所以人们都住在地下。

有实际重力的感受很有趣。我说感觉不太一样，老妈同意我的说法，还给出了科学的解释——残存的向心力，等等。我把它叫作真实的重力，而不是人造重力，就是那种有机重力。

很多人当场脱得精光，换上了火星服。我看不出换上火星服在这儿干站个把小时有什么意义。而且我有点害羞，不过这种害羞是有选择性的。保罗跟我亲热时，曾经爱抚过我的全身，但他从来没见过我赤裸的上身。我一直等他到了气闸舱的另一头，才露出并不性感的身材和贫乳几乎用不上的胸罩。反正我得把它脱下来，因为火星太空服的紧身衣部分必须贴身穿。

紧身衣很像轻飘飘的连身袜。先用一条壁虎吸盘带固定住前面，然后你按下手腕上的按钮，在某种电学效应下，紧身衣就会紧紧缠绕在你的身体上，像一只大橡胶手套一样。如果你身材好的话，你看上去就会很性感。

飞向火星

火星太空服的外层,更像一件轻型护甲。当你穿上它时,有点儿松松垮垮的,还哐啷作响。但当你拉上拉链的时候,也会产生某种电学效应,让它变得更贴合你的身体。然后穿戴好笨重的靴子、手套和头盔,它们都是密封的。

当你动胳膊、动腿或者是弯腰的时候,关节处就会嗞嗞作响。

卡德的火星太空服腰部留有余量,一旦需要就可以放量,因为他在火星逗留期间会长高一英尺左右,而我的太空服就没有这么精致的设计了。不过,我要是喜欢火星饮食而发胖的话,还是有些空间的。

因为我们严格遵循字母顺序倒序出舱,所以卡德将是最后一个出舱的人,我是倒数第二个。我走进气闸舱,和保罗待在一块儿。他检查了我的氧气罐和头盔、手套,靴子上的密封件。然后他把大部分空气抽取出去,看着时钟,让我从 30 开始倒数偶数。(我问他是否痴迷于倒数。)他透过头盔对我微笑,并把手一直放在我的肩头。当其余的空气都被抽取完毕时,门静静地打开了。

天空比我预想的要明亮很多,而地面比我预想的要阴暗许多。"欢迎来到火星!"保罗在火星服的无线电通信系统里说道。他的声音听起来很清楚,但又显得很遥远。

我们走下金属板搭的坡道,来到乱石磊磊、沙砾密布的地面上。我踏上了另外一颗星球。

有多少人曾经这样做过呢?

忽然之间,一切全然不同。这是我做过的最真实的事了。

他们可以一直滔滔不绝到筋疲力尽,谈论离开地球摇篮,勇敢地踏上人类的新边疆,来到火星有多特别,不管怎样,那只是说说而已。而当我感觉到火星土壤在靴子下嘎吱作响时,突然之间,一切都变得非常简单而又美妙。我想起了一个立体视频——一部电影——讲的是在第一批登月者中,有个人像小孩子似的到处蹦来蹦去。我自己也跳了起来,然后再来一次,跳得很高。

"小心!"无线电里传来保罗的声音,"先习惯一下。"

"好的,好的。"当我走向另外一个与火星基地相连的气闸舱时,觉得身体有如羽毛般轻盈。我试图弄清楚,到底有多少人真正做到了这件事情,踏上了另外一颗星球?纵观人类的历史长河,大概只有100来个。而我,现在也是其中的一员了。

有6个人正等在气闸舱的门口,其他人都已经进去了。我环顾四周铁锈色的沙漠,抑制住跑去探险的冲动——我的意思是,三个多月来,我们一直束手束脚地待在飞船里,无论去哪个方向都走不上几十英尺。而现在一个全新的世界就在面前,真想到处走走。会有探索的时间的。很快!

老妈拼命眨眼,眨掉眼泪,因为戴着头盔,她的手碰不到她的脸。但这是幸福的泪水,她终于在此刻实现了她的毕生梦想。

我拥抱了她,感觉有点奇怪,因为我们俩都紧紧裹在保温的火星太空服里。我们的头盔碰在了一起。有那么一会儿,我听见了她的笑声。因为隔着头盔,声音闷闷的。

当保罗回去接卡德出舱时,我只是环顾四周。当然,在虚拟世界里,我在火星上曾经待过好几个小时,不过那是假的。从某种程度上而言,这里的环境严酷、陌生、甚至十分可怕。砾石遍布的荒漠,天空是黄色的,大气稀薄,让人窒息。

当卡德来到火星地面时,他也跳了起来,跳得比我还高。保罗一把抓住他的胳膊,把他拽了过来。

这个气闸舱一次可以容纳 4 个人。当气闸舱的门打开时,保罗和另外两个陌生人做手势让我们进去。门在我们身后自动关闭,有盏红灯有规律地闪烁了一分钟左右。我能听见气泵低沉的咔嗒声。然后绿灯一盏一盏次第亮起,气闸舱里面的那扇内舱门,嗡嗡作响地打开了。

"又回到家了。"保罗说道。

17. 绿野仙踪

我们走进温室,那里占地几英亩,密密麻麻地长满了谷物、蔬菜和矮小的果树。空气湿润,弥漫着泥土的清香,以及鲜花馥郁的芬芳。一位身着短裤和露脐 T 恤的女士,示意我们摘掉头盔。

她自我介绍说她叫艾米丽,"我负责管理气闸舱和火星服。请跟我来换上便装。"

穿着累赘的我们,沿着一条金属螺旋楼梯,跌跌撞撞地走了下去,一路叮当作响。下面是一个摆满了架子和箱子的房间,墙是没有粉刷过的石头墙。有一排金属架明显是留给我们这艘飞船上的人用的。架子上放着折叠好的火星服和钛制手提箱。下面贴有崭新的胶带,上面写了每个人的名字。

"换装完毕之后请到餐厅集合。"

她说:"地方不大,你们不会迷路的。迄今为止还没人迷过路。"他们计划在我们驻留火星期间,把地下居住区域的面积扩大一倍多。

我跟老妈相互帮忙,脱下了彼此的火星服。我亟需洗个澡,换上干净衣服。我的连体服皱皱巴巴的,而且潮乎乎的,里面全是汗——

降落时因为恐惧而满身大汗。我闻起来可不像矮牵牛花那样香喷喷的，但是我们大家都相差无几。

在我们前往餐厅的时候，保罗和另外两个男人穿着火星服，嘎吱嘎吱地从楼梯上走了下来。通道的上半截是光滑的塑料材质，发出昏暗的光，光线均匀，跟太空电梯、希尔顿空间站，以及约翰·卡特号彼此相连的管道极为相似。通道的下半截，放着有编号的储物抽屉。

我知道餐厅和其他房间会是怎样。火星殖民地由一系列充气的半圆柱体组成，里面是大型管道，形状并不规则。那是一根天然形成的管道，是古时候岩浆流淌造成的。总有一天，整根管道都将被封闭，注满空气，就像我们刚才离开的那个部分一样。但目前每个人都在加固的球形室中生活和工作。

我们经过了医疗室，这是自我们离开希尔顿空间站以来，所见到的最大的物体了。里面空无一人，但是空气中弥漫着一股医院特有的味儿。它宽约四五十英尺。在狭窄的宇宙飞船里生活过后，这里看起来可真够大的。

但如果从地球上的城镇直接来到这里，我估计你的印象就没有那么深刻了。

在走进餐厅之前，人们彼此低声交谈的声浪就传入耳中。听起来像是在举办鸡尾酒会一样。但这里唯一的饮料就是水，而且你一滴都不敢洒。

餐厅足以容纳 20 多人同时就餐，但现在有 100 来个人待在里面，有的坐在桌子上椅子上，有的四处闲逛打招呼。我们来的这 33 个人，是他们一年半以来看到的第一批新面孔——地球上的一年半大约相当于一火星年，发音为"阿尔瑞"。我最好开始用火星的方式进行思考。

房间有两扇大的假窗户，就像飞船上的视窗一样。从窗户望出去，正对沙漠。我认为画面是实时播放的。画面上毫无动静，但是火星上的所有多细胞生命体应该都聚集于此了。

你可以看见我们的着陆舱，它正静静地停泊在那儿，身后是两条着陆时犁出的沟槽，长约一英里。我怀疑，保罗是不是把着陆舱停得太近了，距离此地只有几百英尺。他之前提过，登陆基本上是全自动的，但是我没见他松开过操纵杆。

我放眼望去，立即看见了奥兹先生，于是便向他走去。我们握手然后拥抱，他比我个头稍矮一些，这对我来说是个惊喜。他抓住我的肩膀看着我，脸上露出灿烂的笑容。然后他环视房间，问我："有点儿怪，是吗？看见所有这些人。"

这 30 多个人彼此共度了几个月以后，看见了 75 张新面孔。"他们看起来像一群火星人。"

他哈哈大笑，问道："着陆艰难吗？"

"蛮可怕的，但是保罗似乎控制住了局面。"

"他也是我来火星时的飞行员，老好人'坠毁'柯林斯。"

"'坠毁'？"

"找一天问问他这绰号是怎么来的吧。"

一位比奥兹先生个头稍微高一点儿的亚洲女人走了过来，他用手臂搂住了她的腰。"乔西，这是卡门。"

我们握了握手。"我看过你的照片。"她说。她全名叫乔西·唐，是奥兹先生的爱人。"欢迎来到我们简陋的火星。"

我用脚轻轻踩了踩金属地板，"很高兴能体验到真正的重力。"

"不管你往哪儿走，重力都保持不变。"奥兹先生说，"等你办完所有手续后，我带你好好参观一下。"

当保罗和另外两个人走进房间时，一位老妇人开始用勺子轻轻敲击玻璃杯。在场的大多数人，无论男女，都穿着用某种薄膜材料制成的长袍，腰间系着腰带。她也一样。

她面色苍白，骨瘦如柴。

"欢迎来到火星，当然我想我已经和你们中的大多数人通过话了。我是妲歌·索林根，现任的火星行政长。"

"在这儿的头几个索尔斯"——就是火星日——"你们既然已经抵达火星，就安顿下来，熟悉熟悉你的新家。请四处看看，有问题可以询问。我们为诸位安排了临时的居住和工作空间。你们几周前曾发送过愿望清单，但现实如此，只有折衷将就一下。在新的模块安装就位之前，地方会有点窄。一旦飞船上的货物开始卸载，我们就开始搭建。"

她勉强露出笑容，但看得出来她平时不擅长微笑。"看到孩子感觉很奇怪，这将是一个有趣的社会实验。"

"你对此事并不太赞成，是吗？"杰弗逊医生问道。

"也许你知道对此我持反对意见。但是他们没有询问过我的意见。"

"索林根博士。"她身后的一位女士用警告的口吻说道。

"我猜没有征询过你们的意见。"他说，"这是地球上的决定，火星公司做出的决定。"

"没错。"索林根说，"这是前哨，不是殖民地。在月球基地甚至地球南极洲的基地里，从没有家庭入住。"

奥兹先生清了清嗓子，"我们已经对此投过票了，大多数人都非常赞成。他们中的大多数人也确实管这里叫作殖民地，而不是火星一号基地。"

警告过索林根的那位女士,接过话头继续说。"就是那些肯定会定居此地的人,那些不会再返回地球的人。"她要么身怀六甲,要么体态丰满。我仔细再看了看,发现房间里还有一位女士似乎也怀孕了。

这样的事情应该上过新闻报道,也许是我错过了,但不太可能啊。

老妈跟我意味深长地交换了一下眼色,看来这里面有情况。

(其实倒没什么神秘的,无非是当妈的想要保留一些隐私。大家都不希望地球插手此事。当火星上的第一个孩子降临人间的时候,所有的地球媒体都会关注此事。在那之前,不必让任何人知道,这一神圣的时刻已经临近。所以他们要求我们在给地球的家人写信或者通话的时候,不要提及火星居民怀孕的事情。)

索林根接着谈到了工作和生活的时间表。对我们这些还在上学的人来说,学习日程表将像约翰·卡特号上那样继续下去。然后给我们安排一些力所能及的轻松活计干干,估计是打打杂或者是在厨房里做苦工,这是我们在飞船上对厨房工作的称呼。

然后,她全凭记忆逐一介绍每位新来的成员,说明他们来自哪里,各自的专长是什么,以及曾获得过什么荣誉及奖项。她玩儿这么一手,把我们都镇住了。她甚至知道我们这些年轻人的情况,麦克·贝克曾在(加拿大)全国拼字大赛上得过奖。尤里与圣彼得堡交响乐团合作表演过独奏。而我在游泳比赛中获得过奖牌。这在火星上,可是极其有用的本事。

她看我的眼神清楚地表明,她就是禁止保罗和我在一起的那个人。我得尽量离她远点儿。

人们与自己的朋友或者同事扎堆聚在一起,当我们在来火星的途中，几乎每个人都跟火星上的团队一起工作过。然后大家前往工作站和实验室继续交流。奥兹和乔西带我和卡德前去参观，一路充当我们的向导。

我们已经走过了"医院"，其实是个救护室，大约宽 3 米，长 10 米。它通过一个全自动的气闸舱与更衣室相连；如果主要的气闸舱出了差池，这里的气闸舱将把整个火星殖民地都封闭起来。

这里的大部分建筑物的标准尺寸都是 3 米 ×10 米。建筑物的内部又分割成小的区域。我们这些新火星人与老火星人见面的那个餐厅，面积大约是标准尺寸的 2/3。200 平方米的大厅，容纳 100 个人还绰绰有余，另外还有一个非常紧凑的厨房和食品储藏室。

整体建筑面积约有一半都是"小隔间"，更像是那种步入式衣橱，那里是人们的就寝之处。大多数小隔间长 2 米，宽 1 米，高 2 米，一上一下两张床铺。所以睡上下铺的两个人最好能和睦相处。床铺可以折叠起来贴墙放置，然后把用于工作或阅读的折叠桌放下来。有 4 个小隔间，要比其他的长出半米，是为身高 7 英尺以上的人准备的。

墙壁五颜六色，有的颜色组合颇为奇特。每个单元 12 到 32 个人，每周投票选出墙壁配色的方案。大部分的墙壁泛着舒适的光线，温暖的米黄色或凉爽的蓝色，但也有明亮的黄色、忧郁的紫色和万圣节常见的橙色。

我们沿着宽约 1 米的主要通道走下去，经过了 6 排小隔间。最后 16 个隔间是临时隔断的，设有简易床铺。从地球上新来的大多数人都在此就寝。在正常情况下，这里被当作人们的娱乐区域。所以大家都动力十足，想赶快用我们带来的材料建起新的生活区。

除实验室和计算机工作站之外，还有三个大型工作区域，其中包括单独用于管理、功率调节和环境控制——水、空气和热量——的房间。最后还有一个通向生物科学实验室的气闸舱,这里受到严格监控。我们尽量小心,不要污染火星环境。同样地,如果在岩石和土壤样本中有休眠的外来微生物,我们也不希望它们进入我们的空气和水中。大家一致认为火星微生物不太可能对我们造成影响,但谁愿意进行尝试呢?这里整个区域的气压都略低于火星殖民地的其他区域,以防止泄漏。

我来到了一个崭新的世界,正在创造历史。正当我意气风发之时,我的电话滴滴响起,提醒我明天要交一篇历史论文。我掐指一算,估计得晚一天才能交,看来要扣掉 10% 的论文分数了。

奥兹先生邀请我跟卡德造访他跟乔西一起住的小隔间。我们 4 个人可以舒舒服服地坐在下铺上。他向我们演示了如何使用折叠桌,跟可伸缩的扶手一起折叠起来就会露出一块小型的高清显示屏。工作台面很平坦,但有一个虚拟键盘。扶手的结构很巧妙,是个平行四边形,你可以用它来调整桌子,把桌面放到不同的高度。

墙上挂满了画,其中只有两幅是他自己的作品。上过艺术史课程的我认出了伦勃朗[1]、波拉克和怀斯[2]的画作。其他的是斯堪的纳维亚艺术家的作品,那些人的名字我前所未闻。

---

[1]伦勃朗:欧洲 17 世纪最伟大的画家之一,也是荷兰历史上最伟大的画家。擅长肖像画、风景画、风俗画、宗教画、历史画等领域。代表作有《木匠家庭》《以马忤斯的晚餐》《夜巡》等。
[2] 怀斯:安德鲁·怀斯是美国当代重要的新写实主义画家,作品以水彩画和淡彩画为主,以贴近平民生活的主题画闻名。代表作有《海风》《克里丝蒂娜的世界》等。

公共广播系统召集所有的"新殖民者"共进晚餐。

吃了几个月的飞船口粮之后，这顿饭真是太棒了！有用新鲜的绿色蔬菜和西红柿做成的沙拉，热气腾腾的玉米面包，以及油炸罗非鱼。

吃完饭后，我们受邀上去参观农场。那些罗非鱼绝非我所见过的最快乐的鱼儿，它们挤在一个小水箱里，水很浑浊，上面漂浮着农业废料（那是它们的食物）。

大多数农作物的种植床上都有补充光源，因为火星的阳光光照强度很弱。很容易辨认出玉米、苹果树、西红柿苗，还有在种植床中培育的生菜和卷心菜幼苗。我不知道稻子到底长什么样，但这儿的稻子跟地球上的稻子样子肯定有很大差异，因为这儿没有那么多的水供给稻田。看见这儿的稻子，凯美捧腹大笑。

我们回到地下，去把我们指定的睡觉区域整理好。然后在淋浴登记表上报名。有两个淋浴间，需报名排序参加。女性一次可淋浴20分钟，男性一次只能淋浴15分钟，因为他们人数更多。在小小的更衣室里有份复杂的说明。

我们每人每月可淋浴160分钟，每个星期可淋浴2次。脱穿衣物要花10分钟左右，也被包含在20分钟的淋浴时间内。站在淋浴喷头下的10分钟里，只有5分钟会供水：打湿身体，涂香皂，抹洗发水，然后努力冲洗干净。

所有我们这些新人，今天如果想洗澡的话都能被安排上——如果！我预约在17:20，然后在门外等了10分钟。华盛顿夫人走了出来，精神焕发，清爽干净。我溜进去脱了衣服，等正在浴帘后冲洗的凯美洗完。更衣室和淋浴间一样大，大约有一平方米，闻起来跟地球上的女更衣室也没什么两样。

我跟凯美隔着浴帘聊了几句。这时水停了，她打开了吹风机。这里不提供毛巾擦干身体，只有一台热风机供吹干。她出来了，看起来面貌一新，闪闪发光。汗流浃背的我进去冲洗。

　　感觉很奇特。从手持式喷嘴喷射出的水足够温暖，但是皮肤上的水在稀薄的空气中迅速蒸发，所以身体的其他部位变得很冷。

　　琥珀色的液体兼具肥皂和洗发水的功用，稀溜溜的，清洁效力很弱。也许在配置时，更多的是为了循环利用的效率，而不是清洁效力。但我确实干净多了，比我在飞船上感受的要干净很多。最后30秒，我用温水冲洗了疲劳的背部。在离地大约4英尺高的地方，有一台固定的吹风机。

　　这个高度有点可爱，正好能让你把背部和臀部吹干。另外还有一台手持吹风机，类似于功率很强的电吹风，让你好吹干身体的其余部位。暖风令人愉快，当我拉开浴帘的时候，感觉好极了。

　　浴帘外面站着妲歌·索林根。她光着身子，瘦骨嶙峋，皮肤像羊皮纸一般苍白。她一言不发地走过我身边，我只来得及匆忙打了个招呼："你好吗？"

　　我迅速穿好衣服，然后看了一眼洗澡登记表。在我之后本来应该是另外一个人，一个我不熟悉的人，但现在进去的却是妲歌·索林根。我猜她想什么时候插队就什么时候插队吧，真是滥用职权。但这可"真够巧的"。她想看看引诱了他手下飞行员的那具性感胴体吗？难道非得是个倾国倾城的大美人，才能吸引一个已经禁欲了3个月的男人？我觉得"只要是个女的"就符合要求吧。

18. 火星行走

我跟埃尔斯佩思和凯美住在一起，共用一个小小的临时住处。上下铺，地上还摆了一张充气床垫。我们同意大家轮流睡床垫，因此每个人有 2/3 的时间都可以躺在床上睡觉。

暂时没有浪漫幽会了。如果真的要幽会的话，我可以让女孩们别看我们这个方向，但是保罗可能会感觉压抑。

床单被挂起来当作墙。只有一张桌子，上面带的显示屏很小。还有一个笨重的键盘和一个旧的虚拟头盔，头盔侧面有一处大凹痕。用虚拟现实技术上课的时间安排没出现什么问题，因为埃尔斯佩思的上课时间比我上课的东部时间早 7 个小时，而凯美的上课时间比东部时间晚 3 个小时。我们把上课时间制成表格，贴在了桌子上。唯一有冲突的是我的自然科学课与凯美的道教与佛教历史课。我上课主要需要看黑板上的方程式，所以我使用显示屏，把头盔让给了凯美。

刚开始的几周，我们的生活都很有规律，因为我们必须协调我们上课和火星上工作的时间安排，因此只剩下很少的时间吃饭和睡觉。

大家都急于搭建一个供居住的新模块，但这不仅仅是卸载安装材料和往里面充气的问题。首先，用细长的金属杆搭建轻巧的外骨架。当全部搭好之后，整个结构就变得十分坚固。然后搭建地板，地板要能承受屋里所有的东西和人的重量。再把新的模块和现有的基地连接起来。在确认新模块不会漏气之前，先通过临时的气闸舱连接。

我喜欢这样的工作。先在户外，把飞船上搭载的货物卸载下来，分门别类，再预先安装某些部件；然后下到通道中，把新旧模块连接在一起。我习惯了穿着火星服进行工作,也习惯了使用"狗"。那是一种装有轮子的机械,大小跟一只大型狗差不多。它携带有备用的氧气和电源。

不过按照工作排班表,有一半的时间,我都在室内辅导那些小孩子做作业,并且带他们做活动避免他们无聊。他们管这种工作叫作"指导",听起来,比当保姆照看孩子要重要多了。

我几乎没见过保罗。就好像负责安排工作细节的人——猜猜是谁吧——费尽心机要把我们俩分开。然而有一天,我刚下班,他就找到我,问我是否愿意和他一起去探险。什么,翘掉数学课吗?我给自己的狗换上新氧气瓶,帮他领了一条狗,然后我们出发去散步了。

对火星以外的人来说,火星的表面看起来大概非常无聊,但事实并非如此。如果你住在地球的沙漠里,情况肯定也是如此:你对家周围的空间大致如何都心中有数,记得清每个小山丘和每块石头——因此当你探险的时候,你会说:"哇,不一样的石头!"

他带我走向电报山的左侧,走得相当快。不到 10 分钟,火星基地就消失在了地平线之下。只要能看到山顶上的天线,我们就能一直保持无线电联络。如果我们想再走远一些,狗随身配有可折叠的辅助天线,可以升高 10 米,我们可以把狗留在半道上,当作无线电的中继台。

虽然我们不需要这么做,但当我们来到一个有点深的陨石坑边缘时,保罗把天线插到了合适的位置。因为他想爬进去看看。

"一定要小心。"他说我们必须把狗留在这儿,如果我们都摔倒受伤了,那麻烦就大了。

我跟着他,小心翼翼地向陨石坑的顶上爬去,每一步都看仔细了再落脚。等到了顶上，他转过身来指点着。

　　顺着他指点的方向，我看到了一幕难以言表的奇景。我们所在的位置并不算太高，但已经可以观测到地平线表面的曲率。我们身后的狗看上去很小，但在近乎真空的环境中，却显得异常清晰，完全不合乎自然规律。

　　在电报山的右边是发射台，约翰·卡特号尾部着地立在那儿，等待合成器以火星的空气为原料慢慢制造燃料。

　　保罗提着一个白色的袋子，上面现在已经被尘土弄上了几道铁锈色的条纹。他抽出一张陨石坑的照片地图，展开给我看。照片上有20个"X"，标着从1到20的数字，从陨石坑边缘的顶部开始，应该就是我们一直站着的位置。然后沿着斜坡向下，穿过陨石坑底部到达中心的小山。

　　"土壤样本收集。"他问我，"你还剩多少氧气？"

　　我用下巴点了点读取数值的按钮，"还能用3小时40分钟。"

　　"那应该够了。你不必非得下去，如果你——"

　　"我要下去！我们走吧！"

　　"好吧。那跟着我。"我没有告诉他，我的不耐烦并不完全是因为我激动万分，还有一部分原因是焦虑。因为在说话的同时，忍不住也在小便。站着使用尿不湿小便，拼命不要放屁。"就像穿着太空服放屁一样好笑"，这种说法也许可以追溯到太空飞行开始之时，可在现实中，这其实一点儿也不好笑。我在出基地之前，吃了两片防肠胃胀气的药，它们似乎依然有效。

　　下坡时很难站稳。我已经有好多年没有夹着湿哒哒的尿不湿走路了，这方面我可疏于练习。

飞向火星

保罗把地图折了起来,这样只显示出沿着陨石坑向下的路径。每走上三四十步,他就会从袋子里取出一个事先贴好标签的塑料小瓶,刮取一些土壤当作样本放进去。

站在陨石坑的地面上,我们孤立无援,我有点怕得发抖。不过回头看去,我能看见在我们过来的方向上露出狗的天线尖。

这里积了厚厚的一层灰,比我在其他地方看到的都要厚。我想是因为陨石坑的坑壁挡住了风。当我们走向中央的小山时,保罗取了两个土壤样本。

"你最好就待在这儿,卡门,我不会去太久的。"山顶很陡,他像猴子一样爬了上去,我本想冲他喊"小心点儿",但没说出口。

我抬头望着他,太阳正在陨石坑的边缘落下。我能看见赭色的天空中,地球正闪着蓝光。除把地球当作学校所在地以外,我有多久没有想到地球了呢?我想是因为我在这里待的时间还不够长,所以没有太多乡愁。对地球的怀旧之情——只会让我想到地方拥挤、重力大、热量高。

这可能是我第一次认真考虑留在火星上。5年后,我就24岁了,保罗仍是30出头。此时我对他的感觉不像在飞船上那么罗曼蒂克了。但我还是很喜欢他,他是个有趣的人。单凭这一点就足以让我们俩比很多夫妻都幸福多了。

但我对他的真实看法是怎样的呢?勇敢能干,还有,承认吧,他很性感!

冷静点儿,姑娘。他只比老爸小12岁。还可能因为辐射过量而失去生育能力。我没觉得自己想生小孩,但有选择权总是好的。

再说了,跟他一起练习床上功夫会挺好玩的。

他收集完样本，就把袋子先扔了下来。袋子旋转着慢慢飘落，落在离我约有 10 英尺远的地方。身为一个火星人，我很惊讶，当袋子落地时，我听到了微弱的咔嗒声。声音穿过陨石坑底部的岩石，从我的脚底传了上来。

他慢慢地爬下了山，我总算松了一口气。我拿着样本袋；他接过袋子，对我做了个手势，意思是"关掉你的通信器"。我照做了，他走近我，把头盔贴在我的头盔上。他的脸凑得这么近，我们都可以接吻了。他对我说话，声音犹如从远方传来的低声呢喃："今晚跟我同床共枕好吗？"

"好的，哦，好的。"

"我的室友要多上半个班，从 18:00 到 23:00。那段时间你有空吗？"

"我的课要上到 19:00，但之后就没问题了。"

他笨手笨脚地拥抱了我一下。穿着火星太空服很难彼此亲近，但我能感觉到他戴了手套的双手揽住我的肩头，他的胸膛紧贴带来的压力令人愉快。

他重新打开通信器时，调皮地朝我眨了眨眼。我跟着他沿原路返回。

在陨石坑的顶部，他停下来往回看。"从这儿看不见。"他说，"我带你去看看。"

"看什么？"

"我最大的胜利果实。"他说着，然后开始往下走。"肯定会让你印象深刻。"

他没有多做解释，只是拉起狗的把手，绕到陨石坑的另一边。

那儿有一架飞行器,一架无人驾驶的补给飞行器。它的尾部向上翘起,头部埋在一个小坑里。

"它变成这个样子都是拜我所赐。所以我肯定不是火星上最受欢迎的人。"走近后,我发现飞行器的侧面有个洞,洞口边缘呈锯齿状,那是有人拿割锯或者激光器切割出来的。"操纵它落地的时候,正好把货舱门压在了底下。"

所以这就是他被人叫作"坠毁"柯林斯的原因。"哇噢,幸好你没受伤!"

他哈哈大笑。"这台飞行器是遥控的。我在基地内部通过控制台遥控它落地。其实这比在飞船上实际操纵降落要难多了。"我们转身向基地走去。

"这是主观判断的问题。当时火星上变向风很大,吹得飞行器前后摇摆。"他做了个手势,宛若鱼在水中游,"我努力不让它撞到基地或电报山,但我操纵得过头了。"

"大家会理解你的做法的。"

"理解并不代表原谅。大家都不得不停止科学研究,驮着东西搬来搬去。"我能想象得出不得不干活的索林根会是什么表情。想到她的狼狈相,我不由得笑了。

她真的对我有意见,处处针对我。我照看孩子的时间是埃尔斯佩思和凯美的两倍——当我建议男生也应该参与这份工作时,她说"人事分配"是她的工作,"谢谢你了"。而当我被分配到外面工作时,分配到的活计都是些无聊和重复的事情,比如清点库存之类的。(这特别有用,以防真的有火星人半夜潜入来偷螺母和螺栓。)

当我们回到基地以后,我径直去了厕所,回收了尿不湿,然后用分配给我的几条小毛巾进行了擦拭。我18个小时没洗过澡了，但身体还算干净，保罗不会那么吹毛求疵的。

在小桌的显示屏上，闪烁着一条留言，留言人是恶龙夫人索林根女士。她注意到我错过了数学课，说她要看看我的作业。她监控过其他人的虚拟现实课堂出勤率吗？

当然，我已经把课程内容录下来了，是微积分的链式法则，"格外"令人兴奋。在回看课程录像时，我睡着了两次，这在虚拟现实中是很难做到的，我不得不从头开始学习。然后我得完成50道微积分链式法则的习题。干脆用链条把我绑起来，扔进微积分的地牢里去算了。但是在去保罗那儿之前，我得先打个盹。我把闹钟调到了15:30，就是90分钟之后。接着给充气床垫充了一部分气，然后跳上去和衣而眠。

18:00时，我试着把注意力集中在自然科学课上，讲的是角动量守恒。用舞蹈和花样滑冰作为实例讲解原理，性感的舞者和花样滑冰运动员旋来转去。讲课的老师让我想到了保罗。

也许此时任何男性都能让我想到他吧。

我又去了趟厕所，梳洗一番。然后我走向4A——大大方方地——轻轻敲门。保罗打开门，一把把我拽了进去。

我们拥抱、亲吻、扯掉对方的衣服，犹如干柴烈火，狂乱而又迷醉。

接着，他给我看了一幅长条横幅画，是印度春宫图。我依图行事，在火星上这么做可比在印度要容易多了。

也许将来会有这样的广告：到火星来吧，像印度神女一样合欢。也许不会有这样的广告的。

我们躺在他狭窄的床铺上小憩片刻，两人同方向侧卧，从头到脚肌肤相亲。

酣睡了一个小时左右，他把手搭在我肩上，摇醒了我。他已经穿戴整齐。"杰瑞要回来了，他不会介意就这样跟你会面的。"他说，"但你可能会大吃一惊。"

我赶快穿好衣服，吻了吻他，道了晚安。走廊里一个人也没有，但我在主过道上，确实碰见了几个人，其中就有杰瑞。他对我扬了扬眉毛，轻轻挥挥手。

我溜进我们临时的寝室，没有开灯，静悄悄地脱下衣服上床睡觉。

"所以我们的飞行员怎么样？"凯美在黑暗中喃喃道。我还没接话茬，她就继续说道："神探夏洛克的基本演绎法而已。你身上的味儿，可不像去骑自行车了。"

"我很抱歉……"

"我又没说我不喜欢这样。做个好梦吧！"

事实上我的梦很奇怪，令人不安。我想找到一场派对，但每扇门背后都是空荡荡的房间。最后一扇门通向辽阔的大海。

没像个乖女孩那样老老实实地交家庭作业，让我陷入了妲歌地狱的特别领域。每天我都必须把数学笔记和作业交给安娜·斯特拉尔，但她显然没时间细细检查。她肯定也是做了什么惹毛了恶龙夫人。

然后，原本由凯美和埃尔斯佩思承担的辅导孩子功课的工作，一多半都一股脑转交给我接手。我也被禁止外出工作。多出来的照看孩子的时间，占用了我的农场时间，就是在地面农场工作的时间。大多数人都认为这是一种享受，妲歌对此一清二楚。

她说我太自私了，为了无聊的玩乐，把自己累得筋疲力尽，耗尽了实际工作可能需要的资源。所以我冒冒失失地提出意见，我真正工作的一部分是去了解火星，她对我的说法大发雷霆。我无权制订自己的训练计划。

好吧，部分原因是她不喜欢年轻人，但还有部分原因是她不喜欢我。因为这只性感的小猫咪，让她手下的飞行员分了心。她没费心向人隐瞒她的心思。我向老妈抱怨，她同意我的说法，但说我必须学会和那样的人共事。特别是在这儿，没有太多选择的地方。

我没有向老爸抱怨。他会说我能从中获得成长经验之类的。我应该试着以索林根的方式来看待世界。抱歉，老爸。如果让我以她的方式来看待世界，把我疲惫的目光投向卡门·杜拉，那岂不就是自我厌恶吗？这可不是什么积极的成长经验。

19. 离水之鱼

一个月后我再次穿上了火星服，但我没有登上火星表面。地面下的熔岩管里有许多工作要做，熔岩管保护着基地使其免受宇宙和太阳辐射的影响。

火星上水量相当充足，但大部分位置不当。地表或地表附近的冰，不是在南极就是在北极。但我们不能在南北两极建立火星基地，因为火星的南北两极有很长时间都是完全处于黑暗中的,可我们需要太阳能。

但在基地下面几百米的地方隐藏着一个巨大的地下湖。我们通过卫星雷达,得知这是火星上最大的水体之一,也是我们最容易利用的大型水体,所以这就是基地安置于此的原因。约翰·卡特号运来了一套专门用于开采水的钻井机械设备。(不过,第一艘飞船和第三艘飞船运来的钻头都断了。真是著名的"火星好运"啊!)

我跟把钻孔机竖起来的工作小组一起工作。工作没啥挑战性,无非就是把东西搬过来放过去的。不过,这可比给熊孩子们辅导功课要强多了,特别是当你气急败坏地想扇他们两巴掌的时候。

有一阵子,从脚下传来电钻的声音,犹如用砂纸打磨东西的微弱声音穿过岩石传了过来。然后一切安静了下来。我们大多数人都忘记了此事。然而,几周之后,钻头打通了岩层,出水了。那天是萨根月12日,从那时起这一天就被称为水日。

我们穿上了火星服,然后从熔岩管和基地外墙之间的缝隙往下走。这感觉有点恐怖,只有火星服上的灯光照明,在冰冷的岩石和充气塑料外墙之间的缝隙宽度不足一米,还得小心,不能碰触塑料外墙。

前面有灯光亮起,我们出来时正赶上大雪纷飞,霰雪疯狂旋转——那简直就是一场暴风雪。钻头打到了冰层上,冰液化成水,水在压力下喷了出来,每分钟喷出几十升,然后当水遇到冰冷的真空时,再度凝结成雪,爆发开来。

有些地方的积雪深及脚踝,当然这种情况不会持续太久,因为真空最终会把雪蒸发殆尽。但是人们已经在忙着接管道,准备给水培农场饥渴难耐的水箱加满水。其中一个水箱已经被命名为游泳池。麻烦就这样拉开了序幕。

我的具体工作是把供水系统和新水泵连接起来。这项工作将分为两个阶段进行：应急和维护。

应急阶段的工作基于一个合理的假设，就是泵用不了很久。所以我们想在它的有效期内，尽可能储存我们能储存的每一滴水。

这就是"运送饮水的小孩"要干的活计。我们有可折叠的隔热水容器，每个可盛放 50 升水。在地球上这 50 升水大约重达 110 磅，跟我的体重差不多。在火星上，虽然有些棘手，但也不算太重。

10 个年龄大一点的孩子，轮流运水，干上几个小时，再休息几个小时。我们有 3 辆手推车，所以这活儿并不算太累。你把容器装满水，这大概会花 8 分钟，随后关掉阀门，迅速离开，以便下一个人接手之前压力不会太大。然后把手推车推到斜坡上，绕到气闸舱，把手推车留在那儿。接着把装满水的水袋扛进来或者拽进来，穿过农场到储水的水箱旁，把水倒进去——那个时候已经是冰水混合物了——再用手推车推着空袋子回到水泵旁。

这工作枯燥无味，如果没法边听音乐边干活的话，你简直会令人抓狂。

刚开始的时候我品位高雅，按我的音乐史教科书听古典音乐；但是日子一天天过去，我开始听越来越多的都市音乐，甚至是颓废音乐。即使不是数学天才，你也会发现，按照这个速度，要花 3 个星期才能填满第一个水箱，它高 2 米，宽 8 米，比佛罗里达州某些住宅后院的游泳池还要大。

飞向火星

水没有结冰,他们把水加热到了室温以上。我们一定都幻想过在其中扎猛子和戏水。埃尔斯佩思、凯美和我甚至都计划好了。

向恶龙夫人请求允许是没有意义的。我们要做的就是调整我们的淋浴时间,全身上下都洗得干干净净——这样就没人能说我们污染了水源——然后同时上下班,再看看我们能不能来个裸泳。或者看看在被人阻止之前,我们能游多久?

两周后,工程师们的进度迫使我们加快了这项计划。他们一直在忙着把泵和这三个水箱直接联通。

巴里的父亲、发明家乔丹·韦斯特林好像是这个团队的负责人。

我们一直相处融洽。他已经上了岁数,但眼睛还是炯炯有神。

一天,我们俩单独待在水箱边上。他摆弄着一些管子和仪表。我闷哼一声,拎起水袋,把里面的水倒了进去。

"这应该是你们最后一天干这活计了。"他说,"几小时后,我们应该就能连通管道了。"

"哇!"我抬脚踏上一个箱子,看了看水位。已经有一多半儿的地方都装满了水,底部有一层红色的沉淀物。"韦斯特林博士,如果有人在这里面游泳,会有什么结果?"

他没抬头,一直看着仪表,"我想如果有人事先洗过澡,游泳的时候又没在这池子里面小便,那么就没人会知道,毕竟这不是供饮用的蒸馏水。但我并不赞成这样的行为。"

当我回到接水的地方时,我跟凯美把头盔凑在一块儿交谈——我一直觉得火星服上的无线电装置是受人监控的——我们约好在2:15的时候去裸泳,就在下一个轮班结束之后。她会把消息传给半夜才来的埃尔斯佩思。这样的话,埃尔斯佩思就有时间冲个澡,然后偷偷把毛巾带到水箱这边来。

我10点下了班,接着用虚拟现实技术上了一节关于斯宾诺莎[①]的课,这可比任何安眠药都管用。我在撑不住睡着之前把闹钟定在了1:30。

两个半小时的睡眠足够了。我醒来时,对即将到来的乐子充满殷切期盼。屋里只有我一个人,我穿上睡袍和拖鞋,悄悄走向浴室。此时预约洗澡的登记册上几乎空荡荡的。

凯美已经洗过了,正拿着阅读器坐在浴室外面。我冲了个澡,正在用吹风机吹干的时候,埃尔斯佩思下班回来了,还穿着紧身衣和袜子。

等她洗完澡,我们三个踮着脚尖,静悄悄地走过工作/学习区域——此时还有几个人在那里工作。不过挂了隔板,免得过路人让他们分心走神。

餐厅空无一人。我们穿过更衣室和气闸舱的门厅,溜进了农场。这时,农场里只亮着几盏昏暗的维修灯。我们蹑手蹑脚地走到游泳池水箱旁——却听到有人在低声细语。

奥兹卡·杰弗逊、巴里·韦斯特林,还有我那白痴弟弟,竟然抢在了我们前面!

"嘿,姑娘们!"奥兹卡说道,"看哪——我们失业了。"侧面的一个水龙头,汩汩地流出涓涓细流。

[①] 斯宾诺莎:巴鲁赫·德·斯宾诺莎(Baruchde Spinoza,1632年11月24日—1677年2月21日),犹太人,近代西方哲学的三大理性主义者之一,与笛卡尔和莱布尼茨齐名。他的主要著作有《笛卡尔哲学原理》《神学政治论》《伦理学》《知性改进论》等。

"我老爹说我们可以收手不干了。"巴里说道,"所以我们想游个泳庆祝一下。"

"你不会告诉他了吧。"我说道。

"我们看上去像白痴吗?"不,他们看上去像全身光溜溜的男孩。"进来吧,水不太冷。"

我看看另外两个女孩,她们耸了耸肩,表示同意。宇宙飞船和火星基地可容不得你太过羞怯。

不管怎样,当我脱掉睡袍和拖鞋的时候,我有点喜欢巴里看着我的样子。当凯美脱下衣服的时候,他的眼神就更加灼热了。

我踩到箱子上,一条腿越过了水箱边缘,姿势颇为豪放。此时,忽然所有的灯都被打开了。

"抓住你们了!"妲歌·索林根沿着番茄和南瓜之间的过道,大步流星地走来。"我就知道你们会这么干。"她瞪着我,我还维持着一只脚踩在箱子上,另一只脚悬在半空中的状态。"而且我知道谁是罪魁祸首。"

她双手叉腰地站在那儿,一脸算计。埃尔斯佩思刚衣裳半褪,但我们其余的人都是赤条条的,俨然一副准备好要参加青少年性爱派对的模样了。"出来,现在就出来。穿好衣服,8:00 的时候到我办公室来。我们将举行惩戒听证会。"她踏着重重的步子回到门口,出去时啪的一声关上了明亮的大灯。

"我会告诉他这事儿不是你起的头。"卡德说道,"巴里的爸爸说管道连通了的时候,我们就差不多都决定要这么干了。"

"她不会相信你说的话的。"我一边说着一边迈下了箱子。"她一直对我穷追不舍。"

"谁不会对你穷追不舍呢?"巴里说道。他是个天生浪漫的人。

8:00 的时候,我们所有人的父母都挤在了恶龙夫人的办公室里。这可不是什么好事。我老爸老妈的上班时间是 21:00 到 4:00,此时正是需要睡眠的时候。父母亲站在房间的一侧,而我们站在另一侧,中间隔着块巨大的显示屏。

姐歌·索林根没有拐弯抹角地来个开场白进行铺垫,而是一上来就开门见山。"昨天晚上,各位的孩子们到新的 1 号水箱里去游泳了。我们对水进行了测试,结果显示有大肠杆菌的痕迹。所以,如果没有煮沸或进行其他形式的消毒,里面的水就无法用于人类食用了。"

"那儿的水本来就只会用于水耕栽培。"韦斯特林博士说道。

"别说得那么肯定。无论如何,这是一种极端不负责任的行为,竟然还得到了你的鼓励。"索林根举起遥控器对准显示屏点了一下。我看到自己正在跟韦斯特林博士交谈的场景。

"如果有人在里面游泳,会有什么结果?"他回答说,没人会知道——但他并不赞成这样的事情。可以看到当时的他,正强忍笑意。

"你在偷偷给我录像?"他问道,一脸不可置信的表情。

"不是给你录像,是给她录像。"

"不是她领头干的!"卡德脱口而出,"这是我的主意。"

"跟你说话的时候你再开口。"索林根冷冰冰地说道,"你对你姐姐忠心耿耿,真是令人感动,但不合时宜。"她又按了一下遥控器,显示屏上出现了我和凯美在取水的地方把头盔凑到一块儿交谈的图像。

"今晚就去裸泳吧。韦斯特林博士说,几个小时之后管道就连通

飞向火星

了。我们定在2:15的时候吧,就在埃尔斯佩思下班以后。"能听到凯美微弱的赞同声。

"你窃听了我女儿火星服上的无线电通信?"我老爸说。

"算不上,我只是禁用了她火星服上通信器的断路开关。"

"这也太……太不合法了。这要是在地球上,他们会把你揪出法庭,然后——"

"这里不是地球。在火星上,水是头等大事。你在这里待得越久,你就越会重视此事。"

哦,当然了,就像住在宇宙飞船里不算数一样。我觉得没有水的生存周期比没有空气的生存周期要更长一些。

"此外,大姑娘小伙子光溜溜地待在一起于理不合,即使他们没有计划发生不当的性行为——"

"哦,求您了。"我说,"请原谅我贸然打断您说话,索林根博士。但事实并非如此,我们甚至不知道这些男孩会在那里。"

"真的吗?那当时你们是不期而遇喽。可当我打开灯的时候,你对遇到他们一点儿也不惊讶,也不害臊。"卡德扭动着身子举起手来想要发言,但恶龙夫人没理睬他。她转向那些父母,"我想跟你们谈谈采取什么惩罚是合适的。"

"每天在那个池子里游上20圈。"韦斯特林先生说,声音近乎咆哮。我一早就注意到,他根本不喜欢索林根,而索林根对他的监视行为,显然是压垮骆驼的最后一根稻草。"他们只是孩子,看在基督的分上。"

"你是想说他们这么干并无恶意。但他们必须认识到,把意图当作借口,在火星上行不通。"

"我认为适当的惩罚首先是一个月不让他们洗澡。我还会减少他们的饮水量,但这很难控制,因为我不想危害他们的健康。"上帝呀,对惩罚我们这件事,她可真是全心投入。

"在这个月里,我也会禁止他们使用立体视频和虚拟现实技术进行娱乐,也不允许他们上到火星地表进行探测。至于教唆此事的人,杜拉小姐,惩罚加倍。"——她转过身来面对着我们——"如果她的弟弟坚持要分担责任的话,那么也是惩罚加倍。"

"我愿意分担责任!"卡德厉声回答道。

"很好,那么你们两个人都要受罚两个月。"

"这好像太严厉了。"凯美的父亲说,"凯美告诉过我,女孩们在下水前确实洗得干干净净的。"

"意图毫无意义。细菌已经进入水中了。"

"对植物无害。"韦斯特林博士重复道,"可能对人有害。"

索林根狠狠地瞪了他一会儿。"我记住你的异议了。对于采用这样的惩罚,你们还有其他的反对意见吗?"

"对于惩罚我们没有异议。"我老妈说道,"但杜拉博士和我都反对你这种获取证据的方法。"

"我完全愿意为此接受审查。"那些老资格的人可能会赞同她这种做法。他们觉得来火星的新人,仍然深受人权法案或者俄罗斯和法国法律的荼毒。

其他人没有再提出反对意见了,所以索林根提醒我们的父母,他们将负责监控我们的虚拟现实技术和立体视频的使用情况。但更重要的是,她期望我们因为荣誉感而自监自管。

可是,她期望我们应该把什么当作"荣誉"呢?将现已过时的水的神圣性视为至高无上？还是重视她对我们的监视权？事实上，是尊重她不受限制的权力？

我会想办法报复她的。

20. 夜间行走

这事闷在心头，让我一整天都憋屈得慌，实在是受够了。我不知道自己是什么时候做出这个决定的，或者比起梦游来，这更像是个决定。大概在凌晨3点前，我依然感觉到愤怒不已，困窘难堪，所以无法入睡。

于是我起了床，沿着通道往餐厅走去，想吃点东西。但我经过餐厅时，却没有停下脚步。

看来除我之外，其他人都没起床，只有昏暗的安全灯亮着。我在更衣室里紧张不已，这才意识到自己在做什么。

气闸舱上有个警告越权按钮。如果你要让内舱门一直开着，按下它，异常报警器就不会一直响下去。他已经向我演示过，怎样用铅笔或钢笔的笔尖儿，把按钮按下去卡住。

关闭了气闸舱的异常报警器后，你实际上可以独自外出而不被人察觉。某天清晨，卡德和巴里一起这么干了几分钟，只是为了证明此事可行。所以我可以一个人去外面待上一两个小时，然后再偷偷溜回去。

我真的想一个人待着吗？

我穿好了火星服，尽量不弄出大动静来。然后在我走向气闸舱之前，我有条不紊地检查自己的穿戴，把这想象成我正在对另外一个人进行安全检查。如果死在外面,而且是违反规定地死去,那将是多么可悲!

我悄悄爬上楼梯,像个小偷一样。好吧,我就是个小偷,他们能做什么?把我驱逐出境吗?

为了安全起见,我决定带一只狗,尽管它会拖慢我的速度。我犹豫了一下,又试着多带上两个氧气瓶,但这让我显得相当笨拙。宁可事先谨慎有余,不要事后追悔莫及。我模仿老妈的声音自言自语,边说边咬牙切齿。但是因为不带狗出去而死,这种死法也太可悲了。罪魁祸首都是邪恶的,而不是可悲的。我按下了警告越权按钮,然后用笔尖把它卡住了。

真空泵排气的声音很响,但我知道,这种响动到更衣室就几乎听不见了。咔嗒咔嗒的声音逐渐消失在寂静中,接着红灯变成了绿灯,外舱门在黑暗中打开了。

我牵着狗走了出来,门在狗的身后关上了。

我决定不打开火星服上的照明灯。在那站了几分钟以后,我的眼睛开始适应了黑暗。夜晚在星光下散步——这在地球上我住过的任何地方都是无法实现的。但在这里,如果我小心一点就不会有危险了。再说,如果我打开照明灯的话,也许就会有人透过餐厅的窗户看见我。

附近的岩石让我辨清了方向,我向电报山走去。等到了山的另一侧,从基地就看不到我了,反之亦然。近一年来,我第一次独自一人待着。我是说地球年。

在这幽灵般的暗淡光线中,看见那眼熟的、砾石密布的旷野,让我重拾最初到达此地时的那种心情,既神秘又兴奋,就是着陆火星时,以及我第一次和保罗在火星上进行远足时,所体验到的那种神秘感和

飞向火星

兴奋感。

如果他知道我正在干什么——嗯,他可能会暗地里同意我的做法。除安全问题以外,他可不算是个循规蹈矩的人。

正当我思绪万千之时,一块小石头绊到了我的脚,我趔趄了一下,赶快恢复平衡。走路的时候,眼睛要盯着地面。在这里绊倒,并摔碎了头盔,这种死法——让我想想用什么词来形容——太可悲了!

不到半个小时,我就到达了电报山的山脚下。山并不陡,但牵着狗爬山有点费力。真正爱冒险的人会把狗留在身后,只靠火星服自带的氧气爬到山顶,虽然我喜欢冒险,但我也害怕自己会悲惨地死去。我可以不用翻山越岭,而是牵着狗绕山而行。我决定径直向前走一个小时,看看自己能走多远,然后沿着狗在灰尘中留下的印迹往回走。

这是我犯下的大错,反正是过错之一。如果我只是爬到山顶拍张照片,然后就下来,径直往回走,我也许就能逃过一劫。

我可没彻头彻尾地犯蠢。我没有走进电报山的"无线电禁区",而是边走边调高狗的无线电天线。因为我正朝着地平线前进,而且知道地面上任何一个小洼地,都有可能让我远离基地的无线电信号覆盖范围。

风刮得大了些,当然,穿着火星服的我,感觉不到刮风也听不见风声,但天空中的迹象证明了这一点。木星正冉冉升起,但空气中扬起漫天尘埃,让它明亮的淡黄色光环稍显暗淡。我还记得,当我们离开佛罗里达州的那个清晨,老爸向我们指点天上的星辰,先指出木星,接着又把火星指给我们看。一想到我现在正站在他当时手指的那个小光点上,我就兴奋得浑身颤抖。

与火星上的其他区域一样,火星殖民地的周边,也经过了详细勘探。但我在和保罗一起寻找岩石的时候就得知，在离气闸舱仅数百米的地方就能有新发现。我走了四五千米，真的发现了一些新东西。

我走了57分钟，准备往回走，正想找块软岩，在上面用"×"或者别的什么做个标记——也许可以在上面写上"投降吧，渺小的地球人"。尽管我怀疑，大家一看就会知道这是谁干的。

无声无息，毫无征兆。猝然之间，我有一种失重的感觉，从地上的一个洞里掉了下去——我不慎踩穿了一层像薄冰一样的东西，但是下面空无一物！

当我翻滚着跌落的时候，我只来得及打开了火星服上的照明灯。但我只看到那只狗在我身边旋转，然后又在我上方旋转。

感觉像过了很久，但我想我摔下来的时间可能只有几秒钟。我的左脚狠狠地磕在地面上，能听到骨头断裂的恐怖声音，紧接着，钻心的疼痛向我猛烈袭来。

我躺在那里，一动不动。灯灭了，明亮的红色电火花从我的视野中消失了，而我的疼痛加剧，愈来愈强烈。努力思考，不要尖叫。光线又暗了下来。

我的脚踝可能骨折了，左边的肋骨也至少断了一根。我深深地吸了一口气，仔细倾听呼吸的声音——保罗曾经告诉我，他在车祸中撞断过一根肋骨，然后通过呼吸的声音，他听出断裂的肋骨刺穿了他的肺。我确实很疼，但听起来没有什么异常之处——然后，我意识到自己还能呼吸，已经很走运了。我的头盔和火星服也都完好无损。

可是，我能等来及时的救援，并一直维持呼吸到那个时候吗？

我点击火星服上的照明灯开关，一遍又一遍，但灯就是不亮。如果我能找到那条狗，如果狗完好无损，那我就能多拥有16个小时的氧气。否则，火星服自带的氧气只够我呼吸两个到两个半小时。

我觉得在地下无线电没什么用。但不管怎样，我还是试了一下。对着无线电大喊大叫了一分钟，然后仔细倾听。没有任何回应。

这些火星服应该装有某种蜂鸣器，用来进行追踪，但我想没人会离群走散，并消失得无影无踪。

现在大约是凌晨4点，要过多久，才会有人醒来发现我不见了？要过多久，才会有人担心到要检查一下，然后才发现我的火星服和狗都不见了？

我试着站起身来，但劳而无功。疼痛难忍，骨头发出的声音，令我心生不祥之感。我忍不住哭了，但一分钟之后就停止了哭泣。太可悲了！

我必须找到那只狗，上面携带有氧气和电源。我伸出手去，来回拍打着地面，绕着圈到处扒拉，四处摸索着狗。

附近都摸索完了，也没找到狗。但在落地之后，它能滚出多远呢？

我必须小心谨慎，不要随便往哪个方向乱爬，然后迷失方向。我记得我感觉到身体左侧有块很大的石头，有点尖——幸好我没落在上面——我可以把它当成一个方位参照点。

我找到了那块石头，向上移动，直到我的脚碰到了它。我把自己想象成一只老式钟表上的时针，像毛毛虫般向12点的方向蠕动前行，爬的距离大概相当于我身长的4倍。然后再爬回那块有点尖的石头，向相反方向，就是6点的方向爬了同样的长度，但那里什么也没有。9点或者3点的方向，也什么都没有，我努力让自己不要惊慌失措。

在我的脑海里，我能"看到"那些我还尚未到达的地方，12点和3点之间的夹角，3点和6点之间的夹角，等等。我回到那块尖石旁，重新开始。第2次尝试时，我的手碰到了狗的一个轮子。尽管现在的处境很糟糕，我还是笑了起来。

狗的侧面着地，我把它扶正，摸索着打开灯的开关。当灯光亮起来的时候，正对着我的眼睛，明晃晃的，晃得我睁不开眼。

我把头转向别处，几分钟后，等眼睛适应了光亮，我能看到我所待之处的部分模样。我掉进了一个巨大的地下洞穴，形状有如穹丘，虽然我看不见顶上的样子。我猜想这里也是熔岩管的一部分，几乎要露出地面了。多年风化把这里磨得太薄了，承不住我的体重。

也许它跟我们生活在其中的熔岩管是连在一起的，但是即便如此，即便我知道该往哪个方向走，我也不可能爬4千米回去。总之，我试着不去理会疼痛，而是计算了一下，16个小时的氧气，4千米的路——这意味着要以每小时250米的速度爬行，身后还要拖着那条狗……我最好还是希望他们能在这里找到我吧。

但这种可能性有多大呢？他们也许能靠狗的踪迹，或者靠我的鞋印进行追踪？只有在满是灰尘的地方才能留下这些印记，如果在黎明前，风没有盖住这些蛛丝马迹的话。

如果他们在晚上进行搜寻，狗的灯光，也许会有帮助。但搜寻者得离洞口有多近，才能看见灯光呢？近到掉下来跟我做伴儿吗？

这只狗的电源能持续那么长的时间吗？今晚亮上整整一夜，明晚再接着亮？倒也不需要亮得更长的时间了。

脚踝没那么疼了，那是因为疼到麻木了。我手脚冰凉，是火星服出了故障，还是因为我手脚摊开躺在冰冷的洞穴地面上？这里可是阳光从未照耀过的地方。

一开始，我意识到，寒冷可能意味着我的火星服没电了——它本应自动加热我的手套和靴子。我张大嘴巴，用下巴按下了读数开关。

我的眼前本应显示技术数据读数，显示"剩余电量"，但结果什么也没显示。

好吧，狗显然可以为我的火星服匀点儿电。我解开充电线，把它的插头插入我的二极管供电单元。

没有任何动静。

我用下巴一遍又一遍地按着开关。始终没有任何动静。

也许只是读数显示器坏了，我在充电，但它没有显示读数。努力不要惊慌失措，我扭动插头，拔掉又插上，仍然毫无动静。

不过我还在呼吸；这部分装备没有失效。我解开狗身上的脐带缆管，把它插进二极管供电单元的底部。砰的一声巨响，冰凉的氧蓦地吹过我的脖子和下巴。

至少我不会因为缺氧而死，在耗尽空气之前我就会被冻僵了。真令人欣慰！恐慌令胃酸在我的喉头翻涌；我抑制住想吐的感觉，用吸管吸了几口水咽下，直到恶心感渐渐消退。

这让我想到了身体的另一个排泄出口。于是我咬紧牙关控制身体。

我绝对不想在我死之前大小便失禁，以致火星服的应急尿不湿派上大用场，虽然处理尸体的人以前可能见过这样的情况。大小便都会被冻得硬邦邦的，所以不管是在身体内部还是在身体外部，都没什么两样。

我停止哭泣，打开无线电，向人们道别，为我的愚蠢而道歉，虽然不太可能会有人听见。除非火星服里有什么秘密的录音机，而且多年以后有人偶然发现了这段录音。说不定恶龙夫人有什么要说的话，她肯定有话要说。

我真希望我跟老爸学过坐禅，如果老爸在这种境地之下，他会泰然处之，然后等待意识脱离皮囊。

我把狗倒立起来，让它发出的光直接照向我掉进来的洞，但那里太高了看不清楚。

我再也感觉不到自己的四肢了，眼皮越来越沉重。我以前读到过，冻死是离开人世痛苦最少的方式了。我最后一个完整的想法是："谁能死而复生，告诉人们死后的世界是什么样呢？"

然后我产生了幻觉，看见一个穿红衣的天使，被虚无缥缈的气泡包围着。他极其丑陋。

II 第一次接触

1. 守护天使

我在疼痛中醒来,脚踝一抽一抽的疼,手脚也火辣辣的疼。我躺在一个巨大的充气枕头上。空气黏稠,闷不透气,光线昏暗。一盏黄色的灯上下摆动着朝我飘来,灯光越来越亮,我听到繁杂的脚步声如雨点般响起。

那是一只手电筒,或者更确切的说,是一根荧光棒。手持荧光棒的人……不是人,那是我梦中见过的红衣天使。

也许我依然在做梦。我赤身裸体,有时我做梦会梦见自己光着身子。那只狗在几英尺远的地方,我受伤的脚踝被夹在两片东西中间,感觉像木头。我还在火星上吗?

这个天使有好多条腿,类似束腰外衣的红色衣物下伸出了四条腿。他的头,如果那真是他的头的话,看起来像个稀巴烂的土豆,软乎乎的,皱纹密布,上面全是眼睛。也许是眼睛,很多只眼睛,或者是触角。他的个头跟小马驹差不多,看上去似乎有两条正常大小的胳膊和两条较小的胳膊。作为天使,他周身一股腥味,像极了金枪鱼的味道。

在这怪物面前赤身裸体,我本来会吓到魂飞魄散。但他肯定是我的救命恩人,使我免于冻死,或者他的穿着打扮很像是我昏迷过去前见到的那个天使。

"你是真的吗?"我说。"要么我还在做梦,要么已经死了。"

他发出某种刺耳的声音,颇似牛蛙的叫声再加上牙齿格格作响的声音。然后他吹了一声口哨,灯就亮了。光线依然暗淡,但足以看清四周。虚幻感令我头晕目眩。

我当时太过冷静了,也许是因为我根本无计可施。要么我还在做梦,梦境光怪陆离,要么这就是死后会有的遭遇,要么就是我彻底疯了。或者,我被火星人救了,不过这是最不可能的。

但火星人不会呼吸氧气,不会呼吸浓度这么高的氧气。他不会有木头用来做夹板。尽管眼前这位仁兄,可能会对踝骨颇有心得,因为他有那么多只脚。

"你不会说英语,对吗?"

他进行了长篇大论的回答,听起来颇有威胁意味。也许他是在说,被用于食用的动物没有发言权。

我所在的房间是圆形的。当我和这个大个子的红衣先生同时身处其中时,这间屋子就显得小了点。

圆形的墙壁,看上去好像是由几层塑料板组成的。他是从塑料墙的缝隙进入房间的。打磨抛光的石头地板很暖和。高高的天花板跟地板看起来差不多,但有四盏淡蓝色的灯镶嵌在上面,看起来像廉价的塑料装饰品。

这里感觉就像医院的病房,也许的确是个病房。这个枕头大到可以让他这样体形的人躺在上面。

在狗的旁边有个石头基座,上面放着个大水罐和一个杯子,杯子是用类似黑曜石的东西制成的。他往杯里倒了些东西,给我端了过来。

他的手的颜色，也是土豆外皮的那种棕褐色，有四根长长的手指，但没有指甲。手指上有很多小关节，所有手指都一样长，看起来任何一根手指都有可能是大拇指。他较小的那双手跟较大的那双手样子差不多，只是尺寸小了些。

杯子里的东西闻不出是什么味道，喝起来像水，所以我贪婪地几口喝了个精光。

他把杯子拿回去重新斟满。当他把杯子递向我时，他用一只较小的手指着它说"Ar"。听起来有点像海盗说话。

我指着水说："Water？"他的回答发音近似于"war"，还带着很多额外的卷舌音"r"。

他放下杯子，给我端来一个盘子，盘里装着的东西活脱脱就是蘑菇。不，谢谢，我读过那个故事。

有那么一个疯狂的瞬间，我在想这是不是真的——是我吃了什么东西，或者是摄入了什么东西导致了这一切吗？这是服用了大量麻醉药物之后做的梦吧？但我所遭受的痛苦实在是太真实了！

他动作优美地拿起盘中的东西，接着他的脖子上张开了嘴。可怕的红色嘴巴里露出一口明显的黑色牙齿。他咬了一小口，然后把东西又放回盘子里。我摇摇头表示拒绝，尽管这在火星语中可能意味着"是"，或者是致命的侮辱。

如果不吃东西的话，我能坚持多久？大概一个星期吧，但刚想到这儿，我的肚子就咕噜噜地叫唤开了。

我碰了碰胸口说："卡门。"然后我指着他的胸口，如果那确实是他的胸口的话。

他碰了碰自己的胸口说："哈恩。"嗯，这是个开始。

不，我抓住他的手——皮肤干燥而又粗糙——拉过来，碰了碰我的胸口。"卡——门。"我慢慢地说。这一幕简直像人猿泰山里的场景：我是简，你是泰山。不同之处在于我是卡门，他是土豆头先生。

"哈恩。"他重复道。如果你发不出 c 或者 m 音的话，这么喊卡门也不算太糟糕。接着他轻轻地握住我的手，放在他的两只小胳膊之间，然后发出了噼噼啪啪的声音，这是人类无法发出的声音，至少无法用嘴发出这样的声音。他松开了我的手，但我还是把手放在那儿，然后说："红（Red），我就叫你红吧。"

"雷（Reh）。"他说道，然后重复了一遍。我激动得全身发颤，我正在和一个外星人进行交流，这一刻应该勒碑刻铭流传百世。但他忽地转身离开了。

我趁着独处的空子，单脚蹦到那个洞旁如厕，说起来轻松做起来难。我需要找个东西当拐杖用，但这儿可不是沃尔玛。我喝了点儿水，然后单脚蹦回到枕头边，一屁股坐了下来。

我的手和脚疼得没有那么厉害了。它们都红通通的，一副被严重晒伤的样子，我估计这是冻伤初期的症状。我本可能会失去一些手指和脚趾——但这对我来说并不重要，因为我本可能会肺部结冰悲惨死去。

我环顾四周。我是在火星内部，还是在宇宙飞船里呢？你不可能用石头来制造宇宙飞船，所以我们肯定是在地下。但这石头看上去一点儿也不像火星殖民地隧道里的石化熔岩。而且这石头很温暖，应该是用了电或者别的能源来加热。灯光和塑料板看起来使用了高科技，但其他的一切都很简单——例如地上的那个洞？（我希望这不是别人家的天花板！）

我心里复习着为什么火星上不可能有更高形态的生命,尤其是科技生命的原因:没有人工产品的迹象——我们所绘制的火星地图已经精确至英寸,所有看上去像人造的东西,结果都是自然形成的。火星空气稀薄,完全无法正常呼吸,尽管我似乎正在呼吸。水也一样,还有温度。

火星的地下生活着大量的微生物,但他们是如何进化成像红这样的庞然大物呢?火星上的大型动物吃什么为生呢?岩石吗?

红拿着他的荧光棒回来了,后面跟着个人,体形只有他的一半大,穿着一身明亮的橙绿色衣服,皮肤更光滑,像个更新鲜的土豆。我断定她是女的,就叫她绿吧。暂时先这么称呼着吧,我也有可能把他们的性别搞反了。他们看到了我的裸体,而我没有看过他们的裸体——其实我也不急于看到,穿着衣服的他们已经够吓人的了。

绿拿着一个塑料袋,里面装的东西轻轻碰在一起,发出咔嗒咔嗒的声音。她小心翼翼地放下塑料袋,和红用刺耳的声音交谈了几句。

她先拿出一个盘子,看起来像陶制的。又从塑料袋里抖出一点儿像草药的东西,或者是大麻。

那东西立刻冒出袅袅青烟。她把它塞给我,我闻了闻,味道令人愉快,像薄荷或者薄荷脑。她用两只较小的手做了个手势,一种驱赶的动作。我觉得她的意思是"深呼吸",于是我就照着做了。

她把盘子拿开,然后从袋子里拿出两个透明圆盘,形如大眼镜的镜片。她递了一个给我。我拿着一个圆盘,她把另一个圆盘先是按在我的额头上,然后放在我的胸口,接着又放在我的腿侧。她轻轻抬起我那只脚踝受伤的脚,把圆盘贴在我的脚底,然后对另一只脚也如法炮制。最后她把圆盘放回包里,一动不动地站着盯着我看,像医生或科学家一样。

我想,好吧,这应该到了外星人往你屁股上插管子的时候了,但她肯定把管子忘在了办公室里了。

她和红商量了一会儿,一边用他们较小的那对胳膊打着手势,一边发出刺耳的声音,像海豚音和机械声的混合。然后她把手伸进包里,拿出了一根小金属管,这让我不由心生畏缩。但她抖了抖手腕,这根金属管就伸长到了6英尺。她向我演示如何把这根金属管当作拐杖用,样子很奇怪,活像缺了四条腿的蜘蛛。演示完后,她把金属管递给我,同时说"哈恩"。

我猜,那就是我现在的名字了。拐杖入手,掂量起来比铝要轻。但当我用它支撑自己行动的时候,感觉它既坚硬又结实。

她把手伸进她的魔术包里,拿出一件东西,跟她的外套差不多,更厚些也更软些,颜色是灰色的。上面有个洞,是用来套头的。但是没有袖子,也没有其他复杂的装饰。我满怀感激地穿上,它松松地披在我身上,不妨碍我使用拐棍。很暖和,也很舒适。

红打头走在前面,用四只手做了一个波浪起伏的手势,表示"跟我来"。我跟着他,绿走在我的身后。

穿过那些塑料墙上的缝隙,不管它们是什么,感觉很奇特。它们宛若活物,就像有数百万只柔软的手指紧紧地抓着你,然后一下子全部松开,在你身后啪的一声合上。

穿过头一道缝隙,我感觉明显更冷了。穿过第二道缝隙之后就更加冷了,而且我的耳压发生了变化。在穿过第四道缝隙之后,气温接近冰点,尽管地板仍然很暖和。而且空气明显稀薄,我几乎喘不过气来,还能看到自己哈出的白气。

我们走进一个巨大的黑暗洞穴。大约与膝盖平齐的地方，成排亮着昏暗的灯光，标记出路径。所有的灯光都是蓝色的，但每条路的蓝色都独一无二，在色彩的轻重强弱上有所区别。

在明亮的绿松石蓝和暗淡的海蓝宝石蓝交界的拐角处与我相遇吧。

我试着记下我们行走的路线。在这种蓝色的道路向左转，然后在那种蓝色的道路向右转。但我不确定这样的记忆能有多大用处。怎么？我准备逃走吗？屏住呼吸，然后一路逃回火星基地去？

我们穿过一层塑料墙，进入一片开阔的区域。亮度跟我刚才待的病房差不多，而且暖和程度也差不多。空气里飘荡着谷仓前空地的味道，沁人肺腑。周围都是植物，外形类似西兰花，但颜色却是棕灰色里掺杂着一些黄色。这些植物生长在水中，能听见流水声潺潺。在接近地面的地方漂浮着一层淡淡的雾气，我感觉脸上湿润润的。像我们的农场一样，这也是一个水培农场，但没有绿色植物，也没有颜色鲜艳的番茄、辣椒和柑橘。

绿弯下身子，挑了一些看起来像雪茄的东西，或者更难吃的东西，然后递给我。我摇了摇手谢绝了她的好意。她把那东西掰成两半，其中一半给了红。

我说不清楚这地方有多大，大概有几英亩吧。那么，用此处作物填饱肚子的所有人都在哪里呢？我是说所有的火星人。

当我们穿过另一层塑料墙，进入一个更明亮的房间时，我的问题得到了部分解答。这个房间和我们带来的新太空舱差不多大，大约有20个外星人，正在两面墙壁前忙活着。

他们有的站在桌子前，有的站在像数据显示屏的东西前，不过显示屏不是塑料制品而是金属制品。这里没有椅子，我想四足动物不需

飞向火星

要坐椅子。

他们都开始向我靠近,边走边发出奇怪的噪声。如果我把他们其中之一带到人类聚居点中,人类也会做同样的事情。虽有一定的心理准备,但事到临头,我依然胆战心惊,彷徨无助。

当我往后退缩的时候,红在我面前伸出一只胳膊保护我,同时用牛蛙般的声音发出了几个音节。于是他们都纷纷止步,停在了10英尺开外。

绿对他们讲话,声音更为轻柔,她向我打了个手势。于是他们按照颜色的区分,井然有序地走上前来——两个黄褐色,三个绿色,两个蓝色,等等——每种颜色的火星人都静静地在我面前站了几秒钟。我很想知道是不是颜色是用来代表等级的,其他的人都没穿红色衣服,他们的体形都赶不上红的大块头。也许他是雄性领袖,或者是唯一的雌性,就像蜂群中的蜂后一样。

他们在做什么呢?只是近距离观察我,还是轮流试图用意识波动来摧毁我?

在见面仪式完成后,红对我打了个手势,示意我过去看看那块最大的金属显示屏。

真有趣,显示屏上显示的是我们的温室和火星殖民地面其他部分的全景。

画面显示的角度可能是从电报山山顶进行的俯拍。我看到有很多人站在一起——对正常的工作场合来说,人太多了——约翰·卡特号渐渐滑翔而来,映入眼帘。红色的尘土在飞船身后喷涌而出,犹如公鸡的尾巴迎风招展。许多人上蹿下跳,挥舞着手臂。

接着屏幕变黑了几秒钟,等它再度亮起,一个红色的矩形物体慢

118

慢地打开了……那是夜里当气闸舱打开时，气闸舱的灯光照耀的场景。我看到几个小时前的自己走出气闸舱，身后拖着一条狗。

摄像机肯定小得犹如飞虫，就是国土安全部用于间谍工作的那种。我当时确实什么也没看到。

当外舱门关上时，画面变成了蓝幽幽的颜色，就像在地球上，清月流华照耀人间的景象。摄像头对着我持续拍了一分钟左右。我险些绊了个跟头，然后就盯着地面走得更小心了。

然后镜头切换到了另一个位置，我知道接下来会发生什么事情。地面塌陷，我和狗消失了，尘土飞扬。接着，风立刻卷走了扬起的尘土。

飞虫状的摄像机，不管它是什么吧，从洞里飘了下来，在我的身体上方盘旋，当时我正痛苦地扭动着。一排发光的符号出现在显示屏的底部。

当我找到狗并把它身上的光源打开时，显示屏上尽是白光。

然后大块头的红飘了下来——这视频显然是快进播放的——他身上套着好几层塑料材质的太空服，看上去跟他们的墙壁质地一致；他骑着一个看起来像金属锯木架的东西，有两个跨斗。他把我放进一个跨斗，把狗放进另外一个跨斗。接着，他又飘了上去。

然后，画面直接跳转到我躺在枕头上的模样，一丝不挂，一点也不可爱，姿势令人难堪——我脸涨得通红，好像他们谁会在乎似的——接着镜头拉近拍摄我的脚踝，那里青青紫紫，肿胀不堪。然后在同样的位置，出现了一具完整的人体骨架，显然是我的。镜头像刚才那样移动。骨骼断裂处发出红光，然后我的脚，在骨折下面的位置轻微地蠕动了一下。断裂处发出蓝光，然后蓝光消失了。

就在那时我突然注意到，脚踝已经不疼了。

飞向火星

绿走过来,轻轻地把拐杖从我身边拿开。我试着让那只受伤的脚承重,感觉毫无问题,就像换了只新脚一样。

"你们是怎么做到的?"我问道,但并不指望得到回答。不管他们多么擅长自我修复,可他们是如何将这样的技术应用到人类骨骼上的呢?

好吧,人类的兽医能为从未见过的动物医治骨折,但并不可能在几个小时内令其痊愈。

两个身穿琥珀色衣服的火星人,拿出我的紧身衣和火星服,放在我的脚边。

红指指我,又轻轻敲击显示屏,显示屏上再次显示出火星基地的地表部分。但是尘土漫天飞扬,几乎什么都看不见,外面正有一场大风暴。

他用他较小的那对胳膊做了一个从上到下的手势,接着用较大的那对胳膊重复了一遍这个手势,显然是"穿好衣服"的意思。

所以在大约100万双土豆眼的注视下,我脱下了火星人之前给我的外衣,穿上了紧身衣。尿不湿不见了,火星服相应的位置感觉有点松垮垮的,他们一定是把它扔掉了,或者是拿去做分析了。啊!

火星人默默地注视着我。我拉上拉链,费力地钻进火星服。我系牢靴子和手套,然后把头盔固定好,接着不假思索地用下巴点了点氧气和电源的读数开关,但还是坏的。我想这对于火星人来说要求太高了——你们治好了我的脚踝,但却修不好一件简单的太空服。你们是哪种火星人呢?

显然我无法从火星服的背囊中获得氧气,我需要狗身上的后备给养。

我取掉头盔，面向绿，很夸张地做了吸气和呼气的动作。他毫无反应。见鬼，他们可能是靠渗透或别的手段来进行呼吸的。

我转过去面对着红，蹲了下来，按狗的高度在空气中拍了拍。"狗。"我说道，指着我们来时的方向。

他弯下腰，模仿我的手势，说道："诺格（Nog）。"发音相当接近。然后他转向人群，用沙哑的声音说了一番话，我觉得其中出现了"哈恩"和"诺格"的字眼。

他肯定明白了我在说什么，至少部分明白了。因为他用他的4条胳膊向着我做了一个"过来"的手势，然后向我们进来的地方走去。我穿过塑料墙时回头看了看。绿领着4个火星人跟着我们，每个火星人的颜色都各不相同。

红领头，我们都往回走，似乎跟来时走的是同一条路。我边走边数自己的步数，这样当我告诉别人时，我至少能说个具体的数字。水培室，或者至少是我们抄近路穿过的那个部分，宽达185步；从水培室到"医院"，还要走204步。我的步幅是70厘米，所以这段路大约有270米，中间还有点急转弯。当然，它可能向四面八方都会延伸数英里，但至少不会小于我估算的距离。

我们走进那个小房间，他们看着我解开狗的脐带缆，跟火星服连接在一起。凉风从脖子上的配件处吹出，让我松了一口气。我戴上头盔。绿走上前来，模仿我做呼吸动作，她模仿得很好。

我有点不想离开，我很期望能重返此地，学习如何与红和绿进行沟通。不过，我们还有其他更合格的人选。老妈当年在学校催我学习一门外语的时候，我应该听她的话。如果我早知道会发生这种事，我就会学习中文、拉丁语，以及肢体语言了。

其他人都远离塑料墙,红示意让我跟他走。我一路牵着狗,穿过4层塑料墙;这次我们向右急转弯,沿着一道缓坡向上走。

几分钟后,我向下看去,才意识到这个地方有多大。这个地方就在湖边——虽然湖水只有几英寸深,但水量却很大。从上往下俯瞰,他们的建筑看起来就像黏土修建的拱形结构,或者仅仅是尘土。没有窗户,只有透过门缝的淡蓝色光线。

这里的田地都是方形的,但大小不同颜色也不同。田里的农作物可能是蘑菇和雪茄之类的东西。一块很大的方形田里种着树,看上去很像6英尺高的花椰菜。这样的话,他们为什么会有木头夹板就说得通了。

我们来到一个平坦的地方,这里灯火通明,架子上摆满了一捆捆塑料制品。红径直走到一个架子前,扯下了一捆。那是他的火星服。他以古怪的角度扭曲身体,上下摆动着,把脚伸进4个不透明的东西里,看起来像厚厚的袜子一样。他较大的两只胳膊伸进了袖子,袖子末端是连指手套。然后这整件火星服似乎活了过来,在他身上荡起层层涟漪,覆盖了他的全身,密封在一起,最后膨胀开来。没有哪个配件看起来像氧气瓶,但肯定有供应氧气的地方。

他示意我跟他走,我们朝着一个黑乎乎的角落走去。他犹豫了一下,向我伸出手来。我握住他的手,我们蹒跚而行,缓缓穿过几十层的塑料墙,向着有模糊光亮的地方走去。

显然,这就像一个压力递减的气闸舱。我们在另外一个平坦之处停了下来,那里有一盏蓝色的灯,我们休息了几分钟。然后他又领着我穿过了好多层塑料墙,我们完全是在一片漆黑中摸索前行,如果没有他的引导,我可能就转身回去了。然后光线稍稍变亮了,亮起了粉色的光。

我们出来时,置身于一个山洞的洞底,天光直穿洞底,光线来自火星上空。当我的眼睛适应了这里的光线之后,我看到这里有一条光滑的坡道,坡顶直通洞口。

我从未见过那种色彩的天空。我们仰望,看到铺天盖地的沙尘暴,天地间一片混沌。

红从他那辆锯木架样式的交通工具上,扯下一块布满灰尘的东西。我帮着他把狗放进一个碗状的跨斗里,然后我钻进另一个跨斗。在交通工具的前面有两个东西,像粗短的车把手,但我没有看到其他的控制装置。

他向后退,跨上交通工具,我们飘起来,悬浮在离地面大约一英尺的地方,然后平稳地前进。

在坡道上的悬浮滑行很平稳。我原以为我们会受到沙尘暴的冲击,但尽管它来势汹汹,其实虚有其表。我的给养脐带缆在风中摇摆不定,这让我大为紧张。如果它断了,故障保险装置会关闭相应管道,所以我不会马上死掉,但火星服里的空气也撑不了太久。

能见度很低,任何方向都只能看清10到20英尺的景象,但我希望红能看得更远一些。他行驶得很快。当然在火星上,他也没什么撞车或撞树的风险。

我安安静静地待在碗状的跨斗里——什么也看不见——感觉非常舒适。我自得其乐地想象着,当我带着一个真正的火星人出现的时候,妲歌·索林根和老爸老妈会有什么反应?

好像过了一个多小时,他才放慢速度。我们落回地面上,交通工具滑行了一段距离才停下来。他吃力地从他的座位上爬了下来,走到放狗的跨斗旁。我爬出跨斗，给他搭了把手把狗抬出来，结果被一阵风吹得踉踉跄跄。在火星上，四条腿绝对具有优势，能让你稳如泰山。

当我解开脐带缆的时候，他注视着我，然后指着我们的前方，做了一个驱赶的动作。

"你得跟我来。"我徒劳地说道，试图用手臂的动作表示我的意思。他指了指前方，又做了一次驱赶的动作，然后倒退着回到锯木架形状的交通工具上，缓慢地掉头起飞。

我开始变得恐慌起来，如果我走错了方向怎么办呢？我若是偏离基地 20 英尺，就会一路走到沙漠里去。

也许我根本就不在基地附近，也许出于火星人某种神秘的原因，红把我丢在了荒无人烟的地方。

这样做没有意义，对人类来说没有意义。

我独自站在旋转的尘土中，感到无助变成了恐惧。

2. 回到基地

我做了好几次深呼吸。狗指向正确的方向。我拿起控制狗的手柄，透过旋涡状的阴霾，尽力向前方眺望。我看见正前方有块石头，于是向它走去。离它 10 英尺远的地方有另一块石头。等走到第四块石头处，我抬头一看，发现自己险些撞到气闸舱门了。我将全身重量压在那个红色的大按钮上，外舱门立刻滑开了。等门在狗背后关上，天花板上的红灯就开始闪烁。等红灯变绿的时候，内舱门开了，艾米丽看见了我，她瞠目结舌。

"卡门！你找到了回来的路！"

"嗯，呃……不完全是……"

"得通知搜救队停止搜救！"她跳下楼梯，大声呼喊霍华德。

我不知道他们找我找了多久。这下子我的麻烦大了。

我把狗放回原处——除了我的狗，那儿只剩了一只狗，所以有三个人带着狗出去找我了，或者是找我的尸体。

卡德跑进来的时候，我的紧身衣刚脱了一半。"姐！"他一把抓住我紧紧拥抱，这让我很有点儿难为情。"我们还以为你——"

"是啊，好吧。让我先穿上衣服好吧？在我有大麻烦之前？"他放开我，任我转过身去，脱下紧身衣，穿上我的连裤工作服。

"你说什么，你出去散步，结果却在沙尘暴中迷失了方向？"

有那么一会儿，我真想回答是。可谁会相信我的故事呢？我看了看钟，看到是 19:00。如果是同一天，那我就在外面待了 17 个小时。如果没耗尽氧气也没耗尽狗的给养储备，我原本确实可以转悠那么长的时间。

"我离开多久了？"

"你不记得了？嗨，整整一天啊！你是不是神志不清？"

"神志不清。"我揉了揉额头，用双手使劲搓脸。"等老爸老妈来了，我会把这一切都告诉他们。"

"那得等上好几个小时啦！因为他们出去找你了。"

"哦，太好了。还有谁呢？"

"我想还有飞行员保罗。"

"哟，"有人在我背后说，"你终究还是决定回来了。"

说话的当然是姐歌·索林根。她的声音因为激动而发颤，我以前从未听过她这么说话。我估计她此刻怒不可遏。

"对不起。"我说,"我不知道我当时在想什么。"

"我觉得你根本啥也没想。你是个愚蠢的女孩!你不仅让你自己,也让许多人置身于危险之中。"

大约有十来个人跟在她身后。杰弗逊医生说:"妲歌,她回来了,她还活着。让她歇口气缓一缓。"

"她让我们歇口气了吗?"她咆哮道。

"我很抱歉!我愿意做任何事——"

"你愿意?这不是好得很吗?你打算怎么办?"

埃斯特拉达博士把手搭在她的肩上。"让我跟她聊一聊。"哦,太好了,心理学家。其实我需要跟外星生物学者聊聊。不过,比起索林根来,她会是个更好的倾听者。

"哦……随便你。我以后再来收拾她。"她转身穿过人群,大步离开。

几个人簇拥着我,我强忍住眼泪。我不想让索林根觉得她把我弄哭了。我跟大家一一拥抱,用他们的怀抱遮掩我的泪眼。

"卡门。"埃斯特拉达博士轻轻碰了碰我的胳膊。"在你父母回来之前,我们应该先聊一聊。"

"好吧。"就当是在见老爸老妈之前来次彩排。我跟着她走到A区中央。

她自己的房间很宽敞,但这既是她的办公室也是她的宿舍。"躺在这儿。"她指着她的单人铺位说,"尽量放松一点儿。从头说起。"

"开头可不怎么有趣。妲歌·索林根在大家面前挤兑我让我难堪,也不是头一回了。有时我觉得我都成了她的小型科研项目:让我们逼疯卡门。"

"这么说,你出去是为了报复她?为了在某种程度上跟她扯平?"

"我不那么想。我不得不出去,这是唯一的办法。"

"也许不是,卡门。我们可以想办法让思想开小差,不必非得真的离开。"

"就像我爸坐禅放空大脑一样。好吧,但我做了什么,为什么做,并不真的重要。重要的是我发现了什么!"

"那么,你发现了什么?"

"生命,智慧生命!他们救了我。"我能听到自己的声音,但甚至连我都不相信这番话。

"嗯。"她说,"继续说吧。"

"我走了大约4千米,正想转身回来。但就在那时,我踩的地方撑不住我的体重,塌了。我和狗,都掉了下去。高度至少有10米,也许20米。"

"那你没受伤吗?"

"我受伤了!我听到脚踝骨折的声音。我还断了一根肋骨,也许不止一根,就在这里。"

她轻轻地按了按那个地方,"但你走得好好的。"

"他们治好了……,等等,这段我说的有点过早了。"

"这么说,你掉下去摔断了脚踝?"

"然后,我花了很长时间才找到狗。因为当我撞到地面时,宇航服上的灯被撞灭了。但我终于找到了它,找到了狗,把我用来补给的脐带缆插了进去。"

"所以你有充足的氧气。"

"但是我差点儿冻死了,我手套和靴子里用来保暖的电路坏了。

我真以为自己就这么完蛋了。"

"但你活下来了。"

"我获救了。我当时即将失去知觉,然后这个,嗯,这个火星人飘了下来。我在狗的照明灯光下看到了他。然后我陷入昏迷,眼前一片漆黑。接着,当我醒来……"

"卡门,你必须明白这是一场梦,你产生了幻觉。"

"那我是怎么回到这儿来的呢?"

她的嘴抿成了一条线,一副固执己见的样子。"你很幸运,你在沙尘暴中游荡,然后找到路回来了。"

"但是我离开的时候并没有沙尘暴。只有一点微风,当沙尘暴来临的时候我正在……好吧,我在地下,在火星人居住的地方。"

"你最近经历了太多事了,卡门……"

"这不是做梦!"我努力保持冷静。"看,你可以检查一下氧气瓶里还剩了多少空气,把我的火星服和狗都检查一下。你会发现有几个小时的吸氧记录解释不通,那是因为我当时正在呼吸火星人的空气。"

"卡门……你得讲道理……"

"不,你得讲道理。我不想再说什么了,等——"有人敲门,老妈闯了进来,老爸紧随其后。

"我的宝贝儿。"她说道。她什么时候这么叫过我?她紧紧地拥抱住我,我几乎无法呼吸。"你找到路回来了。"

"老妈……我正在告诉埃斯特拉达博士……我自己并没有找到回来的路,我是被人送回来的。"

"她做了一个关于火星人的梦,产生了幻觉。"

"不是的!你能听我说说吗?"

老爸盘腿坐下,抬头看着我,"从头开始说吧,亲爱的。"

我照他说的做了。我深吸一口气,从我穿上火星服带上狗,独自出门开始说。说到了我掉下去摔断了脚踝,也说到了我在小病房里醒来,还提及了红和绿,以及其他火星人。接着说到在他们的显示屏上看见了我们的火星基地,然后被火星人治愈脚踝并被送了回来。

等我说完以后,大伙儿一阵沉默,让我很不自在。"要是没有沙尘暴的话,"老爸说,"就很容易验证你的……你的说法了。但是,从这儿没人看见你说的这一切,卫星上也没有任何显示。"

"也许这就是他急于把我送回来的原因,如果他们等沙尘暴结束再送我,他们就会暴露出来。"

"他们为什么会害怕暴露呢?"埃斯特拉达博士问道。

"嗯,我不知道。但我猜,他们显然不想跟我们有任何牵扯——"

"除拯救迷路的女孩之外。"老妈说。

"这很难以置信吗?我的意思是,虽然我不会对他们说我爱你,但他们看上去似乎很友好,而且心地善良。"

"这听起来太不可思议了。"老爸说,"如果我们易位思考,你会有什么感觉?到目前为止,最简单的解释就是,你当时身处极端的压力之下,而且——"

"不!老爸,你真的觉得我会那么做吗?精心设计出某个谎言?"从他的表情我能看出他确实是这么想的。也许他认为那不是撒谎,而是幻想。"我有客观的证据,看看那条狗吧,当它掉到洞里撞到地面时,撞出了好大一个坑。"

"也许事实如此,可我还没有眼见为实。"他说道,"但是,请容我唱唱反调,不是有很多其他的方式有可能造成这一切吗?"

"那氧气呢?狗身上背的氧气瓶!我在外面待了那么久,却没有消耗掉那么多氧气。"

他点了点头,说:"这个证据很有说服力。你把狗还回去了吗?"

哦,该死!"是的,我还了,我当时没想过必须要证明什么。当你把狗还回去时,它就会自动开始补充氧气和电力。那儿肯定有记录,记录当狗充氧时需要摄入多少氧气。"

他们面面相觑。"据我所知,没有这样的记录。"老爸说,"不过你也不需要那样的记录,让我们给你的脚踝做个核磁共振吧。如果它最近断裂过,是看得出来的。"

"但他们治愈了我的脚踝,断裂之处可能显示不出来。"

"能显示出来的。"埃斯特拉达医生说,"除非他们使用了某种魔法……"

老妈的脸唰的一下变得通红。"你们俩都离开一下好吗?我需要和卡门单独谈一谈。"他们都点点头就出去了。

老妈看着房门关上,然后对我说:"我知道你没有撒谎。你从来都不擅长撒谎。"

"谢谢。"我说道。得了吧,谢哪门子谢啊。

"但你那么做,像那样不打招呼就独自离开,是相当愚蠢的行为,你知道的。"

"我知道,我知道!我很抱歉给大家添了这么多麻烦。我——"

"但是你看,我是一名科学家,你老爸马马虎虎也算是吧。还有今天所有听到这个故事的人,都是科学家。你明白我的意思吗?"

"是的,我想我明白。他们会对此事持怀疑态度。"

"他们当然会。他们不是因为盲目相信而得到报酬,他们是因为提出质疑得到报酬的。"

"那么你呢,老妈,你相信我吗?"

她盯着我,目光炙热,我以前从未见过她这个样子。"注意,不管你发生了什么事,我百分之百相信你说的是真话。你说的都是你所记得的真相,你认为曾经发生过的事情。"

"但是,也有可能是我疯了。"

"嘿,你可别这么说。要是我走进来如此这般的跟你说上一番,你会说'妈妈已经老糊涂了'这样的话吗?不见得吧?"

"是的,也许我会这么说。"

"为了证明我没有疯,我会带你出去,向你展示一些无法用其他方式诠释的东西。你知道他们怎么说非凡的主张吗?"

"非凡的主张,需要非凡的证据证明。"

"没错,等沙尘暴平息下来,咱俩就去你所说的地方……去你掉到洞里的地方。"她把手放在我的后脑勺上,揉了揉我的头发,"我很想相信你。这既是为了我,也为了你。希望在火星上找到生命。"

3. 恶龙夫人

保罗结束搜寻回来时,表现得太可爱了。他紧紧抱住我,勒得我肋下隐隐作痛。我疼得喊出了声,然后又笑了起来。我会永远将此刻铭记在心的。我笑着,而他哭着,同时又咧着嘴傻笑不已。

在过去的几个小时中,他一直想象着我可能已经死在外面了。他做好准备，生要见人死要见尸。

他这是自讨苦吃，至少这点没有改变。

老妈想召集大家开个会，这样我就可以立刻把事情的全部经过告诉大家，但是妲歌·索林根不允许。她说孩子们搞这样的噱头，是为了吸引别人对自身的注意，她不会召集观众鼓励这种势头。当然，虽然她从未生儿育女，可她是个儿童行为专家。这是件好事，要是她生了，可能会养一窝怪物出来。

所以这有点像个耳语游戏，大家围成一圈，你对你旁边的人小声说句话，他再把这句话小声传给其他人，以此类推。等这句话传回你耳边时，错误百出，有时相当搞笑。

这可不怎么有趣。大家会问我是否真的在火星地表没有穿火星服，要么认为火星人剥光了我的衣服对我进行审讯，要么认为火星人故意打断了我的脚踝。我在我的网站上发布了详细的事情经过。但是比起看干巴巴的文字，很多人情愿听我亲口讲一讲。

核磁共振帮了个倒忙，助长了那些怀疑我在说谎的人的疑心。杰弗逊医生说，这看起来像我儿时受的旧伤，而且很早以前就痊愈了。这时老妈站出来支持我，她告诉杰弗逊医生，她百分之百肯定我从未弄断过那只脚踝。妲歌·索林根这些人听见了这番话只是夸张地耸耸肩，他们认为我打小儿就是个撒谎精。不过不管怎么说，我想我们赢得了杰弗逊医生的支持，他还是倾向于相信我的。大多数和我们一起乘坐约翰·卡特号来到此地的人也相信我。他们宁愿相信人确实存在，也不愿相信我会编造这样的谎言。

对于此事，老爸避而不谈，老妈却很是热衷。晚饭后，我去实验室找她聊天。在那里，她和另外两个人24小时轮班倒，监测一项实验的进展。

"我们是地球人,所以就此意义而言,我觉得他们不可能是真正的火星人。"她说,"我的意思是,如果他们是在火星上进化成与地球人相似的生物,同样需要氧气和水,那就是30亿年前的事了。正如你所说,大型动物是不会在缺少其他动物的条件下独自进化的。大型动物也不会凭空出现,它们应该是从体形更小,结构更简单的动物进化而来。所以火星人肯定与地球人类似。"

"都来自地球吗?"

老妈哈哈大笑,说:"我不这么认为。地球上的八足生物都不具备高科技,所以我认为他们一定是来自另外一个星球。除非我们关于火星环境史的科学研究完全错误,否则他们不可能是来自火星。"

"如果他们过去生活在火星地面上呢?"我问道,"然后由于火星水源的干涸和空气的流失而搬迁到地下?"

她摇了摇头,说:"时间尺度的问题,比细菌更复杂的物种,没有存活数10亿年的时间记录。"

"只是在地球上没有而已。"我说道。

"说得好!"她笑了。铃声响起,她走到房间的另一边,看了看里面的一个水生生物饲养箱,或者是陆地生物资源箱。又或者,我猜在这儿应该叫作火星生物饲养箱。她看了看里面生长的生物,往笔记本电脑里输入了一些数字。

"所以他们在30亿年前搬至地下生活,利用技术复制了环境。听你的说法,倒像高海拔的地球环境——然后用这种方式在地下生存了30亿年。"

她摇了摇头,"地球生物生存记录的保持者是一种细菌,它们与蚜虫共生,其基因组 5000 万年来都没改变过。"

她笑了笑,说:"火星人的生存记录比 5000 万年的 60 倍更长吗?对于这么复杂的生物而言?而且我仍然想知道他们的化石在哪里。也许火星人把化石都挖出来毁掉了,只是为了迷惑我们?"

"但我们并没有找遍所有的地方。保罗说也许生命并非均匀分布,我们只是还没有发现任何有生命存在的岛屿,就好像恐龙之类的生物。"

"嗯,你知道在地球上并非如此。地球上到处都有化石,从海底到喜马拉雅山顶,即使在南极洲我们都发现了鳄鱼化石。"

"好吧,但那只是地球上的情况。"

"这是我们已知的一切。喝点咖啡吗?"我说不用了,于是她给自己倒了半杯咖啡。"你说的对,如果仅凭一个例子就得出结论,这样的结论是站不住脚的。保罗很可能也是对的。不过不论结果如何,我们都没有证据。"

"不过,你看,我们都了解火星上的一种生命形式:你、我和其他人。我们必须生活在人造的透明圆形罩中,里面是由高科技维持的地球环境。因为在火星上,我们才是外星人。所以你偶遇的那些八只脚外形犹如土豆的火星人,他们也生活在透明的圆形罩中,里面显然也是由高科技维持的外星环境。那么最简单的解释就是,他们也是外星人,相对于火星而言的外星人。"

"是的,我不反对你的说法,我知道奥卡姆剃刀定律[①],要化繁为简。"

[①] 又称"奥康的剃刀",它是由 14 世纪英格兰的逻辑学家、圣方济各会修士奥卡姆的威廉(William of Occam,约 1285 年至 1349 年)提出的。这个原理称为"如无必要,勿增实体",即"简单有效原理"。

听见我的回答，她笑了。"对我来说，最吸引我的是，你在那种环境下待了几个小时，并无不良反应。这说明他们的母星很像地球。"

"有没有可能他们的母星就是地球呢？"

她愣住了，问道："那我们怎么没有发现他们？"

"我是指在很久、很久以前。假使他们住在山顶，在成千上万年前就发展出了高科技，然后他们全都离开了地球。"

"这说法也有可能。"她说，"但是很难相信他们每个人都愿意离开地球，而且能够离开地球——这样做的话，1万年甚至10万年后，他们的文明将荡然无存。而且从遗传角度看，他们的祖先在哪里？八足类人猿吗？"

"对我说的话，你并不是真的相信。"

"唔，我相信，我相信！"她认真地说道，"我只是觉得解释起来并不容易。"

"像姐歌·索林根那样进行解释吗？凭空想象，臆造事实？"

"那样的话，尤为如此。人们的幻觉不会复杂而又持久；它们被称为幻觉，是因为它们异想天开，如梦如幻。"

"此外我看见了那条狗；就算你拿铅制棒球棒来敲，也弄不出那样的凹坑。姐歌也无法解释你的火星服为什么会受到那样的损伤，除非你是为了找托词给自己开脱而跳下悬崖。"她变得越来越激动了，"我是你老妈，即使我不是一个模范母亲。但如果你曾经摔断过脚踝，该死的，我肯定会记得！对我而言，那处已经治愈的骨折，就是足够的证据了——对杰弗逊医生，米利厄斯医生，以及在这个该死的洞里，不会在你开口之前就武断地认定你撒谎的人来说，这个证据已经足够了。"

"你一直都是个好妈妈。"我说。

她突然坐直,从桌子对面伸过手来,笨拙地抱住我。"我不是个好妈妈,否则你就不会这么做了。"

她坐好,摩挲着我的手,笑着说:"但如果你没有这么做,不知我们要等到猴年马月才会遇到这些外星人。他们在观察着我们,但似乎并不急于让我们看见他们。"

此时,墙上视窗的样子是一面绿粉笔板,写着微分方程式。老妈在她的笔记本电脑上点了几下,视窗就开始展现外面的实时景象。

外面沙尘暴仍在肆虐,但已开始逐渐减弱,所以我能看到电报山的模糊轮廓。

"也许明天我们可以出去看看,如果保罗有空的话,他可能会愿意跟我们同行,他可是最了解火星地貌的人呢!"

我站起身来,"我都等不及了,但我会等的,我保证。"

"很好。那样的事一次就够了。"她冲我微笑,说道:"休息一下吧,明天可能会是漫长的一天。"

事实上我直到午夜之后,还在赶作业,但紧赶慢赶还是没赶完。我的大脑还处于兴奋状态,不肯安分地钻研康德和他的伦理学原则"绝对命令[①]"。更何况,基地外面还有火星人等着我们前去联系呢。

[①] 指德国哲学家康德用以表达普遍道德规律和最高行为原则的术语,也可译为定言命令。

4. 咳得厉害

保罗 14:00 之后要上班,所以吃过早饭我们就马上穿上火星服,带上狗,并且给狗装上了额外的氧气瓶和登山装备。保罗在地球和火星上都曾多次攀登高山和探险洞穴。如果我们发现了那个我掉下去的洞——当我们发现这个洞的时候——他会系上安全绳再靠近。所以如果他像我一样跌了进去,他不会跌得太远,也不会跌得太快。

我很早就醒了,有点轻微的咳嗽,但感觉还好。我从急救箱里拿了一些止咳药,嚼了一片,又在我头盔中的药盒里放了两片,这个药盒是用舌头进行控制的。

我们穿过气闸舱,看到沙尘暴把我和其他人踪迹——包括红的足迹都湮没得干干净净,这没什么可惊讶的;我本来还指望红那个锯木架式的交通工具,在刹住时能留下点明显的痕迹呢。

多亏了火星服中内置的移动定位系统和惯性罗盘,我们找到那个洞的可能性还是很大。当我从电报山向西出发时,我就开始数步数了。到我掉下去时,我已经走了将近 5000 步,大约折合 4 千米,白天走这段路,可能需要走上一个小时。

"所以可能他们正在注视着我们。"老妈说着,向隐形摄像机挥了挥手,"嘿,红先生!你好,绿医生!我们把你的病人连同保险表格一起带回来了。"

我也挥舞双臂。保罗举起双手,手心向外摊开,表明他赤手空拳,手无寸铁。不过这姿势对于一个有四只手臂的生物意味着什么,我可不太确定。

火星人并没有派出欢迎队伍迎接我们。所以我们走到电报山的右边,开始边走边数步数。很多地形看起来都很眼熟。有几次,当我确信自己曾经过某个地方时,我就带着大家向左或向右调整方向。

我们走了 500 米左右,经过了保罗曾撞毁过的那架无人机。之前走夜路的时候,我可没看见过它。

忽然,我注意到某样东西。"等等,保罗!我想那个洞就在你的前面了。"当我摸黑行走的时候,并没有意识到。但看似简单的地面隆起,实际上是半球形的圆丘,就像一个倒扣的浅碗。

看起来像个小型的熔岩穹丘,很可能就是。他说:"你就是在那里掉下去的。"他指向某处,不过从我的角度和高度看不太清楚。"总之,对你和狗来说,这个洞够大的了。"

他把登山用品从狗身上卸了下来,然后拿起锤子,把一根长长的岩石钉敲进了地里。岩石钉形似矛尖,头上有眼,可固定绳索。接着,他在一米以外的地方又往地上敲了一根。他把绳索的一头穿过这两根岩石钉,然后打结扣紧。

他使尽全身力气拉了拉绳索,"卡门,劳拉,麻烦帮我测试一下。"我们一起拉,绳索承住了我们三个人的重量。他把大部分绳索绕在肩头,然后又在他的腋下绕了几圈,接着用一种金属安全绳锁扣夹住绳索,他管那东西叫螃蟹扣。这是为了防止坠落速度过快,即使你放手也不会掉得太快。

"这可能并非必不可少。"他说,"因为我只是往下看看,但多注意点安全总比死于非命好来得好。"他往隆起的地方后退了几步,检查了一下挂在肩头的绳索,然后跪着接近那个洞。

他拿出一个大手电筒,探出身子向下看,我屏住呼吸,我发现老妈也屏住了呼吸。

"好吧！"他说，"我看见你那条狗身上撞断的侧面反光镜了。我能想象出当时的情景了。"

我想说"很好"结果却咳了起来。咳嗽一阵接着一阵，咳得越来越厉害。我感到头晕目眩，于是坐了下来，努力保持镇静，闭上眼睛，呼吸短促。

当我睁开眼睛，我看到我的头盔里面有点点血迹。

我的嘴里和唇上满是血的腥味，"老妈，我不舒服。"

她看到了血迹，一下子跪在了我的旁边。"呼吸，你能呼吸吗？"

"我能呼吸。我认为不是火星服出了问题。"她正在检查我背后的氧合仪。

"你感到不舒服有多长时间了？"

"不久……嗯，我刚感到不舒服，不过我今天早上有点咳嗽。"

"可你没告诉任何人。"

"是的，我没有告诉任何人，我吃了一片药，然后没什么大不了的。"

"我能看出来这有多大不了。你觉得你还能站起来吗？"

我点了点头，站起身来，有点摇摇欲坠。她抓住我的胳膊搀着我，接着保罗走上前来，抓住我的另一只胳膊撑住我。

"我能看到电报山上的天线。"他说，"我去叫辆吉普车来接我们。"

"不，不要！"我恳求道。"我可不想让恶龙夫人洋洋自得。"

老妈紧张地笑了一声。"这可比让她自鸣得意重要多了。亲爱的，你的肺部是不是出血了？如果我让你走回基地，结果你半道上却倒地死亡怎么办？"

"我不会死的。"但此话刚一出口，我就突然打了个寒战。然后我剧烈咳嗽，鲜红的血液喷溅在我的面板上。老妈小心翼翼地扶我躺在地上,然后她笨拙地坐下,让我把戴着头盔的头枕在她的腿上,而保罗对着无线电装置大喊"紧急求救(Mayday[①])"!

"他们是怎么想到用这个词表示紧急求救的?"我问老妈。

"我想是因为在无线电通信里听起来比较容易吧。生面团(Mo'dough)估计也能行。"当她的手套碰到我的头盔时,我听到咔嗒一声。她是想抚平我的头发。

我没有哭,虽然不好意思承认,但我想,濒死之际我觉得自己很重要。要是妲歌·索林根还怀疑我,那她就狗屁都不如。尽管因果关系还不太清楚。

我躺在那儿,努力抑制咳嗽。20分钟之后,老爸开着吉普车停在了我们面前。我们真是个快乐的大家庭。他和老妈把我抱上了车子后座,保罗接手驾驶,把狗和他的登山工具留在了原地。

回程速度很快,道路颠簸不已。我又咳了一阵,把更多的血液和黏液溅到了面板上。

老妈和老爸像抬一袋谷子一样把我抬进了气闸舱,然后七手八脚、手忙脚乱地想把我的火星服剥下来。还好他们没剥下我的紧身服。他们抬着我匆忙穿过走廊和餐厅,来到了杰弗逊医生的救护站。

他让我的父母待在外面,把我放在了检查台上,掀开紧身服的上衣,用听诊器听我的呼吸。然后他摇摇头。

"卡门,听起来你肺里好像有什么异物。但是当我听说你们在往

[①] 国际通用的无线电通话遇难求救信号。"Mayday"一词原为"救我"的法语"m'aider",所以英语发音变成了"Mayday"。"Mayday"作为呼救信号,表示"帮帮我,救命",因其声音便于识别,很适合用于杂音较大的远距离无线电传播中。

这赶的时候,我看了一下我们昨天给你做的全身核磁共振,那里干干净净什么也没有。"他点击他的笔记本电脑,让视窗上呈现出我的核磁共振成像。我透明发光的图像出现在那里。

"最好再做一次核磁共振。"他把我的上衣拉到肩上,"你无须脱光衣物,就躺在这儿吧。"平躺的动作让我剧烈咳嗽了起来,但我用手掌捂住嘴巴咳嗽,血溅在手心。

他拿过一张纸巾,轻轻擦了擦我的手,看到上面的血迹。"该死!"他平静地说,"你又不吸烟,我是说在地球上。"

"就吸过两次,一次吸烟,一次吸大麻。每次只吸了一种。"

他点点头。"现在深呼吸,然后试着屏住呼吸。"他拿起核磁共振成像棒,在我的上半身上上下下来回移动。"好了,你现在可以呼吸了。"

"显示新的成像。"他对着视窗说。然后,他沉默良久。

"哦,天呐!什么……那是什么呢?"

我看着新的核磁共振成像,上面显示我的两个肺里都有黑色的东西,大概有高尔夫球那么大。"是什么……它们是什么?"

他摇了摇头,说:"不是恶性肿瘤,也不是感染,扩散速度很快。不管怎么说,支气管炎不会是黑色的,我最好呼叫地球请求协助。"他看着我,目光充满关切,还有些别的情绪,也许是困惑吧。"让我们把你挪到隔壁房间的床上去,然后我会给你开一剂镇静剂,抑制住你的咳嗽。然后我可能得看看里面。"

"里面?"

"支气管镜检。放个微型摄像机在那里,你什么也感觉不到。"

事实上，我几个小时后才清醒过来，确实没有感觉到什么。老妈坐在床边，她的手正搭在我的额头上。

"我的鼻子……我的鼻子里面感觉怪怪的。"

"管子就是从这里放进去的，支气管镜。"

"哦，真恶心！他有什么发现吗？"

她犹豫再三才开口说道："它……并非来自地球，他们切下了一些病灶组织，拿到实验室化验去了。它不是……它没有 DNA。"

"我得了火星上的疾病？"

"火星，或者是那群土豆人的母星。总之不是来自地球，因为地球上所有的生物都有 DNA。"

我的肋下疼痛，我戳了戳痛处。"不是有机物吗？"

"哦，是有机物。碳、氢、氧、氮、磷、硫——它含有氨基酸和蛋白质，甚至还有类似于 RNA 的东西。但仅此而已。"

听起来已经够糟心的了。"所以他们要给我做手术？给我的两个肺都做手术吗？"

她发出了微弱的啜泣声。我抬起头，看见她在擦拭眼泪。"怎么了，妈妈？"

"事情没那么简单，他们切下来的那一小块病灶组织必须直接放入真空使用的手套式操作箱，那是一种环境隔离装置。这是我们发现火星生命的必经流程，因为我们不知道它对人类生命会产生什么影响。就你的情况而言……"

"就我而言，它已经攻击了人类。"

"正是如此。因此他们不能在手套式操作箱里给你做手术。"

"所以他们要任我自生自灭吗？"

"不，但是必须先有一个地方与基地其他部分进行隔绝，杰弗逊医生才能在那儿给你做手术。他们现在正在忙活，把B区的另一端改造成一个可以自给自足的小医院。你明天或者后天搬进去，他会取出你肺中的异物。要做两次手术。"

"两次手术？"

"在打开第二个肺切除病灶之前，要让第一个肺能够正常呼吸。如果是在地球上，他可以给你接上心肺机，同时给两边肺做手术，但在火星上不行。"

我突然全身发冷，又出了一身汗，脸色肯定苍白不已。"没那么糟糕。"老妈很快地说，"他不需要打开你的胸腔，他只需要在你的体侧开个小孔进行手术。这种手术方法叫胸腔镜手术。就像我做膝盖手术的时候使用关节镜那样，他们在我身上做的就是把关节镜放进去再拿出来。而且地球上最好的外科医生会监督指导，给他出谋划策。"

但是时间会滞后半个小时，我想着。如果他们的建议是"不——不要那样做"怎么办？哎哟，出岔子了。

我想起了一个很冷的老笑话：政客用金钱掩盖错误，厨师用蛋黄酱掩盖错误，医生用泥土掩盖错误。要是我能成为第一个被埋葬在火星上的人，这是多么大的荣誉啊！

"等等！"我说，"也许他们能帮上忙。"

"地球上的医生们，当然——"

"不！我说的是外星人。"

"亲爱的，他们不能——"

"他们那样治好了我的脚踝，不是吗？"

"嗯，显然如此。但那是进行外科的某种机械治疗，他们不需要懂得任何内科知识……"

"但那根本不是像我们所知的那样使用药物。那些大大的镜片，冒烟的草药。那是一种神秘的力量，但是很管用！"

有人重重地敲门，杰弗逊医生打开门走了进来，看上去焦虑不安。"劳拉，卡门——事情越来越糟糕了。帕里恩扎家的孩子们开始咳血，他们也得了这种病。所以我给我儿子做了核磁共振成像，他的一个肺部也出现了一块那东西。"

"瞧，我得先给帕里恩扎家的孩子们做手术，他们年龄更小，病情更严重……"

"没关系。"我说道。无论如何，在别人身上练过手后，再来给我做手术，熟能生巧没什么不好。

"劳拉，我想让你跟赛琳娜一起，协助我做手术。"赛琳娜就是米利厄斯医生。"迄今为止，只有孩子们受到了感染。如果一般人群受到了感染，如果我受到了感染——"

"阿尔夫！我不是外科医生——我甚至不是个医生啊！"

"如果赛琳娜和我都染上了这种病，死了，那么你就是个医生了。你就是那个医生，你至少知道如何使用外科手术刀。"

"我只知道如何用外科手术刀切开动物尸体。"

"只要……冷静下来。这台机器的操作没那么复杂，使用标准的沃尔多界面，实时核磁共振成像会显示做手术的部位。"

"你能听见你自己在说什么吗，阿方索？我只是个生物学家。"

他望着老妈，沉默良久。"过来专心听我说吧，你可能得给卡门动手术呢。"

"好吧。"老妈说道。她看起来一脸凝重。"现在就开始吗？"

他点点头。"赛琳娜在给他们做术前准备。我要给默里做手术，而她在一旁观察和协助；然后她会给罗贝塔做手术，而我进行观察。一次手术也许要花上一个半小时。"

"我能做些什么？"我说道。

"待在原地不动，试着休息一下。"他说，"我们会在3或4个小时后给你做手术。别担心……等打了麻醉剂你什么也感觉不到。"然后他就和老妈离开了。

什么也感觉不到？我已经觉得糟糕透了。我很生气，出去散个步，就带回了外太空的瘟疫吗？

我碰了碰视窗，说："外界窗口。"天几乎完全黑透了，只有一道微弱的红线显示出地平线。沙尘暴已经过去了。

就在那时我形成了通盘计划。自从我知道，我有机会独自待上一会儿后，我就一直在盘算着其中的一部分。

我拉上紧身服的拉链，走了出去。主过道里几乎空无一人，人们都在忙着处理紧急事务。没人想到基地外面去——除了我没有别人。

如果外星人有我之前凌晨两点离开基地的画面，那么他们可能一直在监视我们，我可以给他们发信号，给红发送一条信息。

我到处找铅笔，想把气闸舱的异常报警器关掉。即使当我这么做的时候，我也在想自己的行为是否理智？我只是想逃避手术吗？老妈过去经常说："做点什么吧，即使是错的。"除了坐在那里，看着形势恶化，我似乎也没有别的事情可做。

如果外星人在监视我们，我就能让红明白事态的严重性。我不知道他和绿是否能做些什么，但还有别的法子吗？事情急转直下，发生得太快了。

在我快抵达目的地前,一路上都没碰见什么人。接着,我差点与卡德相撞,他正走出餐厅的卫生间。

"你在这儿干什么?"他说,"我还以为你在医务室呢。"

"不,我只是——"当然我开始咳嗽,"让我过去,好吗?"

"不!你要干什么?"

"看,微生物。我没时间解释了。"我从他身边挤了过去,"每一分一秒都很重要。"

"你又要出去了!你究竟怎么回事?疯了吗?"

"你瞧,你瞧,你瞧——就这么一次,别做个……"绝望中我灵机一动,抓住他的肩膀,"卡德,听着。我需要你。你必须相信我。"

"什么?这跟你那疯狂的火星故事有关吗?"

"我能证明那不是发疯,但你必须来帮帮我。"

"帮你做什么?"

"穿上火星服,和我一起出去遛遛。我想如果我向火星人发出信号,他们会来的,他们也许能够帮助我们。"

他踌躇不定,我知道他只是半信半疑,但他至少对我有一半信任——"什么?你要我到外面去干什么?"

"我只是想让你站在外舱门那里,这样,气闸舱就关不上门了,那样的话,恶龙夫人就不会出来搅和掉这笔交易了。"

我这么说,他微笑了起来,"所以你想让我和你一样深陷困境。"

"完全正确!那么你准备好了吗?"

"你太容易被看穿了,你知道吗?你都透明得能当扇玻璃窗了。"

"是的,是的。你要跟我一起来吗?"

他朝更衣室瞥了一眼,然后又往大厅看了一眼,说:"我们走吧。"

我们俩一起动手，花了大概 90 秒把我塞进火星服。他又花了一分钟，因为他得先脱光衣服，然后扭动着穿上那件紧身衣。我一直盯着更衣室的门，但我不知道，如果有人这时走进来，我能说点儿啥。难道说姐弟乱伦吗？

我的头盔面板上依然沾着血迹，已经干了。这也是我尚未成形的计划的一部分：我想外星人看到血，就会知道出了麻烦。他们的飞虫摄像机，或者其他的什么东西，等我一踏出火星基地，就会对准我进行拍摄。我带了一只强光手电筒，在没有其他光线的情况下，可以把光照在我脸上。然后挥舞手臂，四处跳跃，随便用什么手段都好。

我们匆匆通过了安全检查，我把两个充好气的氧气瓶放到了我那只摔坏的狗身上。关掉异常报警器，我们挤进了气闸舱，关闭舱门并抽气，诸如此类。

我们一致同意不使用无线电通信，卡德示意我凑近他的头盔进行交谈。"要多久？"

"总之，一个小时吧。"到那时我已经可以走过电报山了。

"好吧，笨手笨脚的家伙，走路留点神。"我拍了拍他的胳膊。

外舱门打开了，我走入黑暗之中。其实还有一点亮光，因为太阳刚刚落山。

卡德伸出一只脚踩在沙地上，背靠在门上。他装模作样地看了看他的表。

我闭上眼睛，把手电筒打开，光照在脸上。光线透过眼睑，眼前一片鲜红；我知道，在停止照射之后，我还会眼花缭乱一阵子。所以我给火星人照了一分钟血迹斑斑的面板，之后，我就站在原地，调转手电筒的方向将光照向原野。我快速地挥舞着手电筒画着圆圈，希望

飞向火星

火星人能明白是"救命"的意思。

我不确定上次花了多长时间,红把我从他们的栖息地带到他停放交通工具的那个山洞,然后再从那个山洞抵达这里。也许花了两个小时吗?我对于追踪不太在行。没有沙尘暴的话,也许能再快点儿,我牵上狗,向电报山的右边走去。

我万万没有想到的是:我还没走出 20 码,红就骑着他那辆古怪的交通工具,飞驰而来。当他停下时,背后大片尘土飞扬,在最后的暮色中闪闪发光。

卡德打破了无线电静默,说了句"我的天呐"!这乃是人之常情,无可非议。

红帮我把狗放到一边跨斗里,我上了另一边跨斗,我们就走了。我回头向卡德挥挥手,他也向我挥挥手。基地迅速在视野中缩小,最后消失在地平线下。

我向前看了一会儿,然后转开了视线,感觉有点太吓人了。我们在离地面只有几英尺的地方呼啸着狂飙突进,往往仅以毫厘之差掠过那些巨大的岩石。方向盘肯定是自动的,或者红有着非人的本能反应。他的言行举止没有一丝一毫类似人类。

除在我需要的时候好心回来帮忙之外,他肯定一直在附近等着。

似乎行驶了不到 10 或 12 分钟,红的交通工具就放慢了速度,飘进了我记得的那个倾斜的洞穴,也许他上次是绕道而行,以掩盖他们与我们距离如此接近的事实。

我们把狗搬了出来,然后我跟着他,沿着几天前来时的路走回去。沿途我因为咳嗽不得不停下了两次,当我们到达他脱下火星服的地方时,头盔里已经积了不少血了。

有个念头涌了上来，很奇怪，但我真的很想知道，如果我死在这里，他是否会把我的尸体运回去。可我为什么要操心自己的身后事啊？

我们继续往下走，到了可以看见湖水的地方。绿正在等着我们，还有两个身穿白衣、体形更小的火星人和她在一起，我们一起走到漆黑的那一层，沿着蓝色的光线走回病房，就是我在事故发生后初次醒来的那个地方。

我一下子瘫倒在枕头上，感觉筋疲力竭，而且恶心想吐。我卸下头盔，小心翼翼地吸了口气，闻起来，就像置身于一个寒冷的蘑菇农场，这正是我所期待的。

红递给我一杯水，我感激地喝了下去，然后他用那对较大的胳膊，拿起我的头盔，用较小的一只手，做了件奇怪的事，像只有人类才会做的事：他用一根手指，从头盔里刮下了一点血迹，然后把沾了血的手指，放进嘴中品尝味道。

"等一下！"我说，"那对你可能有毒！"

他放下头盔，说："你能关心我真是太好了。"他说道，声音颇似立体视频中的一位英国演员。

我只是摇摇头，几秒之后，当我反应过来他在说什么，我才短促而又尖声地问道："什么？"

"我们很多人都会说英语。"绿说，"或者你们其他的语言，我们听你们的广播、电视和立体视频，已经有200年了。"

"但是……之前……你们……"

"那是为了保护我们自己。"红说，"当我们看到你受了伤，我不得不把你带到这里来疗伤，我们于是决定，在你面前装作不会说人类的语言。我们还没准备好，与人类进行接触，你们是一个危险的暴力种族,凡是不理解的东西,就倾向于摧毁得一干二净。"

"并不是每个人类都是那样的。"我说。

"我们知道。当我们发现你病了的时候,我们正在权衡各种行动方案。"

"我们监控了你们火星殖民地与地球的通信。"其中一个白衣火星人说,"立即发现你出了什么事。我们出生后不久,肺里都会长这种阻碍呼吸的真菌,但这对我们来说并不算严重,因为我们有一种草药可以永久治愈这种病症。"

"所以……你们能治好这种病?"

红摊开了所有的四只手,"我们在化学和生物方面跟你们天差地别,治疗可能会对你有帮助,但也可能会要了你的命。"

"但如果我们什么都不做,这东西一定会让我死于非命!"

另一个白衣火星人大声说道:"我们不知道后果会如何。我叫雷兹兰,我是……研究你们人类的那种人。算是科学家或者哲学家吧。"

"如果真菌继续生长下去,你肯定会死的。它会填满你的肺,让你无法呼吸。但是我们不知道后果会如何,因为这种事情从来没有发生在我们身上。你的身体可能会学着适应它的存在。如果我们在你的身上做实验,那将是……违法的?或者说不道德的、不正当的……如果你死于这种实验……我不知道该怎么说。不可能的。"

"治愈你的踝骨?你的……踝骨,跟肺不是一回事。"绿说,"那对你的生命没有危险。"

我又咳嗽了,然后盯着溅在我手掌上的血迹。"但是如果你们不对我进行治疗,我就会死,这难道不是一回事吗?"

他们4个火星人都发出一种奇怪的嗡嗡声,红拍了拍我的肩膀说道："卡门，这是个有趣的笑话，'一回事'。"他又发出嗡嗡声，其他火星人也发出嗡嗡声。

"等一下。"我说道，"我就要死了，这很好笑吗？"

"不，不，不是的。"绿说道。"死亡本身并不好笑。"红把他较大的那双手放在他的土豆头上，来回摇晃脑袋，其他的火星人则继续嗡嗡作响。

红在他的头上敲了三下，这才又引起了他们的注意，他可真是个天生的喜剧演员啊。"如果你得把笑话解释清楚，那就一点也不好笑了。"

我哭了起来，他把我的手放在他那长满鳞片的小手上拍了拍。"我们有天壤之别，有趣的是……我们如何身不由己。我们别无选择。我们必须治疗你，即使我们不知道结果会怎样。"他轻轻地发出嗡嗡声，"但这对你来说并不好笑。"

"是的，不好笑！"我努力强忍哭泣。"我对此知道得很清楚，自相矛盾。你想帮我，但可能会杀了我。"

"你不觉得好笑吗？"

"不，真的不好笑。一点儿也不，真的。"

"如果这事儿发生在别人身上，会很好笑吗？"

"好笑？不！"

"如果发生在你最大的敌人身上呢，这会让你嫣然一笑吗？"

"不，我没有那么深仇大恨的敌人。"也许有一个。

他说了些话，让其他人嗡嗡不止。我咬紧牙关，努力不让自己哭出来，我整个胸部都疼痛不已，就像两个肺部里都有大量污物在燃烧。而在这里，我努力不在一群土豆头的外星人面前呕吐。"红，即使我听不懂这个笑话,你能不能在我死之前给我进行治疗?"

"哦,卡门,已经在做术前准备了。这是……这是处理棘手事情的一种方式,我们说笑话。我们宁愿说说笑笑而不是放声哭泣。"他转过身去,显然是回头看我们之前走过的路,尽管很难看出一个土豆正在向哪个方向看。"这花费的时间太长了,这也是我们必须哈哈大笑的部分原因。"

"当我们有了孩子以后,我们都是同时产下后代的,所以他们都需要同时接受治疗,在他们发芽几百天以后。我们正在努力培育……这就像在找不合时令的蔬菜?我们必须让它在不想生长的时候生长,在你们的领地里,为其他幼崽制造足够的食物。"

"成年人不会得这种病吗?"

他做了个类似耸肩的动作,"我们不会得,或者更确切地说,我们只有童年时才会得一次这样的病,你知道腮腺炎和麻疹吗?"

"你们——什么?"

"麻疹和腮腺炎曾经是人类小时候会得的病,这是在你们的祖父母出生之前就存在的病症。我们在广播上听过关于那些病的消息,它们让我们想到了这种病。"

一个小个头的绿衣火星人穿过塑料墙板,手里拿着个石头碗。他和红用几声口哨和刮擦声交流了一下。"如果你跟我们儿时的情况相似,"他说,"那么你的七孔八窍都会排泄,所以你可能想脱掉衣服。"

多么美妙啊,卡门来了,赤身裸体。大便、小便、放屁、打嗝、呕吐,把人类所有的排泄行为表演了个遍。别忘了鼻涕和耳垢。我脱下火星服,拉开紧身衣的拉链,走了出来。我很冷,身上每一个孔都紧紧地闭合了。好吧,让我们开始吧。

红用他的两只大胳膊抓住我的右臂，绿对我的左臂如法炮制。这可不是什么好兆头。刚进屋的绿衣火星人朝碗里吐了口唾沫，碗里就开始冒烟。

他把冒烟的药草放到我的鼻子底下，我想躲开，可是红和绿紧紧地抓住我。这东西难闻到无与伦比。我用嘴巴和鼻子大吐特吐，然后开始剧烈地干呕和干咳，可怕极了，就像一只猫在吐毛球。呕吐把肺里两块真菌带了出来，活像毛茸茸的烂水果。如果我胃里还有东西的话，看见这么恶心的东西，我可能会再吐出来，但我还是觉得昏倒算了。

5. 地球入侵

不知过了多久，我渐渐醒来，头脑依然昏昏沉沉。红轻轻拉扯我的胳膊。"卡门。"他说，"你现在还活着吗？我们有麻烦了。"

我咕哝了几声，意思是，是的，我还活着，但是不，我不确定我想活着。我的喉咙很难受，感觉像被人从里面把某样东西掏了出来，刺痒又死气沉沉。"我想睡觉。"我说道。但是他把我抱了起来，像抱着孩子一样抱着我。

"你们的火星基地来人了。"他说着，加快速度跑了起来。"他们不知道，他们破坏了一切。"他掀开了塑料墙板，冲进黑暗的大厅。

"红……我呼吸困难，喘不上气了。"他没回答我，就是跑得更快了，像匹马儿上下起伏。他自己的呼吸也变得急促起来，呼气声就像纸张撕裂声一样。"红，我需要……火星服。还有氧气。"

"我们也需要。"我们瞬间置身于一群火星人中——数百人,个头不同,颜色各异——涌上斜坡,向火星地表跑去。红一遍又一遍地重复三个简短的单词,声音洪亮,人群停止了移动,给我们让出道来让我们通过。

当我们又穿过一组塑料门时,我能听到空气呼啸而出的声音。等穿过门到达另外一边,我的耳鼓膜蓦然鼓出,十分疼痛。我感觉寒冷,比之前冷多了,发生了什么?

"你们……人类……有样……东西。"他气喘吁吁,每说一个词都喘几声,"一件工具……那个……撕裂……进来。"

他轻轻地把我放在冰冷的岩石地上,我不自觉地浑身颤抖,牙齿直打架。没有空气,肺部只有疼痛的感觉。世界在我眼前变得越来越白,我濒临死亡,但我没有忙着祈祷诸如此类的事情,只是注意到我的鼻毛都冻住了,当我尽力呼吸的时候,鼻子里发出了一种嗞拉嗞拉的声音。

红正在穿上他那塑料材质的火星服。他把我从地上抱起来,我疼得大叫起来——我的右前臂、胸部和臀部的皮肤,都跟岩石冻在了一起——他用三条胳膊紧紧地抱住我,而第四条胳膊在密封他的塑料火星服。然后他用四只胳膊抱着我,对着我这个来自另一个星球的奇怪生物,低声吟唱安慰我。

他身上的气味像那种你不会吃的蘑菇,但能闻见气味说明我又能呼吸了。

皮肤撕裂的地方在流血,我的肺部和喉咙仍然不愿工作。犹如噩梦般的怪物唱着歌搂着我,他抱得那么紧,差点勒死我。我的身体忍耐到了极限,我又陷入了昏迷之中。

当我醒来时,我发现我的爱人正在和红搏斗,而我就夹在他们俩中间。红试图用他的小胳膊抓住我,而保罗拿着某种管子在他后面追,红用较大的那对胳膊自卫。

"不!"我尖叫起来,"保罗,不要!"

当然,真空无法传递声音,他什么也听不见。但我想任何人都能通过我的口型认出我在说"不"。他后退了几步,脸上的表情我从未见过,我想是痛苦或是愤怒。好吧,这是他的爱人,赤身露体,流血不止,被一个可怕的外星人用许多手臂抓住,看起来太像一个世纪前的电影海报了。

塔卡·吴和迈克·西尔弗曼带着用来碎石的激光器来了。

我说:"红,小心那些拿着那台机器的家伙。"

"我知道。"他说,"我们见过你们在地下使用它,他们就是这样拆掉了第1组门,我们不能再让他们使用它了。"

这是一场有趣的对峙。4个大个子的外星人,套着塑料材质的火星服。保罗和我的老爸、老妈,还有其他9个穿着火星服的地球人,用支撑番茄的木桩、铲子和一台激光器作为武器。人类看起来一副又生气又害怕的样子,火星人可能也是如此,幸好我们没有带枪来到火星。

红小声说道:"你能让他们先把激光器留在原地,然后跟我们走吗?"

"我不知道……他们看起来很害怕。"我做出"老妈,老爸"的口型,然后指着我们来时的路。"跟——着——我们。"我说得很慢,口型也很夸张。我囿于自己的身体状况和姿势,无法做出很到位的手势,只能用食指对着我们来时的方向指指点点。

老爸慢慢地走上前,摊开双手,手心向外。老妈跟着他。红把我转了个方向,伸出他的手来,老爸握住他的手。然后红把他的另一只

飞向火星

手伸向了老妈，老妈也握住他的手，于是我们就像螃蟹似的一路横行，穿过第二道气闸舱那些黑糊糊的塑料墙板。然后穿过第三道和第四道，我们就站在了俯瞰湖面的斜坡上。

那群火星人还待在原地，对我老爸老妈而言，这景象大概令人生畏。他们继续前行，火星人闪开道，让我们过去。

我注意到，湖边开始结冰。人类真的要干掉所有的火星人吗？

"对不起。"红低声说道。他用力地抱着我，我都喘不过气来了。他扭动着脱下火星服，把它放在地上，然后轻轻地把我放了下来。

这就像在冰面上行走——在干冰上——我呼出的气是一缕一缕的。他和我一起沿着蓝色灯光照出的小路走着，我的父母亲跟在我们身后，一直走到那间白色的圣洁之地。绿拿着我的紧身服等在那儿。我感激地穿上衣服，拉好拉链。"靴子呢？"

"靴子。"她说着，往我们来的方向，退了回去。

"你没事吧？"红问道。

老爸摘下了他的头盔，"这些火星人说英语吗？"

红耸了耸肩，说道："我还会说中文呢。自从你们地球人发明了无线电以来，我们一直在监听你们。"

老爸昏死过去，不省人事。

看起来像灰色卷心菜的东西，被凑到老爸的面前。我对此模模糊糊得有点印象。这东西好像是个氧气源，曾经用在我的身上。一分钟左右，老爸就清醒了。

"你们真的是火星人吗？"老妈说，"不可能啊。"

红猛地点了点头,"我们是火星人,但我们跟你们一样都不是火星上的土著,我们住在这里,但是我们来自其他的地方。"

"哪里?"老爸问道,嗓音低沉沙哑。

"现在没空说了,你必须和你的人谈谈,我们正在失去空气和热量,得把门修好,然后我们还得治疗你们的孩子。卡门正濒临死亡。"

老爸先是跪了下去,接着站起来,然后又弯腰拾起他的头盔。"你知道怎么修吗?激光造成的损坏。"

"它知道如何自我修复,但这就像身体上的伤口,我们必须缝针或者用胶水把洞封好,然后它会自己长回去。"

"所以你只需要我们不干涉、不插手。"

"还需要你们的帮助,显示哪里有损坏的地方。"

老爸开始戴上头盔,"那卡门呢?"

"是的,我的火星服在哪?"

红转过来面对我。我意识到那条黑色的小缝就是他的嘴巴。"你还很虚弱,你应该留在这里。"

"但是——"

"没时间争论了,留在这儿,等我们回来。"除绿之外,其他人都匆忙冲向了气闸舱。

我对她说:"那么,我想我是人质。"

"我的英语不太好。"她说,"Parlez-vous francais①?"我说不会。"Nihongo de hanashimasu ka②?"

---

① 法语,意为"你会说法语吗"?
② 日语,意为"你会说日语吗"?

飞向火星

她说的可能是日语,也可能是火星语。"不,抱歉我不会。"我坐下,等待空气耗尽。

6. 禅宗白痴

我的皮肤因为跟冰冷的地面接触而被冻伤。绿在我冻伤的地方,敷上了一种黑色纤维膏药,效果立竿见影,我马上就不疼了。我挺想问问关于药物的重大问题,但是因为我在学校里没学法语和日语,所以没法问。但是能帮我的人已经来了。

绿给我敷完药膏后,我正在穿衣服,另一个绿衣火星人出现了。"你好!"他说,"他们叫我来这儿,是因为我懂英语,懂一些吧。"

"我——我很高兴见到你。我是卡门。"

"我知道,你想让我介绍自己姓甚名谁,但你恐怕不能像我们一样发音,所以你给我起个名字吧。"

"嗯……罗宾汉①怎么样?"

"那么,我就叫罗宾汉了,很高兴见到你。"

我想不出说什么客套话拐弯抹角,于是就直截了当地问:"你们的药物怎么会对我们有效呢?我老妈说,从最基本的层面来看,我们在 DNA 上毫无关联。"

"我现在叫'DNA'吗?我还以为我是叫'罗宾汉'呢。"

---

① 英国民间传说中的英雄人物,人称汉丁顿伯爵,是一位劫富济贫、行侠仗义的绿林英雄。

跟他交谈并不容易。"不。是的，你是罗宾汉，你们的药为什么对人类有效？"

"我不明白你的意思，为什么会无效呢？这是药啊。"

神秘的高级外星人形象至此在我心中破灭了。"看，你知道什么是分子吗？"

"我知道这个词。非常小，太小了看不见。"他用两只大手捧住他那颗大头，然后摇晃不停，就像红激动时那样。"请原谅，科学不是我的……不知该怎么说，我不懂科学，我认为我们没人真懂这一套，我更是门外汉。"

我对着我们周围的一切做了个手势，"那么这一切是打哪来的呢？不可能凭空发生呀。"

"你说的对。不是凭空发生，它们一直如此。"

我需要一位科学家，但他们却给了我一个哲学家，还不太聪明。"你能问问她吗？"我指着绿，"我们在化学方面千差万别，她的药怎么会有效呢？"

"她不是女性的'她'，有时她是'她'，但有时她是男性的'他'。现在她的性别不定。"

"好吧，那你能问一下她吗？"

他们用一长串呼哧呼哧的声音交流了一下。

"大致如此。"罗宾汉说，"治愈需要智能。对于地球上的人类来说，智能来自医生或者科学家，而对于我们来说，药物中就蕴含智能。"他碰了碰我胸前敷的药膏，把我吓了一跳。"它知道你跟我们不一样，所以对你有不同的效果。它只在最微小的层次上起作用。"

"纳米技术。"我说。

飞向火星

"也许比那还小。"他说,"像化学元素一样小,是智能分子。"

"你知道纳米技术吗?"

"只从电视和立体视频上看到过。"他像蜘蛛一样爬到床边。"请坐吧,看着你用两条腿保持平衡,真让我紧张。"

我应声而坐。

"这就是我们的不同之处呢。卡门,你知道纳米技术是什么时候发明的?"

"20 世纪末的某个时候吧。"

"我们没有这样的知识。这种药一直存在。就像那些宛如活物的门,能保持空气流通。还有能够制造空气、浓缩氧气的东西。有人制造了它们,但那是很久以前的事了,是史前产物,在我们到达火星之前就已经存在了。"

"你们从哪儿来的?什么时候来的?"

"我们会管我们的来处叫地球,当然,不是你们的地球。是很远很远的地方,很久很久以前。"他停顿了一下。"一万多火星年前吧。"

比金字塔还要早一万地球年。"但是,这么长的时间还不足以让火星适宜居住。现在的火星还是一百万火星年前的样子。"

他做了个酷似人类的手势,摊开四只手,手心向上。"时间可能更久。一万火星年前的历史是个谜团,已无从溯源。我们遥远的地球可能是个神话,创造我们的可能是他者。我们周围没有任何宇宙飞船存在的迹象。"

"让谜团加深的是,我们永远无法生活在火星地表,但我们可以生活在地球上,你们的地球上,所以为什么他者要把我们带到迢迢光年之外,却把我们留在不合适的星球上呢?"

我想到了红曾经说过的话:"或许是因为我们人类太危险了。"

"这是一种理论,或者可能是因为恐龙的存在,它们看起来相当危险。"

恐龙。我深吸了一口气。"罗宾汉,你,你们真的在火星上待了那么久吗?我的意思是,恐龙出现在地球上的时间,可比人类早很长一段时间。"

他又用他那对大手捧着脑袋摇了摇。"我不知道!你得去问问那些故事家族的成员,或者历史家族的成员,就是穿黄衣服的那些火星人。"

我记得被带去看监测画面的那个房间里,就有两个人穿着琥珀色的衣服。"好吧,我会找个穿黄衣服的问一问。那么穿绿衣服的是干什么的呢?你们是医生吗?"

"噢,不。"他指着另一位穿绿衣服的火星人说。"他穿绿衣,他是医生,但是你为什么会认为所有穿绿衣的都是医生呢?我见过的每个地球人都身穿白衣,但我不会因此就认定你们都从事相同的工作。"

好悲伤呀,难道我是第一个跨物种的种族主义者吗?"我很抱歉。那么,你是干什么的呢?"

他拖着脚走来走去,活像只紧张不安的蜘蛛。"不能说我'干什么'。"他把他的一只小手放在我的膝盖上,"要说我'是什么'。你们人类……"他用两只大手抱住头,但是没有摇头晃脑,"你所干的一切都是为了你自己。例如,你是干什么的,卡门?"

"我是个学生,我学习。"

"可那根本不是'干什么',而是'是什么',就像我一样。"

这要么超出了我的理解范畴，要么就是肤浅到极点。"所以当你……是什么的时候，你到底……是什么呢？你的'是什么'和别人的'是什么'有什么不一样呢？"

"你明白了吗？你明白了吗？"他发出一种声音，犹如指甲刮过梳子齿的声音。"你'是什么'？你甚至说不出来。"

"罗宾汉。你看，我既可以'干什么'，又可以'是什么'。我的'是什么'是指我是个人类、女性、美国人，诸如此类——当我站在这里时，这就是此刻的我。但之后我可以'干'点什么，比如喝点水，但这没有丝毫改变我'是什么'。"

"但会改变！总是会改变。难道你不明白吗？"

本体论遭遇了语言学。钻牛角尖并开始相互攻击了。"你说的对，罗宾汉。你绝对正确。我们只是没这么说罢了。"

"这么说？"

"我们不是这么说的。"我深吸了一口气，"给我讲讲这些他者吧，他们来自很远的地方吗？"

"是的，非常远。我们以往对那里的称呼类似于有些人类所说的'天堂'。但自从我们看了电视和立体视频之后，我们知道它只是个非常遥远的地方，是另外一颗星球。"

"但你们不知道是哪颗星球。"

"是的，不知道是哪颗星球，也不知道是多久以前。但是距离非常遥远，历史非常悠久。故事家族说，那是在时间有存在意义之前。建造者家族说，从那颗星球到火星距离必定非常遥远，远到光都必须走上许多火星年。因为附近没有接近的星球。"

"很有趣，你们没有望远镜之类的东西，但是你们却知道这样的事实，是算出来的吗？"

"我们不需要望远镜，我们从你们人类那里获得了这种知识，通过看立体视频。"

"那在看立体视频之前呢？认为他们住在天堂上吗？"

"我想是这样的，我们也从你们那里了解到了神的概念。他者有几分像神。他们创造了我们。但不同于你们的神，他们确实存在。"

红突然现身，把我从主日学校①救了出来。"卡门，如果你觉得你能撑得住，我们想让你到我们工作的地方去，人类不太了解我们的意思。"

我跟罗宾汉交流的经历，并没让我对这项工作充满希望。但是"把这个捡起来放在那里"这样简单的交流我还是能干的。我穿上我的火星服，跟他走向寒冷的地方，一路上边走边用下巴把供暖开到了最大。

7. 孩童受难

激光造成的损坏在几个小时内就被修复一新。我被众人簇拥着，匆忙回到火星基地。我被医生和科学家们包围，拍了 x 光片，被各种检测器具戳来刺去，还被问了一大堆问题。他们没发现我有什么不妥，没沾染上人类疾病或外星人疾病。

---

① Sunday school，又名星期日学校。英、美诸国在星期日为在工厂做工的青少年进行宗教教育和识字教育的免费学校。

飞向火星

"他们给你的治疗听起来很原始,就像挥挥手。"杰弗逊医生说,"他们不知道为何这样做会行之有效,这个事实很吓人。"

"他们不知道那里的东西为什么有效。听起来像成千上万年前就传下来的科技。火星年。"

他点点头,又皱起眉头,"你是我们唯一的数据样本。如果这种疾病没那么严重的话,我会把这种药物挨个用于孩子们身上,并监测他们的康复状况。但现在没有时间了,所有的孩子可能都已经有了这种疾病。"

我们没有带一群生病的孩子去火星人的定居地,而是邀请火星人来到我们的殖民地。来的当然是红和绿,罗宾汉以及一个身着琥珀色衣服的火星人紧随其后。我在外面等着他们,护送红穿过气闸舱。

为了能第一时间看到外星人,殖民地里有一半的成年人似乎都挤进了更衣室,当红设法脱下他的火星服的时候,有很多人在窃窃私语。

"很热。"他说,"这儿的氧气让我头晕。不过,这儿的氧气浓度还是不如地球上的,对吗?"

"嗯,略微少一点。"杰弗逊医生说。他站在人群的前面。"就像住在群山峻岭间一样。"

"闻起来怪怪的,但还不错。我能闻到你们水培农场的味道。"

"les enfantes①在哪里?"绿一脱下火星服就说,"没时间闲聊了。"她拿出装有草药和化学药品的口袋,摇了摇。

大家告诉这些孩子们,这些"火星人"是我们的朋友,而且有办法治愈他们的病痛。

---

① 法语,意为"那些孩子"。

给他们看了火星人和火星人洞穴的照片。但在现实中看到土豆头的八足怪物比看照片痛苦多了——尤其对于这一屋子孩子来说，他们病得很重，却没有人能解释清楚病因，但他们知道这种病的源头是火星人。所以当杰弗逊医生带着妲歌·索林根和绿走进房间时，他们的反应可想而知——孩子们尖叫、哭泣，还能走动的人都试图逃跑。现场一片混乱。当然，门是锁着的，像我这样好奇的人，都扒着窗户往里偷看。

大家都爱戴杰弗逊医生，但几乎每个人都害怕妲歌·索林根，最后他们俩的组合威力发挥了效用。绿只是静静地站在那里，就像个展览品似的，这有助于平息风波。看着他们走路，容易联想到巨型蜘蛛，得花上好长一段时间才能消除这种印象。

他们曾谈论过是否要给孩子们服用镇静剂，好减轻他们所经历的痛苦。但他们手头仅有的临床经验数据，是我对病情的描述。他们担心若是服用了镇静剂，孩子们肌肉太松弛，他们就无法用力咳嗽，排出肺部所有的污秽。若是不服用镇静剂，这种痛苦的经历可能会困扰他们的余生，但至少他们能活下去。

尽管火星人再三保证，但医生还是想隔离孩子们。在治疗结束后，进入病房的两个成年人也必须单独待上一段时间，以确保他们没有感染病毒。

在接受治疗的孩子和等待治疗的孩子之间，隔着一块天花板上垂下来的帘子。所以在第一个孩子接受治疗之后，剩下的孩子们都听到了他们即将面临什么局面。治疗按年龄顺序进行，从年龄最小的到年龄最大的。起初有些孩子到处奔逃，弄得很不体面。医生抓住受害者，把他们拖到帘子后面去，在那儿他们哇哇不停地呕吐，吐出毛球。

但治疗结束后，孩子们似乎都睡得很安稳，这让大多数尚未接受治疗的孩子们都平静了下来，如果他们像我一样，他们发病之后没有太多睡眠。卡德是年龄最大的病人之一，这就意味着他等待的时间最久。在接受治疗之前，他假装毫不在意地睡着了。我知道他有多勇敢，他对生病这事儿不大应付得来，就像我一样。

我们大多数人都挤在餐厅里和红还有罗宾汉聊天。另一个火星人让我们叫他飞虫—琥珀，他说他的职责是记住所发生的事情，所以他不会多嘴多舌。

红说，很难用人类的语言进行描述。他的职责，他的职能，他有点像是个市长，一个地方领导人或是组织者。

他还干了大量需要体力的活计。

罗宾汉说他太过谦逊；140火星年以来，他一直是一位受人尊崇的领袖。当他们的监视装置显示我有死亡的危险时，他们都指望红做出决定，然后付诸行动。

"做出这个决定并不艰难。"他说，"自从人类登陆火星之后，我们就知道双方对峙必不可免。我利用这次机会开展双方交往，这样就可以按我方条件行事了。我没料到卡门会染上这种你们称之为疾病的东西，并把它带回了你们的火星基地。"

"你们不把它称为疾病吗？"一位科学家问道。

"不……我猜用你们的话说，这应该被称为一个'阶段'，一个发展阶段。你从一个小孩子变成了一个大孩子，这对我们来说不太舒服，但并不会危及生命。"

"这在道理上说不通啊。"外星生物学家霍华德·贾殷说道，"这就像一个人类青少年，把粉刺传染给了一条鳟鱼，或者比这更极端——

鳟鱼至少有 DNA。"

"你们和鳟鱼拥有共同的祖先。"罗宾汉说,"我们不知道我们可能从什么生物进化而来。"

"你们是从人类这里学到了进化的概念吗?"霍华德问道。

"不,在实践方面不是这样,我们长期以来一直在杂交培育植物和真菌。但达尔文的进化论,是的,是我们从你们那儿学来的,来自你们 20 世纪的电视节目。"

"等一下!"老爸问,"你们最初是如何制造电视接收器的呢?"

沉默了一会儿之后,红说:"我们没有制造,它们一直存在。"

"什么?"

"有个房间,里面满是金属球体,大约跟我一样高。早在 20 世纪初,它们就开始发出噪声。"

"那些像我一样的火星记忆家族成员都记得那些事情。"飞虫—琥珀说,"虽然一开始只是噪声。"

"——我们知道这些信号来自地球。因为只有当地球出现在天空中时,我们才能收到这些信号,然后这些球体在 20 世纪中叶开始显示图像,这为我们解码人类语言提供了视觉线索。然后,当你们发展出了立体视频,圆球也开始显示三维画面。"

"一直在那里……'一直'有多长?"霍华德问道,"你们的历史可以追溯到多久以前?"

"我们没有你们人类意义上的历史。"飞虫—琥珀说,"你们的历史记录了种种冲突和变革。在正常情况下,我们既无冲突,亦无变革。一颗陨石在 4359 火星年前摧毁了我们家园的外围地区。除此以外,在你们的广播开始播报之前,没发生什么大事。"

167

"你们探索的火星区域比我们探索的多得多。"罗宾汉说,"你们使用了卫星和探测车。我们从你们那里获得了对于这个星球的许多了解。你们把基地建设在这个区域,是因为地下有一个巨大的冰湖,我们假设这也是我们被置于此地的原因。但我们那部分记忆早已荡然无存。"

"我们中有些人提出了一种理论。"红说,"我们的记忆在某种程度上受到了抑制,被故意消除了,不知道的事情就无法分辨清楚。"

"记忆无法消除。"飞虫—琥珀说。

"我们不能。但把我们置于此地的人,显然能做许多我们力所难及的事情。"

"你不是记忆专家,我才是。"

红脸色微变,有点阴沉。这可能不是他们第一次为此事争吵了。"我记得一件事,20世纪50年代,当时电视刚刚起步。"

"你年纪那么大了!"霍华德说。

"是的,那时我还年轻。俄罗斯和美国之间正处于冷战时期。"

"你以前给我们提过。"罗宾汉说,"但不是所有人都认同这种说法。"

红继续说道:"美国建了一个电子网络,名为'远程预警系统',这样他们就能提前知道,俄罗斯轰炸机是否正在飞往美国。"他停顿了一下,"我想,这就是我们存在的意义。"

"给谁发出预警呢?"霍华德问道。

"把我们置于此地的人,我们称他们为他者,我们在火星上而不是在地球上,是因为他者不想让你们在进行太空飞行之前知道我们的存在。"

"直到我们对他们构成威胁。"老爸说。

"这是个非常人性化的想法。"红停了停,"绝无侮辱之意,但是也有可能是因为他们不想过早地影响你们的发展。或者在你们进化到这个阶段之前跟你们联系,毫无益处。"

"我们不会对他们构成任何威胁。"霍华德说,"如果成千上万年前,他们就能跨越光年,来到此地,建立我们现在见到的火星地下城市。很难想象他们现在具备怎样的能力,更别说他们会如何对付我们了。"

玛丽亚·罗德里格斯从隔离区来到餐厅,打破了令人窒息的沉默。"治疗已经结束了,看上去所有的孩子都很好。"

她环顾四周,看着所有严肃的面孔,"我说孩子们平安无事了,危机结束了。"

事实上,危机刚刚开始。

8. 地球大使

这就是我如何能成为面向火星人的地球大使。大家都知道他们不是在火星上完成了进化,但是不叫火星人你还能管他们叫什么呢?

红的真名是"二十一领袖之领袖兼负重者领袖"。他暗示我成为中间人是自然而然的事。我是第一个见到火星人的地球人,他们冒着曝光的危险救了我的命,这一事实有助于人类接受他们的善意。

地球启动应急计划,建设绕空间站轨道运行的空间站,名为"小火星",仿造火星人习惯的居住环境而建。5 年火星居留期结束之前,我将跟红和绿一起被送到"小火星"上。还有 4 位朋友与我们同行，他们将负责协调研究。姐歌·索林根也要去，我猜是因为她是火星上唯一的官僚。

大家都不愿把火星人带到地球上来，全球性的肺部真菌感染不会改善地球人跟火星人的关系。再说，他们是否身上携带有更令人不愉快的东西，这一点尚且无人知晓。

所以作为一名大使，我成了某种用于实验的动物，被检疫隔离，医疗监护也成为家常便饭，也许会是一辈子。但我也是红和绿主要的人类伙伴。地球上的各国领袖不远万里而来，做出表示友好的姿态。尽管更多的是出于恐惧，而非出于兄弟情谊。如果他者出现了，我们期望火星人在报告里能为地球人说点好话。

我们认为这将是几十年、几百年，甚至几千年后发生的事情——除非他者找到了绕过光速限制的方法。

要么，除非他者离地球的距离比我们估计得更近。

III 第二次接触

1. 奠定基础

红说20世纪中叶时,美国人曾把这类事情称为"应急计划",这听起来很不吉利。比如为结束第二次世界大战,美国不得不制造原子弹;或者为证明共产主义的优越性,俄罗斯在太空竞赛中击败美国抢得先机。

无论如何,建造"小火星"轨道空间站,是本世纪规模最大、速度最快的一项太空工程。为实现这一目标而联合起来的8个国家及跨国公司,其经济状况被严重削弱。"小火星"让希尔顿轨道空间站看起来像路边的汽车旅馆。

"小火星"之所以规模如此之大,复杂程度如此之高,部分是因为地球害怕传染而制定了基本规则。肺部真菌,即火星肺囊肿,证明火星人能将疾病传染给我们人类,其中的原理尚且无法解释清楚。因此,在数年时间内,曾接触过火星人的人类,都不能与无此经历的人类直接接触。数年到底是多少年?有些人说是5年,有些人说是10年,还有相当一部分人认为是永远。

我不得不承认,倡议永远的支持率很高。我们从火星人那里得到肺囊肿的概率,不太可能与人类从树上染上荷兰榆树病的概率相提并

飞向火星

论。实际上更古怪的是,因为我是这种疾病的部分诱因——这就像一个人触摸过曾患过荷兰榆树病的树木,又把这种病传染给了别人。但这种情况确实已经发生了,在科学家们弄清楚是怎么回事之前,任何接触过火星人的人类,都必须进行隔离,在生物学层面上与其他人类进行隔绝。这意味着在火星人"入侵"我们的生存空间时,生活在火星上的 108 个人——加上胎儿,就是 110 个人——尤其是我们这 14 个已经被感染了的人,都必须进行隔离。

(无论在火星上还是在地球上,我都不是最受欢迎的女性。因为我要是因为违抗命令而认命死去的话,所有的这一切都不会发生。地球上有些人认为应该把我关进监狱,甚至判处死刑,因为他们认为我是全人类的叛徒。但即使没有我,人类也会在几年之内与火星人相遇,肺囊肿也会随之而来。)

"小火星"是两个绕轨道而行的太空栖息地,物理上相连,但在生物学上彼此独立。

我们有不同的生命维持系统,同时有不同的环境。

就好像你有两幢大房子,占地几英亩,但各有各的入口。共用一面墙,没有门,只有两扇窗户。

从太空看,它们的实际形状是一对传统圆环,好似两个粘在一起的甜甜圈。它们的旋转速度,足以让人产生错觉,觉得自己生活在正常的火星引力下。两个延伸舱,像粘在两个甜甜圈顶端的铅笔,为人类使用的健身房提供地球正常重力,也提供更多的氧气。除此以外,我们所在的圆环——"火星环"——与火星地下城市的环境相仿,不过人类的房间会更温暖些。

我从未去过地球环,可能这辈子永远不会获准去那儿。但我知道,那里有点像希尔顿空间站,但空间更大,生活方式更简朴。居住在上面的多达百人,其中可能有 30 多名或多或少是正式员工,其他的是来访的科学家、学者以及高官显贵。但随着新鲜感的逐渐消退,造访此地的达官贵人越来越少。

火星环有一半的空间是农场,精选了几种蘑菇状的作物种植,主要由最后和我们住在一起的 4 个火星人照料。有时我们会帮忙播种和收割,但很大程度上是做做样子。他们的食物实际上是自己长出来的,有点像霉菌。我们不打算分享他们的食物。

我们人类的食物,包括简单的配给口粮,以及人类史上最昂贵的外卖,从不到一英里远的希尔顿空间站会飘来盒饭,飘到太空电梯的对面——我们的所在地。

火星环和地球环中间只隔着两块玻璃,但它们其实是天壤之别。我们这个小世界里的一切都来自火星,而地球环里的一切都是地球的外延。生活在不同环中的人们,5 年、10 年都碰不上头,甚至永远不会见面。

去火星或者来我们这边的"小火星",意味着从地球流放出去。但这并没有打消人们做志愿者的念头,许多科学家愿意,甚至渴望做出牺牲,只为了能够近距离研究火星人,无论是在"小火星"上或是在火星上。这给我们这里的人口数量带来了一些变化,人们在去火星之前会跟我们待上几个月。

"小火星"花了三年时间建成,在此期间我取得了学士学位。课程论文、定向研究和大量阅读,各种杂七杂八的东西加起来,足以让我在语言学、文学和哲学方向各获得一个学位,另外我还辅修了外星学课程。

我不擅长数学，所以无法深入研究生物学和外星生物学，但我尽所能学习了所有的相关基础课程。

从火星到"小火星"的旅行很有趣。着陆舱和飞船零重力中间区域的生命维持系统，都进行了调整，在人类和火星人的维生需求及舒适度之间做了折中。人类生活区更温暖，而火星人生活区更寒冷。两个生活区中间没有安装气闸舱，只有几扇门。所以我只要穿得严严实实足够保暖，就可以去红的住处拜访他了。

到达 LMO，即低火星轨道一直是一项挑战。通过红和我居中协调，火星人与地球上的工程师通力合作，改造了加速座椅，这样那些原本无法坐下的四足火星人就可以坐下了。

火星人能承受多大的加速度？估算方法并不简单。从火星表面发射后不久，返回地球的飞船所经受的引力通常会达到 3.5G，比火星引力的 9 倍还要多。

在没有特殊装备，也未经特别训练的情况下，普通人类通常可以忍受 4 到 6 个 G 的重力。但没有理由凭这项观察一概而论——将加速度降到火星重力的 6 倍。不过，如果低于这个数值，我们就无法进入轨道了。

在解剖学与生理学方面，我们对火星人知之甚多，他们并不介意被我们扫描和用各种工具进行检查。但我们没法挥舞魔杖，变出一台离心机来测试火星人对重力的耐受程度。

红对此并不担心。首先，他是身体最为强壮的火星人之一。其次，他说如果他没救了，死就死吧，会有新的火星人出生取代他的位置。

（这件事我们没弄明白，火星人也解释不清楚——在他们当中，曾有五六十个人过世，然后有同等数量的人蜕变成了可以生育的雌性，大约一年以后产下了后裔，或者说发出了新芽。新生的火星人将生活在那些已过世火星人的家中。）

所以当"小火星"一启动并运行起来，我们就怀着忐忑不安的心情飞向它了。我们在第一次飞行中只带了两个火星人——红和绿，还有6个人类——奥兹、乔西、我、一对已婚的外星学家——梅丽尔·索科洛夫、外号为"月亮男孩"的莱维图斯·索科洛夫，还有妲歌·索林根，我想她是来充当压舱物的。飞船运载的大部分东西，是火星人的食物，再加上插枝、种子等，以便帮助他们在新的家园种庄稼。

保罗要把我们送上新的飞船，齐奥尔科夫斯基号，正在轨道上待命。他会帮忙把我们和行李都转移到新飞船上，然后他会开着约翰·卡特号，回到火星基地。

贾格鲁迪·帕克拉什将成为我们接下来8个月航程的飞行员。她讨人喜欢，而且无疑是一个技术一流的飞行专家。但我更想要的是自己那位私人飞行员，带着他有用的全身零件。

跟保罗道别对我们两人来说，都是身体和情感的双重考验。毫无疑问，性爱无法消弭离愁。该说的话早就说过了，说了一遍又一遍。我们无法回避事实，那就是辐射超标的他再也无法回到地球，而我要过很多年才能回到火星，如果有朝一日我还能回去的话。

幸运的是，我们安排好了约会的时间，我会早点离开，让他睡足8个小时。我怀疑自己只睡了两个小时，我和老爸老妈还有卡德一起熬夜，追忆在地球上的似水流年。

跟老妈道别是最困难的事情。自从我第一次接触火星人之后，我跟她就越来越亲近。那时她似乎是唯一相信我的人。她是我的保护者兼导师,也是我最好的闺蜜。

亚里士多德曾有名言:真正的朋友,是一个灵魂孕育在两个躯体里。但事实上我们曾共用一具躯体,当我出生时我们才分开。

这并非永别,或者说,至少我们决心保持并非永别的错觉。我会轮换调回火星;她和其他人也可能最终会被分配到"小火星"工作;如果与火星人的接触被证明是安全的,我们也许都可以重返地球。

那真是个极为不确定的"如果"。要与火星人和平共处多少年才算够呢?如果我生活在地球上,为了安全起见,我可能会建议过几百年再说。

事实证明,当飞船起飞时,火星人比人类更容易适应重力。奥兹、乔西、梅丽尔和"月亮男孩"在火星上待了8到10个火星年,妲歌待了12个火星年,但是3.5G的重力就几乎让他们感到窒息了,我自己也有些不适。红和绿说,重力下他们就像扛着沉重的货物,但他俩适应良好,还经常在高于他们自身体重的重力下,照料庄稼。

事实上,红极其喜欢太空旅行。他萌芽于1922年。从婴儿期到青少年时代,他一直在观看着人类的太空计划,他知道的比我多。

他和其他几十个火星人,对跟人类打交道准备得特别充分。人类刚开始计划在火星上建立殖民地,他们就知道双方的接触不可避免。由于天性谨慎,他们想尽可能推迟双方会面的时间,但是他们将为会面做好充分的准备。他们装作不会说人类的语言,甚至早在我父亲出生之前,就开始排练如何装模作样了。

人类的语言对他们来说易如反掌,这不仅仅是因为每个火星人都至少会说两种语言。黄色、白色、绿色和蓝色的家族，都各有不同的语言——不是口音有差异的方言，而是独特的、毫无关联的语言——他们还都会说火星通用语，可以跨家族交流。

但是，他们无须学习这些语言，他们生下来就会说通用语和家族语，而且词汇量相当大。红懂得所有的火星语，奇怪的是，除此之外他还有自己的语言。在活着的火星人中，掌握这门语言的只有他。他在年轻时花了很多时间学习这门独一无二的语言，这样他就可以读懂前任留下的信息，也可以给未来的继任者留下建议。实质上这是一种秘密的"领袖"语。

红的领袖语是唯一能够进行书写的火星语，其他火星语全部都是口语——如果黄色家族能够记忆一切的话，为什么还要把事情写下来呢？——火星语的变形十分古怪，以至于无法翻译成人类的语言。

我这次发生意外，把火星人与人类见面的时间提前了，但也没提前太多。

我们的卫星雷达已经显示出他们所在的位置有水源，所以我们最终会对那个区域进行探测。

这次意外，让一个人类和火星人产生了千丝万缕的联系。火星人有种说法叫"贝格尼姆（beghnim）"，音译过来大致如此。这是一种关系，也是对一个人的称呼——我就是红的"贝格尼姆"，因为他救了我的命，因此他对我的未来负有责任。他说在古时候的日本，也曾有类似的人类习俗。

在去"小火星"的路上，我们花了很多时间与红和绿进行交谈——我花的时间最少，因为我在马里兰大学的最后一个学年就要结束了。事实上我一直学习从未中断；我要么在做作业，要么在复习其他人与火星人谈话时所做的笔记。"月亮男孩"试图学习火星人的通用语和绿色家族的一些日常口语,但他没有取得多大进展,我也没有试图跟上他的进度。红的书面语,就像歌剧乐谱一样复杂——有文字和音乐,还有动态变化。

我自己的日常生活很有趣,但也很累人,日程比当初姐歌在火星上对我的管制还要严格。除了课业以及与红和绿的交谈,我还与保罗和我的家人保持着联系。保罗很体贴,他会根据我的时间安排给我打电话。随着时间滞差的增长,我们浪漫的对话呈现出超现实的一面。他说上几句情意绵绵的浪漫情话,我给予回应,然后单击点开课本,学上 7 分半钟的植物生理学,之后才能听到他的回应。我再回上几句,然后继续学 7 分半钟的三磷酸腺苷分解过程——当然他那边的情况也大体如此。这可算不上什么激情四溢。

每天,我们还要锻炼两个小时,就在重力为 1G 的两个延伸舱里,任选其一即可。一边有划船机,另一边有固定自行车,两边均有阻力健身器。这两个小时令人愉快,这也是我唯一用来进行轻松阅读,或者使用虚拟现实技术进行休闲的时间。我想,大家都对这两小时的独处时光充满期待。

8 个月的航行,时间有如白驹过隙。我感觉这比 4 年之前我们去火星花的 7 个月要过得快得多。(4 个地球年折合成火星年,有两年多。过了火星与地球的中点之后,我们决定改用地球单位。)我想主观距离通常就是这么一回事:当你去一个新的地方旅行时,感觉去程比回程的时间要长一些。而且,这一路上我们有很多事情要做。

我每周与火星计划公司的董事会,通过虚拟现实技术会面两次,分别是周一和周四。由于时间滞差,一开始这是非常折磨人的一件事。

当时间滞差长达几分钟时，就不是对话而是大家各自发表一通演讲了。参加会议的 4 到 5 名董事——董事会共有 24 人，但并非每个人都会参加会议——会各自说上一段，然后我会予以回应。这绝不是即时回应，因为他们中的大多数人会在会议开始前几小时用电子邮件把问题发给我，对此我感激不尽。

有时姐歌也会参加会议，但无济于事。

红不能直接参加会议，人类还需要很多年的时间来了解火星人的神经系统。等有了足够的了解之后，我们才能让他们尝试虚拟现实技术。所以我通常会在开会之前跟他聊一聊，即使没有任何直接需要他参与的事情。

我喜欢跟他聊天，即使他的住处阴暗、寒冷还弥漫着蘑菇的味道。他说他不介意来我的住处，但他在自己的住处要开朗健谈得多。奇怪的是，对我而言，比起跟我经常打交道的许多董事会成员和教授，甚至飞船上的一位人类乘客，他显得更加"人性化"。

在飞船发射前一个多火星年，我们才知道红是独一无二的火星人——在某种意义上，他是他们家族的唯一一位成员，他的寿命长达数百个火星年。他的逝去，会加速火星人的受精狂潮，另一个红就会发芽。

"我是类似文艺复兴时期巨匠的火星人。"他说，"我应该无所不知，能够复制其他家族的功能，懂得其他火星人所有的语言。我的前任是最后一个无所不知的人。可是与人类接触，有了广播和电视，让无所不知成了不可能完成的任务。"

"那些像飞虫—琥珀一样的火星记忆家族成员记得一切，但是他们不需要理解记忆的内容，我却需要理解。不过，从广义相对论到杰克·本尼[1],想要记忆并了解一切,这是不可能的。"我后来发现杰克·本尼并不是科学家。

信息超载可能让他无法与时俱进,但他仍然是第一个去营救地球人,与外星人发生接触的火星人,这合乎逻辑。他可能不再像文艺复兴时期的巨匠那样多才多艺和学识渊博,但他仍然是霍金、超人和教皇的合体。

我问他为什么,如果萌芽的过程能导致每隔几个世纪,就有一个像他这样的人出现,为什么只出现一个呢?为什么不是每个火星人都具备这种能力呢?

他说他不知道。这可能是我不能知道的事情。他让我参考哥德尔[2]的不完全性定理。当然,这让所有的一切都能得到清楚的诠释。

红和我有很多戏剧性的共同经历,但我们之间还有另一种有人情味的联系,他就好像我最喜欢的叔叔一样。

我们快到火星与地球的中点时,我才突然意识到,对红来说,这必然是经过精心计划人为的举动——在我们相遇之前,他已经研究人类一个多世纪了。他知道该如何表现,如何与像我这样的人建立起家

---

[1] 杰克·本尼:1894年2月14日—1974年12月26日,美国电影喜剧演员、广播家。
[2] 哥德尔:1906年4月28日—1978年1月14日,奥地利裔美国著名数学家、逻辑学家和哲学家,是20世纪最伟大的逻辑学家之一,其最杰出的贡献是哥德尔不完全性定理。该定理与塔尔斯基的形式语言的真理论、图灵机和判定问题,被赞誉为现代逻辑科学在哲学方面的三大成果。哥德尔证明了任何一个形式系统,只要包括了简单的初等数论描述,而且是自洽的,它必定包含某些系统内所允许的方法既不能证明真也不能证伪的命题。

庭般的纽带关系。当我与他就此进行对质时，他既觉得好笑，又有点不安：这是实情，但他以为我一直都清楚地知道这一点，而且还对他做了同样的事情。我们之间还有贝格尼姆因素，当然这不是事先计划好的。

他和绿觉得对另外 13 名经他们治愈肺囊肿的年轻人，也有某种程度上的"贝格尼姆"关系，尽管这在哲学上关系颇为复杂，因为火星人既导致了疾病又治愈了疾病。

我们的友情在这 7 个月里与日俱增，也许其他人无法产生共鸣，尽管另外 4 位研究人员在他身上倾注了更多的时间和心血。

姐歌对这两位火星人都没有好感，态度冷冰冰的，但她对人类也几乎没露出过笑脸。

当我发现她要跟我们一起走的时候，我简直不敢置信。也许上帝真的存在，因为我不相信他，他对我进行了报复。不过，也许更应该怪罪的是殖民地的管理者。保罗确信她是明升暗降，晋升只是为了让她离开火星殖民地免得碍事。

客观而言，她资历深厚。她多年从事太空行政管理，除康拉德·希尔顿四世以外，在地球上几乎无人能及。但希尔顿四世，其实只是个年老傀儡，有名无实，住在轨道站里只是为了保持心脏跳动，经营业务的另有他人。

但我真的不明白，管理火星"前哨站"——她不会把它称为殖民地——怎么就让她有资格管理人类和火星人的奇怪组合了呢？不是印第安人，却要当酋长？

我认为应该有个第三方机构，一个没有与火星人实际打交道的人，来评估提案并唱唱反调。火星公司十分慷慨地批准了多项提案，但如果我们把这些提案都付诸实施,我们就没有时间吃饭睡觉了。

公司认为,应该由本身不是专家的人进行决策,这样就不会对外星人解剖学或语言学等诸如此类的方向——例如火星美食——给予优待。我大体同意这样的原则,但实际上,我宁愿相信奥兹或者琼——甚至是个性古怪的"月亮男孩"——他们会做出客观的选择。

但在那时,我对妲歌的态度也并不客观。

总之,许多人对她的离开并无一丝一毫的遗憾,这些人也很高兴看到我跟她同乘飞船离开。这是一种充满诗意的正义裁决,妲歌应该被锁在轨道站里,与她惹是生非的宿敌为伍。

我们的轨道参数已经被调好,所以我们将于7月4日到达"小火星",美利坚可以同时庆祝独立日以及我们的成功抵达。但这对我来说很方便,因为我最后一次期末考试在那之前的一个月就结束了。所以航程的最后几周里,我的生活变得非常简单,不过很快就会以另一种方式变得非常复杂了。

在最后的几周里,地球从一颗明亮的蓝色闪光星辰变成了蓝色光点,接着变成蓝色纽扣大小,最后变成教室地球仪的大小。我们进入着陆舱并系好安全带。但是与"小火星"进行接轨时惬意而又轻柔,几乎称得上是无聊了。

那时我们还不知道什么是无聊,但我们很快就会知道了。

2. 虚文缛节

这不仅仅是戴着手套和总统握手的问题。总统带着一大堆工作人员登上了太空电梯，把整个空间都塞得满满当当的。参与建造"小火星"的七国首脑以及公司领导，当然也不是独自前来的。此外，还有火星公司的董事，以及 15 位为火星计划做出重要贡献的人士。

轨道站里容纳这么多人，真是史无前例。在"小火星"的地球环里，一下子塞进了 115 个人。希尔顿空间站就像孟买的贫民窟一样，拥挤不堪。食物的美味程度下降了。

他们都必须跟我们进行交谈，但是他们说的话都差不多。过了一段时间，我困倦不堪，真想用牙签把眼皮撑开，但最后还是选择了喝合成咖啡和服用药物来醒脑提神。红耐心十足，虽然从他的外表无法辨别出他到底是清醒的还是睡着的。

要是你也站着睡觉而且眼睛长得像土豆上的芽眼，你也会有这样的优势。

法国代表团举行了一个香槟招待会，很有趣。因为在气压降低的情况下打开香槟，香槟会喷得像天女散花，到处都是。他们也给我们火星环这边送来了一瓶香槟酒。通过复杂的防生物危害的气闸舱之后到了我们手上。低压下喷完之后，正好够我们每个人喝上一杯。火星人把酒精当作清洁液，但酒精对他们有毒。琼和贾格鲁迪不喝酒，妲歌拒绝了来一杯，所以我们剩下的三个人就能小酌一下，喝至微醺。

贾格鲁迪将跟我们待上 6 个月，然后驾驶下一架火星穿梭机——这是现在的称呼——回到火星。她是第一个自愿进入隔离区的人。她

飞向火星

计划再进行三次半的往返旅行,然后就以殖民者的身份在火星上定居,既是因为辐射限额,也是因为检疫隔离。

我贸然地嫉妒她,或者说对她的嫉妒之心油然而生。在赢得保罗的爱情方面,我无法与她匹敌。在火星轨道上,他们曾有过短暂相处。他们一直办正事,但是我怀疑会发展为私密的情事。她很漂亮,身材很好——她的体形,让我想起保罗曾给我看过的春宫图,她就像上面那些符合男性理想的女性——她与保罗年龄相仿,而且会跟他处境一致同病相怜,因为辐射而被隔离。

大约一周过后,这些傻乎乎的仪式终于结束了,然后我们开始谈正事。

有58名科学家以及其他的研究人员住在地球环。在与红和绿商量过后,我们制定了一个简单的时间表:红和绿分别接受访谈,上午两个小时,下午两个小时。我会一直陪着红,而梅丽尔(她的法语很流利)会陪着绿。我们让住在地球环的人们自行分配这8个小时,他们为了如何分配而争论不休。如果他们想要民主的话,每周每个人的工作近一个小时,每10天休假一次。

(我第10天的"休假"有一半时间都受尽煎熬,一个机器人医生会对我的身体为所欲为。不过,好在允许我在最难受的支气管镜检时陷入昏睡。因为在轨道空间站里,我是唯一得过肺囊肿疾病而幸存下来的人。)

访谈是双向的,火星人也会深入研究人类,正如人类会深入研究火星人一样。这让访谈更有趣,更具有活力。因为问火星人的问题,可能会被火星人反问回来,反之亦然。当然地球上有数百名研究人员在监控整个交流过程。

有时，他们的建议在层层过滤之后会被传上来。

红和绿工作十分努力，当他们没有跟玻璃另一侧的研究人员打交道的时候，他们就跟我们打交道。我们不仅能问他们问题，还能打破砂锅问到底，督促他们回答问题。奥兹和梅丽尔试图了解他们的解剖学和生理学；他们还监测我们人类的身体，寻找是否有荷兰榆树病的迹象。而月球男孩则试图解码他们语言中的逻辑性和非逻辑性，他说这就像试着爬上有聚四氟乙烯涂层的墙壁一样。

将和贾格鲁迪一起登上火星的三个人很早就来到了空间站——弗兰兹·德·黑文、特丽和琼·马德森。特丽和琼在外星学方面还是菜鸟，但她们在考古学和建筑方学方面早有建树，因此她们获得了许可，将在火星人的城市中居住并进行研究。弗兰兹是人类免疫反应方面的专家，他要去火星研究人类群体遗传学。

有意思的是我们的人口几乎翻了一番。特丽和琼已经结婚多年，琼挺出名。她们是一对杰出的女同性恋伴侣，这一身份或许对她们赢得火星彩票有所帮助——或许并非如此；如果没有外界的帮助，她们不会生儿育女，给火星人口的激增大业添砖加瓦。

弗兰兹 20 多岁，皮肤黝黑，面容英俊。贾格鲁迪显然对他很感兴趣，这让我隐约有些吃醋——她要跟他在飞船上共度 7 个月呢，我应该也能分润些许露水情缘。可以说，当时在弗兰兹能够得手的女性人口中，我可是占 50% 的比重呢。

早上给保罗写电子邮件的时候，我开玩笑地提到了这一点，他的回复出乎我的意料：玫瑰堪折直须折。他没指望我当上 5 年清心寡欲

飞向火星

的修女,或者7年、10年乃至永远,他甚至向我引用了赫里克[①]的诗,这个罗曼蒂克的老火星学家啊!好吧,我会去采摘我的玫瑰花蕾[②]。

在性方面,男人都很直白爽快。轻轻一碰,扬扬眉毛,我们就犹如干柴烈火,在他的舱室里癫狂纠缠了一把。

事实上,他的床上功夫远胜保罗。但我想,有情饮水饱,心爱的男人即使笨手笨脚,也比技巧高超的房事高手强得多。也许是因为我觉得有点内疚的缘故,尽管保罗已经默许了这样的事情发生,但直到弗兰兹安全离开之后,我才在信中提及此事。

我与红聊过此事,他马上问我是不是跟新来的男人上过床了。这事儿有这么明显吗,连一个100来岁的土豆头外星人都看得出来?他指出他读过很多小说,也看过成千上万部电影和立体视频。年轻的女孩对途经小镇的皮肤黝黑的陌生人一见钟情,这种模式很常见。

我努力摆出一副客观的模样向他解释,露水情缘和我与保罗之间关系的不同之处。当然,他也很熟悉这种情形,有时在相同的书籍,电影和立体视频中都有雷同之处。

他承认,人类的日常生活如此复杂,他对此颇为嫉妒。他经历了四次生育,其中三次成功发芽,但是萌芽也牵涉到几十个其他的火星人,他们之间的关系,不像是情人,或是芽体的父亲。"及时采撷你的玫瑰花蕾吧",这笑话对他来说简直晦涩难懂。

---

①赫里克:罗伯特·赫里克(Robert Herrick),1591—1674,英国资产阶级时期和复辟时期的所谓"骑士派"诗人之一。
②这里应该是与赫里克的诗《快摘玫瑰花蕾》相呼应,诗中有一句"Gather ye rosebuds whilde you may"。——译者注

火星人的繁殖过程确实涉及遗传物质的组合，但这有点像淋上一场阵雨，或雌鱼游过雄鱼的精液。6个或者更多的火星人参与看起来像四臂摔跤大赛的活动。当所有人都精疲力竭后，最强壮的那个火星人会成为名义上的雌性。其他人会跟她一起滚来滚去，用汗液般的分泌物覆盖她的全身上下，分泌物中包含他们的遗传密码。雌性会长出4个芽，其中3个芽会死掉化作养分，被剩下的那个芽重新吸收掉。

这可真够奇怪的，用人类的话说，红绝对是一个雄性领袖，一个大块头、强大的天生领导者——但作为火星人，这意味着他经常怀孕。

跟特丽和琼聊天很有趣，我习惯了与殖民地的科学家和工程师为伍，所以与建筑师和考古学家交流想法，是蛮新奇的一件事。我能回忆起来的有关火星人城市的一切细节，都被她们问了个遍——她们的研究面面俱到，但我们是他们遇到的第一批真正去过火星人城市的人。

她们在一起已经有15年了。琼是一位著名的建筑师，45岁，特丽35岁，所以她们刚开始好上的时候，跟我和保罗的年纪差不多。特丽对外星学和火星有着长久的兴趣，当我们"发现"火星人的时候，她们绞尽脑汁费尽精力就为了有资格赢得火星彩票。

我给老爸寄了一张她俩的照片，他说这可真是一对真正的"马特和杰夫[①]"，我猜这是某部关于同性恋的老电影里的角色名。琼生得小

[①] 马特和杰夫：1907年由巴德·费希尔创作的连环漫画中的人物。

巧玲珑，皮肤较黑。特丽比我还高，金发碧眼。虽然她们老是口角不断，但显然爱意满满。

私心而言，我很高兴有一些富人和名人在隔离这方面支持我们的主张。等我们隔离上 5 年或是 10 年的时候，减少隔离年限的呼声就会越来越高了。

我们三个人跟红谈了几次话。火星人缺乏真正的历史，特丽对这一点既深深着迷，又倍感沮丧。

"人类群集若是没有文字，就无法追溯多年以前的历史。"某次这样的聚会之后，她这样说道，"人们可能会记住他们的家谱，他们可能会沿袭传统，认为哪些部落是朋友，哪些部落是敌人。但如果没有文字，几代人后记忆就会与神话和传说融合在一起，尽管火星人声称拥有惊人的记忆力。这并不只是声称——他们与生俱来就具有语言能力，而且他们自然而然就能使用大部分词汇。"

"没有冲突就没有历史。"琼说，"没有人拥有任何东西或任何人。后代与祖先相似，那么，为什么还要费心记录任何事情呢，至少在我们的无线电对他们进行广播之前是这样。"

"他们确实记录了一些事情。"我说，"飞虫—琥珀记得在 4000 多火星年前，有一颗陨石撞击了火星。我问他有多少火星人死去，他只是说新的火星人出生了。"

"如果他们是人类，我会说他们处于一种状态，就是他们的文化否认死亡。他们显然各有各的个性特征，各有各的身份，但存在与否好像对他们并无区别。即使是红，也是这样的。"

但他们知道，我们人类对于死亡的感受，红本可以在我出意外时丢下我不管，而且他们很快就自愿帮助我们那些患有肺囊肿的孩子治病。

我们在厨房里聊天，妲歌进来喝了杯水，静静地旁听了一会儿。

"你把他们想得太有人情味儿了。"她说，"我不会轻率地把人类的动机套用在他们身上。"

"你一定会纳闷。"琼说，"他们的利他主义从何而来？对人类和一些动物来说，生存价值在于群体安全高于个人安全——但是火星人没有天敌，他们不需要团结起来进行对抗。"

"也许在他们的史前时代，他们确实有过这样的经历。"特丽说，"他们的母星可能充满食肉动物。"

"如果是这样，他们的准备就不充足了。"妲歌说，"没有天生护甲，手很纤巧，没有爪子。"

"牙齿也不锐利。"我说，"就像人类一样。"妲歌厌烦地瞟了我一眼。

"红和绿都坚定不移，坚持认为他们并非进化而来。"琼说，"他者从一开始就创造了他们。"

"许多美国人仍然相信人类也是被造物主创造出来的。"我说，"只不过我们的他者只有一位，比火星人的优等种族理论更接地气一些。"

有意思的是，除此之外火星人没有任何宗教信仰。一些火星人带着强烈的好奇心研究人类的宗教，但迄今为止，还没有火星人表达过愿意皈依的愿望。

我自己是个怀疑论者，我能看出为什么宗教会费尽周折，试图赢得火星人的皈依。他们这个种族不畏惧其他任何种族，没有财富的概念，甚至没有所有权的概念，没有真正的家庭，性爱就像去基因商店一样毫无人情味可言。他们能打破十诫中的哪一条呢？

然而在很多方面看起来，他们都是如此怪异的人种。这在一定程

飞向火星

度上是因为我们用人类的眼光来观察他们,用拟人的方式解释他们的行为和表述——恶龙夫人说了句公道话——这是人类学和动物行为学的学生们长期以来所熟悉的谬论。

但实际上,在过去的几百年里,我们已经从人类的角度,通过间接的方式,深深改变了他们的生活。红确信,现在还活着的火星人,没人记得收音机开始广播之前他们的生活了。虽然起初他们无法理解所收听到的声音信号。但像飞虫—琥珀这样的火星人,记录下了所有的声音。这些声音显然很重要,类似于说话。

火星上没有罗塞塔石碑[1]可以帮助火星人理解人类的语言,但有两样东西使之成为可能。一个是电视,它让他们把单词与物体联系了起来,而另一个是SETI,即20世纪开展的"搜寻地外文明计划"。科学家们试图通过二进制编码的无线电信号与外星人交流。通过制作图表,从简单的算术开始,其后涵盖了数学、物理、天文、生物学和人类社会方方面面各种事物。

比起距离更为遥远的地外文明生物,火星人在语言翻译方面更得心应手——他们不仅能收到人类发送的信息,还能收看电视节目,其中使用英语解释了这些信息。

我们和红谈过这件事。也许他者也在听我们说话,但如果他们离我们很远,他们在理解地球人这方面,就会比火星人落后很多年。红

---

[1] 罗塞塔石碑:也译作罗塞达碑,是研究古埃及历史的重要里程碑。制作于公元前196年,刻有古埃及国王托勒密五世登基的诏书。石碑上用希腊文字、古埃及文字和当时的通俗体文字刻了同样的内容,考古学家得以有机会对照各语言版本解读埃及象形文的意义与结构。

不这么认为,他给出了一个合理的相对论论证——如果他者距离我们数光年之遥,以接近光速的速度向我们靠近。然后当他们接近太阳系时,信息会以越来越集中的方式堆积起来。当然,当他们抵达地球时,他们就能全部理解这些信息了,假设他们无限聪明的话。

事实证明并非如此。

3. 胡言乱语

当贾格鲁迪带着我的玫瑰花蕾弗兰兹,连同特丽、琼和另外 23 个人一起飞往火星时,她还携带了一种保罗特别感兴趣的货物,一种叫作 Primo—L 的试验用药物。如果这种药物真的有效,它将彻底改变太空旅行以及现代生活的其他方面:辐射中毒的解毒剂,至少可以治愈长期暴露在小剂量辐射中的人。就是这样的辐射,剥夺了飞行员重返太空的机会,也使得住在类似欣嫩子谷的地方和加尔各答废墟附近的人们失去了生命。

他们不会让保罗直接服用这种药物,因为这种药物要经过多年的人体实验才能被批准上市。保罗倒是自愿充当一只"实验用的小白鼠",但他的申请被拒绝了,因为他无法在药物临床试验严格受控的情况下服用这种药物。这种药物被送到火星只是为了预防万一,如果其他两名飞行员都无法进行太空飞行的话,就需要保罗来驾驶火星穿梭机了。

没想到真有万一。几个月后,也就是 11 月,贾格鲁迪登上了火星地表,在齐奥尔科夫斯基号上做发射前的准备工作。

电动工具崩飞了一块碎片，割裂了她的头盔。工作人员紧急给她的头盔打了个补丁，然后几分钟之内就把她送进了诊疗所，但她还是得了肺栓塞，而且眼睛和耳朵均有损伤。她的伤势可能要花上几个月才能治愈，但那样的话发射时限就会远远超期。第3位飞行员在斯基亚帕雷利号飞船上，要飞4个月才能到火星。所以保罗临危受命，得到了这份工作。

整个疗程要注射10次针剂，为期两周。保罗承认药物让他有点恶心和头晕，但他也说在第10针过后，这些症状就消失了，所以他带着两个火星人和一堆来自火星人城市的东西，起飞了。

科学家们对于得到火星悬浮交通工具和连接火星与地球通信的球体，简直摩拳擦掌，迫不及待。但是火星人自身携带的某样东西，令这些工程奇迹相形见绌。但在当时，就连火星人自己都不知道自己携带了这样的东西。

工程团队比火星穿梭机提前三周到达了"小火星"，其中有两个人住进了火星环——他们是一对已婚夫妇，以后将移居火星——还有7个人加入了地球环那边的常驻基地工作组。

来我们这边的这对夫妇，以利亚·戈德斯坦和菲奥纳·戈德斯坦，活泼兴奋地到处走来走去，他们的热情极具感染力。他们的年龄只比我大一点点，刚拿到博士学位，一个是机械工程，一个是系统理论，正适用于这项神秘的工作——分析在没有明显动力来源的情况下，工作了数百年或者数千年还能自我修复的机械。在离火星这么远的地方它们还能运行吗？如果它们无法继续运行，以利亚和菲奥纳就准备继续他们的实地调查，也就是说，去火星人的城市看看。

他们随身带来了小型网球拍和橡皮球。我们在 A 健身房中即兴创造了一种美式壁球游戏，胆大妄为，无法无天。只有在没有人使用健身器材的时候，才能这么玩。能够痛痛快快地运动上一场，弄个大汗淋漓，真是畅快极了，比使用虚拟现实技术，坐在那里骑自行车或者划船要好玩多了。

当然，再过几周，我就能用自己最喜欢的方式汗流浃背了，我心里一直惦记着这事呢。

计划我跟保罗的重聚挺有趣。我有 8 个月的时间准备，而且手上还有一大笔钱可资利用。因为薪水不错，生活又没有什么开销。

在太空电梯上运送非必需品的费用，大约是每千克 200 美元，我尽量精打细算。

我从埃及订购了精美的床单和枕头，从波斯联盟订购了鱼子酱，还从法国订购了葡萄酒。我本可以直接从希尔顿空间站买酒的，但我发现如果自行购买的话，同样的价格可以买到更多更好的葡萄酒。最后，我买了一箱波尔多陈年佳酿，我拿了 6 瓶，其余 6 瓶归了奥兹和琼，她们又把其中的两瓶倒手卖给了梅丽尔和"月亮男孩"。

齐奥尔科夫斯基号飞船离我们越来越近，信息传递的时间延迟当然越来越少，我和保罗几乎能够实时交谈了。我们调整了我们的时间表，每天安排半个小时的"约会"，聊聊天，聊聊过去两年彼此的生活。我必须承认，他热切期盼与我聊天，这让我松了一口气。在这两年里，很多事都有可能发生，但是他可能会有更多的艳遇——火星上的单身

飞向火星

青年可为数不多。

他向我坦承自己和贾格鲁迪有过一段风流韵事，这跟重力一样，没什么令人惊讶的。但他们并没有天长地久的打算，部分原因是贾格鲁迪对生活在火星上持保留态度，这可比在她的老家西雅图生活要乏味多了。如果解除了隔离，而她的太空辐射还没有超标的话，她可能会在下一次返回地球轨道时行使返回地球的权力。这次可怕的事故让她更不情愿留在火星上了。

保罗早就决定留在火星上了，自从他8年前签约火星计划以来。对他而言，我所居住的"小火星"就是火星的郊区，只不过是碰巧围绕着另一颗行星运行罢了。我也是这么想的，不过对我来说，与其说我是自觉自愿，毫不勉强，倒不如说我是随波逐流，听之任之。

我知道，我不能把他从飞船上拖下来，直接拖到我的房间里去——但是当他从气闸舱里出来时，他频频向我抛来媚眼递送秋波，说明他心里也转悠着这个念头。但他必须监督货物的装卸和放置，这花了整整两个小时，妲歌就站在他背后紧盯着。接着他向红和绿打了招呼，让飞虫—琥珀和雪鸟在火星环安顿下来，然后他跟火星环上人类团队的新成员见了面。

妲歌主动提出，要把他介绍给地球环那边的成员。但他告了乏，让我挽着他的胳膊带他在火星环四处参观，参观到我的房间就终止了。

在接下来的半个小时里，他没有表现出一丝一毫疲倦的迹象。尽管起初他很贴心地控制住他自己急切的欲望，先让我获得满足。

我感觉他一定是在他的脑海里仔细地彩排过该如何行事。不然跟几个火星人一起关了8个月，他还有什么好干的呢？

对我来说，无论出于什么原因这都比在约翰·卡特号上或者他在火星殖民地里跟人共享的小房间要强得多。我想，这是因为是在我自己的地盘上，我的门上有锁。来自埃及的床单和枕套大概也有帮助。

葡萄酒瓶上的软木塞是用真的软木制成的，我早该预料到。我迅速穿好衣服，溜进了厨房，没人发现我——火星上几乎所有人都挤在火星人那边，欢迎新来的人呢——拿了一把薄刃的刀，来开瓶塞。

酒是好酒，在我出生那年就装瓶了。对我来说鱼子酱吃起来无非就是咸咸的鱼卵，但保罗简直为之疯狂。好吧，味蕾饱经多年火星食物和飞船配给餐的摧残，任何其他食物都是超级珍馐美馔。

他说鱼子酱尝起来有点像我的味道，这让我觉得自己很有女人味，又觉得自己成了动物，在种族上低了他一头。

我们每人都喝了几杯葡萄酒，这让我们都飘飘欲仙……

事毕，我们瘫倒在床上，紧紧相拥了好一阵子。我想这大概是我人生中首次喜极而泣。我一直都无法向自己承认，我有多么想念他，又有多么害怕失去他。

当然，自从贾格鲁迪把弗兰兹带走之后，我也一直在想念那回事。

我们交颈而眠，一起进入了梦乡。埃及棉制成的床上用品吸干了我们的汗水，而法国葡萄酒则让我们眼皮沉重。最国际化的迷醉，跨越星际，火星男人抱着佛罗里达的女孩。

我的手机开始响铃，响了大概4声之后，我终于挣扎着勉强睁开了一只眼睛，然后在一堆衣服中摸索着翻出了响铃的手机。住在空间

飞向火星

站里的一个问题就是，你不能不接电话，然后说"我出去了"，说得就像能在真空中漫步一下午似的。

是奥兹打来的电话。我按下"非视频"的按钮，然后想起本周我的待机图片是熊猫交配的动图。

"什么事，奥兹？"我小声问道。

"我还以为保罗不在。"

"他还在睡。这可是一次长途旅行。"

"我想可以等会儿再睡。当他起床时，告诉他，他不再是头条新闻了。"

"嘿，奥兹。"保罗用一只胳膊肘撑起身体，眨着眼睛问道，"你这话是什么意思？"

"很奇怪，保罗，我是指时机。你驾驶飞船刚停在这里，夏威夷的天文学家就观测到，海王星发出一束强烈的相干光，闪个不停。显然是一束激光，忽明忽暗。"

"我不明白，在海王星上没有任何人类的活动，是吗？"

"没有。他们正在激烈争论，试图找到一个说得通的解释。这是瞄准地球的激光吗？它比海王星本身还要亮。"

"也许是中国人？他们可是相当能干。"

"不是吧，保罗。那样的话，花的钱比建'小火星'和希尔顿轨道空间站加起来还要多。得把一个大功率的激光器给弄到海王星那儿去呢。"

"总之，19:00 的时候有个新闻发布会，我们都会在地球 A 室观看。"

"好的，我们会去的。"

"再见……美男子。"

保罗微微一笑,挑起了眉毛。"我相信奥兹瓦德博士是在嫉妒。"

"呕——,说起来像乱伦似的。"

"你说的好像不会乱伦一样。我们还有多长时间?"

我瞥了一眼手腕上的手表文身。"42分钟。"他下了床,伸了个懒腰。然后他又欲火重燃了。"哦,我们去喝杯咖啡吧。"他噘起了嘴闷闷不乐,所以我花了几分钟时间逗他开心。我们只来得及在去地球A室的路上,到厨房拿了杯咖啡边走边喝。

地球A室是火星环最大的房间;就是在那儿,我们跟来自不同国家的总统、首相和首席执行官会面,或者说"会见",通过感应手套手掌相碰。房间里有足够的座位,火星环上的人类数量再翻一番也能容纳。后面有个凸起的平台,足以容纳十几个火星人。

他们4个火星人都到了,红、绿、飞虫—琥珀和雪鸟——他们正使用吱吱声、叽喳声和嗡嗡声进行交谈。红举起一只较大的手臂向我们打招呼。

大多数人类已经落座,坐在前两排剧院风格的座位上。我跟保罗单独坐到了第三排。

"这里的墙壁是深蓝色的。这是海王星的颜色。"保罗说。

"它被命名为海王星是因为颜色像大海吗?"

"我不知道,但听起来合情合理。"

某种奇怪的音乐响起来了。"霍尔斯特,当然啦。"我说。

"什么?"

"难道你没上过音乐鉴赏课吗？"

"我是个工程师，亲爱的，你做过傅里叶变换①吗？"

"别难为我。"我在他腿上掐了一把。"古斯塔夫·霍尔斯特②写的《行星组曲》③，由八个乐章组成，第七乐章名为海王星。《行星组曲》非常有名，因为它是第一部以沉寂告终的管弦乐作品。"我用手捂住了嘴，"多唠叨了几句，抱歉。"

"没事儿，随便聊。"他柔声细语。

立体视频里出现了一张脸，似曾相识，那是谁？

拉莫·塞巴斯蒂安，他是 BBC/福克斯电台常任的科学讲解员。

"大家晚上好！"他用播音员的腔调说话，声音圆润。他很有名，不必表明身份。"现在进行特别简报——之所以是简报，是因为我们现在还对此知之甚少——几个小时前，天文学家观测到在海王星附近出现了奇怪的现象。"

他的脸渐渐隐去，屏幕上开始出现蓝色星球的图像，上面有淡淡的黑色斑纹和一块白色印迹。旁边有红光，有规律地闪烁着，每秒钟闪烁5到6次。亮度太强了，我不得不眯起眼睛看。

"红光是相干光。"传来塞巴斯蒂安的画外音，"它的波长表明，

---

① 傅里叶变换：表示能将满足一定条件的某个函数表示成三角函数（正弦/余弦函数）或者它们的积分的线性组合。在不同的研究领域，傅里叶变换具有多种不同的变体形式，如连续傅里叶变换和离散傅里叶变换。最初傅里叶分析是作为热过程的解析分析的工具被提出的。
② 古斯塔夫·霍尔斯特：1874—1934，英国作曲家。
③ 一部由英国作曲家霍尔斯特创作的管弦乐组曲，在科幻音乐中有着十分重要的地位。原作品只有七个乐章，分别以八大行星中的七个星球（地球除外）命名。后有人续作了第八乐章。

需要红宝石激光器才能发出这样的激光。自上个世纪以来,同样的技术被应用于商业扫描,但这束激光的强度高达数万亿倍。从地球上眺望,这束光和海王星的亮度差不多。"

从我们身后传来砰的一声,火星人在喁喁私语。我转过身去,看到飞虫—琥珀摔倒在地,浑身抽搐。保罗和我沿着过道,跑上火星人所在的那个凸起平台。

绿正要出门。红和雪鸟跪在飞虫—琥珀的身边。他倒在地上,浑身抽搐。这一幕极为不同寻常,即使对习惯了见到火星人的人类来讲也是如此,因为他们从不躺下休息。我记得在地球上看到过一张照片,一些恶作剧的人,把一头母牛推翻在地,他看上去就跟那头牛一样奇怪。

"发生了什么事?"我问红。

"我以前从来没见过他这样,除了听说过这样的笑话。"他轻轻掰弯飞虫—琥珀的一条腿。"看起来他这两条腿好像忽地一下子就瘫下去了。同时,另外两条腿猛地绷直了,好像要用力跳起来一样。"他用火星语大声地说了些什么,但飞虫—琥珀没有任何反应。

其他人都围在我们后面。"也许他是在开某种奇怪的玩笑。""月亮男孩"问道,"是在恶作剧吗?"

"我不这么认为。那样做很幼稚。飞虫—琥珀为人太古板拘谨,做不来这样的事情。黄色家族是个高贵的家族。"红转向保罗问道,"他在搭乘飞船过来的时候,行为古怪吗?"

"请恕我直言,红。"保罗说,"对我来说,你们的行为举止,总是看起来很奇怪。"

他发出轻微的嗡嗡声,"你应当说出来,两条腿的家伙。我的意思是,他的行为或者谈话方式有没有突然的改变?"

飞向火星

"在接近地球的最后几天里,他滔滔不绝,比之前健谈多了。但那时我们都相当兴奋,准备下飞船。"

"当然了,你很想与卡门交配。已经心想事成了吗?"

尽管不是笑的时候,我还是情不自禁笑了出来,"挺好的,红。"

"不错。绿已经去了火星环的 C 舱,给家里其他的治疗者发信息去了。她也从来没见过这种症状。"

"我也没见过。"雪鸟说,"只有孩童玩耍时,有过这样的情形。除此之外,我也没听说过这样的事情,这样很痛苦。"

"我们应该把他拉起来让他站直吗?"我问道。

"不要。"红和雪鸟同时说,"让我们等等回复——"

飞虫—琥珀开始说话了,声调平静,没有屈折变化的颤音。雪鸟靠近他,侧耳聆听。

"录下他说的话了吗?"保罗说。

"当然了。"妲歌·索林根厉声说道。

"他在说什么?"我问道。

"我听着像毫无意义的胡言乱语。"红沉重地摇摇头。这是他从我们人类身上学到的一个体态语。"也许是代码,但我从来没听说过这样的事情。"

"你不明白他的意思吗?"

"不,还不明白,但它似乎……不是随机的。他在说些什么事情,而且还一再重复。"

飞虫—琥珀发出像打喷嚏的声音,停了下来,然后是一声长长的单音调声响,犹如歌唱一般的叹息。雪鸟用火星语说了些什么,过了一会儿,飞虫—琥珀用几个断断续续的音节予以回应。

他试图起身，但是身体使不上劲儿。红和雪鸟帮着他站了起来。

红发出一连串鸣叫声，飞虫—琥珀回答了，但显然有些犹豫。红发出类似笛声的奇怪声音，我想我以前从未听到过。"你能用英语告诉他们吗？"

飞虫—琥珀摇摇晃晃地原地转了过来，面向我们。"我不知道发生了什么事情，红说我摔倒了，身体颤抖，说着胡话。"

"对我来说，我当时什么都看不到，但是我能感觉到地板。"他小心翼翼地用他较大的左手拍了拍他的右臂，"在这里，很奇怪。我闻到了不知名的气味，至少我以前从来没闻到过，而且我感觉很冷，比我的住处要冷，像我们火星定居点外面那么冷。"

"但我不记得说过什么，红说我说个不停，我听到了一些声音，但毫无意义。"

"也许你听到了，你对我们说的话。"雪鸟说。

"不，那不是语言，不像是语言。它像是机器发出的声音，但是它也像是音乐，人类的音乐。难道是音乐机器？"

妲歌回放了部分录音，听起来不太像是音乐。

飞虫—琥珀歪着头，好像在用他的土豆眼扫视着天花板和墙壁。"我的意思是'感觉'。当你说音乐有感觉时那种感觉。"

"你是说情感吗？"奥兹说。

"算不上。据我了解，当事情或想法引起血液中的化学变化时，你们人类的大脑会产生情感。如你所知我们是相似的，这不是……不那么真实，对吗？"

他转向我，对我说，"这就像卡门在上个萨根月 20 日 20:17 试图告诉我，在读贝多芬的《英雄交响曲》乐谱时，她有怎样的感受。

当你看到屏幕上的五线谱音符时,即使你什么都没听到,你的大脑也会记起这些声音,以及这些声音所引起的感觉。你还记得你说的这番话吗?"

"我想是吧。"

"你要是这么说,那肯定有了,毕竟你可是个擅长记忆的大师级人物呢。"

"就是那种,你当时怎么说来着,距离吗?你说乐谱就像一种情绪的图表,一种情绪状态,但你不知该如何形容它。"

我确实记得自己这么说过。"是的,你可以管它叫'快乐'或者'希望'或者别的什么,但这些词都不太确切。"

"所以即使有人看不懂乐谱,也不知道音乐是如何被记录下来的,可他们看见乐谱,仍然能识别出其中的模式和对称性。无须把他们和声音联系起来,就能发现美或者至少发现意义。"

"我曾见过类似的情形。"奥兹说,"舞蹈演员通过符号记录舞蹈表演舞步的记谱法。没有这方面知识的话,你完全分辨不出来那些符号是什么意思。但其中有对称性和肢体运动。我想你会说有内在美。"

"拉班记谱法。"红说,"我在立体视频上看到过。"

绿已经回来了。静静地听了一会儿,她连珠炮似的说了一串法语,然后停了下来。"很有趣,不过留着以后再说吧,飞虫—琥珀生病了,我得把他带走,照看他。"

红用火星语说了些什么。绿发出短促的一声作为回答,我辨别出那是表示肯定。她伸出两只胳膊,较大和较小的胳膊各伸了一只,搀着她的病人,把他领到他们的住处去了。

红看着她离去,像人类一样耸了耸肩,"在某种程度上,她是医生。但是我怀疑,对于这种症状,没什么有效的治疗方法。"

"她跟火星通过话了。"我说,然后看了看我的手表文身。"她可能已经收到了回复——"恰在此时,绿忽然冲了回来,对着红滔滔不绝,柔和的颤声和刺耳的粗嘎声交替出现。

"她说在火星上也发生了同样的事情,很明显是同一时间发生的,大部分记忆家族的成员都倒在地上开始胡言乱语。"

"火星时间 9:19 发生的。"她说,"按地球时间,飞虫—琥珀倒地 17 分钟之后,火星上就发生了此事。"

"就好像是他把症状传染给了他们,"我说,"以光速。"

"也许来自地球。"保罗说。

"或者来自外太空。"红朝大厅那头做了个手势,"海王星那里。"

4. 纵横字谜

记忆家族有 78 名成员,不到火星人口总数的 1%。他们都是很古怪的人,但奇怪的是,他们的怪癖却极为雷同。从人类的角度看,他们自负,好训斥人,有强迫症,缺乏幽默感。其他火星人喜欢听关于他们的笑话,乐此不疲,而且不拿他们当回事儿。因为从传统来看,历史不见得太有用。结果就发生了这样奇怪的事情。

不到一个小时,事态就很明显了,此事绝不仅是"古怪"。记忆家族那些一直在观看直播,看到海王星激光的成员,都出现了和飞虫—琥珀一样的症状。那束光很明显是某种触发器。

飞向火星

所有受影响的记忆家族成员,都做了跟飞虫—琥珀一模一样的事情:他们倒在地上,说出相同的一长串胡言乱语,总共说了 10 次。

一定是某种信息。

本来"小火星"上的科学家们很快就能破译这段信息,但我们当时已经向地球直播了影像,因此一位智利的研究人员抢在了我们前头。他通过逆推 SETI 运算程序,随手输入了数据记录——这个程序是用来寻找模式的,与我们一个多世纪以来一直向外地文明发送信号的模式类似,试图与宇宙其他地方的智能生命联系。他获得了成功。

这条点画相间的数字信息意义不太清晰,因为它被混进了一条更为复杂的数字信息中,就像无线电信号同时进行振幅和频率调制一样。滤除频率调制后,得到明确的点和画相间的图案。共有 551 组图案,相同的模式重复了 10 次。

551 这个数字对 SETI 来说很有趣,因为它是两个质数 19 和 29 的乘积。SETI 最基本的操作之一,就是用 1 和 0 组成信息(在本例中使用了 551 个)。你可以用点和画来进行传输,然后在一个纵横字谜矩阵中表示它们。要么是 19×29 的矩阵,要么是 29×19 的矩阵,用黑白矩阵组成一张图。

信号如下:

11110000111010110011001000010000010101100100000100101001111110000001010100010000000011101010001100000000000000000000000000000000000001000000000100100000000000000010010000100101110000111100000000000000010010000100100000010010000000000000000000011000100000000000001100000000000000000000010000000000011000000000000000000001100000000

204

10000000000000000000001010100011000000000101010000000000
00011111010110101110111111111100000000000111110100000001
11001010100000000000100101010001011100010000010000101010
00100011100001010100000001010000101110000000111010

那个智利天文学家第一次尝试时，他使用了 19×29 的矩阵，没有得到任何一致的结果，但使用 29×19 的矩阵时得到了一个有趣的图像：

1111000011101011001
1001000010000010101
1001000010010100011
1111000000101010001
0000000111101010001
1000000000000000000
0000000000000000000
1000000000100100000
0000000000010010000
1001011100001111000
0000000000010010000
1001000000100100000
0000000000000000000
1100010000000000000
1100000000000000000
0000000100000000000
1100000000000000000

11000000001000000000

00000000000010101000

11000000000010101000

00000000000011111010

11010111011111111111

00000000000011111010

00000011100010101000

00000000100010101000

10111000100000010000

10101000100011110000

10101000000001010000

10111000000001110100

当智利天文学家的图表传进来时,人类和火星人都聚集在了显示器前。

"那是英语吗?"奥兹说,"'OSin'到底是什么鬼?"

"我认为这是某种人类的笑话。"雪鸟说,"他们说有551个'1'和'0'?"

"是的。"妲歌说。

"除非这是巧合——不太可能——否则这只能是个笑话,指的是在我的三代人之前,人类第一次尝试以这种方式与外星人进行交流的例子。1961年的时候,法兰克·德雷克[1]用551个'1'和'0'组

---

[1] 法兰克·德雷克,美国天文学家和天体物理学家,提出德雷克公式和阿雷西博信息。

成了德雷克方程，它被广为传播。左上角的矩阵 O 应该是太阳，下面是太阳系：4 颗小行星，包括你们的地球和我们的火星。再是两颗大行星，木星和土星。然后是两颗中等大小的行星，天王星和海王星。"

"那么 Sin 是什么呢？"奥兹说。

"我不知道。"雪鸟说，"我真的不太懂人类的笑话，德雷克图上的那个角，是碳原子和氧原子的符号表示，是生命必需之物。"

"硅和氮。"保罗说，"Si 和 N，是硅基生命形式吗？"

"有 6 条腿和一条尾巴。"奥兹说，"或者有 8 条腿，其中两条很小。"在地球旁有个方块，有线条指向一个人形的图案。火星旁有另一个方块，海王星上面也有一个方块，均有线条指向一个 8 条腿有尾巴的动物图案。

"这跟我们看起来一点儿也不像。"雪鸟说，"我们没有 8 条腿。"

"我们手和脚加起来共有 8 条附肢。"红轻敲屏幕，"从海王星到这个生物是实线，但是从火星到这个生物是虚线。这可能有什么含义。"

"但是，且慢。"奥兹说，"在海王星上什么也活不了，不管有 8 条腿还是 9 条腿还是别的什么。那里温度超低，条件恶劣。"

"不。"红摇了摇他巨大的头颅，"哈哈，我的意思是，是的，在那里，人类和火星人会在几秒之内冻得结结实实。在那里可能会存在基于硅和氮的类有机化学——液氮作为溶质，就像水在我们化学中充当溶质一样。可能会产生类似氨基酸和蛋白质的化合物，所以复杂的生命化学在理论上是可行的。"

"海王星上几乎没有游离氮。"保罗说，"海王星的大气层中有氢气、氦气，还有微量甲烷。甲烷吸收了日光中的红色光，是海王星呈现蓝色色调的部分原因。"

"不是海王星本身。"红那双小手的手指尖相互敲击,"是它最大的卫星,海卫一。"

保罗慢慢地点了点头,"是的,当温度足够高的时候,海卫一上面的冰火山就会喷发液氮喷泉。"

"我们对此所知甚少,是吧?"奥兹说道。

"人类从未登陆海卫一。"保罗说道,"在20世纪80年代的时候,曾经有探测器接近过它,是吗?"

"那是1989年。"红说,"中日两国于2027年发射了外行星进取号探测器,但2044年它刚抵达海卫一,就变得无声无息。但通过各式各样的哈勃太空望远镜,也进行了多项研究。大概有100名专家要开始进行专项研究了。"

"那下面角落里的号码呢?"我说。

"10的7次方。"保罗说,"1000万。后面有个字母看上去像是'd',是指1000万天吗?"

红和雪鸟同时进行了换算。"27378地球年。"雪鸟补充道,"用火星上的计量单位,相当于14970火星年。"

"我怀疑,那是不是你们在火星上待的时间?"我说,红耸了耸肩。

"这就是人类成为人类的时间。"奥兹说,"从某种意义上来说,有趣的巧合。最后的尼安德特人在大约27000年前灭绝。我想从那以后智人一直在地球上占据主导地位。"

"他们杀死了尼安德特人吗?""月亮男孩"问。

红发出单调的笑声,听着有点儿疯狂,"哈哈。没人知道他们后来命运如何。"

"智人邀请他们吃午饭。""月亮男孩"说道,"结果他们成了主菜。"妲歌瞪了他一眼。

奥兹轻轻点了下那个八足生物的图像,"这些可能就是你们的他者,他们或多或少按照自己的形象创造了你们。"

"住在那么近的地方吗?"红摇了摇头,"这么小的一个世界?海卫一甚至还没有你们的月亮大。"

"他们可能跟你们很类似。"我说,"他们占的地方并不大。"

砰砰响了两声,屏幕上出现了一张熟悉的面孔,叠加在德雷克图上。那是伊尚·金贾尼,地球环的科学协调员。"这种情况很有趣,一些火星人看了现场直播,但只有黄色家族的成员受到了影响,还有9名黄色家族成员当时正忙于其他事情,结果未受任何影响。"

"我觉得我们没有什么器官可以区分普通光和相干光。"红说,"所以这是怎么做到的呢?"

伊尚咬着嘴唇,点了点头,"嗯,只是按照逻辑……在正常情况下,你们永远不会遇到如此强烈的相干光。所以你们火星人,或者更确切地说,黄色家族的那些成员,可能有这样的一个器官,但是你们却对其存在浑然不觉。"

"但这个器官不会有任何有用的功能。"奥兹说。

"哈哈,但是它有啊。每当海王星或海卫一的他者想让你们传递信息时,你们就会倒在地上,胡言乱语。"

结果证实他说的与事实相去不远。

飞向火星

5. 危机显露

兴奋的情绪平息下来后,我们大多数人又回到了餐厅,狼吞虎咽地吃了顿饭。妲歌跑到什么地方去给娃娃插针玩诅咒巫术去了。

我用鸡肉米饭旁边的那堆绿豆换了奥兹烤肉卷里配的那堆土豆泥。他像我们大家一样,经常锻炼,但他的体重一直在增加,而我的体重却在减少。

"我不明白。""月亮男孩"说,"如果他们想要传送点画相间的信息,为什么要这么迂回呢?为什么不使用红宝石激光器发送信息呢?"

"出于某种原因,他们想让火星人参与其中。"我说,"至少一个火星人。我想知道的是,飞虫—琥珀是如何从红光中得到所有信息的。"到目前为止我们得到的只是开/关,开/关。

奥兹点点头,说:"飞虫—琥珀和其他黄色家族成员与普通火星人有什么不同呢?以至于他们是唯一受到影响的火星人?我们在火星人身上所做的解剖扫描,没有显示出不同家族成员之间存在显著差异,除红以外。红的大脑、神经系统庞大而又复杂,如果真有火星人被选中传递信息,我希望红能被单独挑出来。"

"他说他没什么特别的感觉。"梅丽尔说,"但他只对那束光看了几秒钟,然后就去担心飞虫—琥珀了。"

"我将对他们的眼睛和大脑进行高分辨率的PET[①]扫描。"奥兹说,

[①] PET,全称为正电子发射计算机断层显像(Positron Emission Computed Tomography),是反映病变的基因、分子、代谢及功能状态的显像设备。利用正电子核素标记葡萄糖等人体代谢物作为显像剂,通过病灶对显像剂的摄取来反映其代谢变化,从而为临床提供疾病的生物代谢信息。

"看看飞虫—琥珀是否有什么异常。"

众人沉默片刻。保罗摇了摇头,"海卫一?智慧生命如何在海卫一上进化呢?那上面怎么可能进化出复杂的智慧生命呢?"

奥兹对着他的烤肉卷,思索着线索,"嗯,它不可能像地球,会有大量的物种竞争生态位①。至少凭直觉判断,这听起来不太可能。如果真如红所设想的那样,存在基于硅和液氮的类有机化学,想想看,化学反应会有多缓慢。"

"而且化学物质的种类也少得可怜。""月亮男孩"说,"只有很少的太阳能驱动。"

"还有来自放射性的能量。"保罗指出,"还有来自海王星的潮汐摩擦,我认为这就是他们看到液氮间歇泉的原因。"

"月亮男孩"固执己见,"但它永远不可能拥有地球原始汤②中的多样物质和充沛能量。"

"你们都想错了方向。"我说,"如果信号真的来自他者,他们不会是在海卫一上完成进化的。火星人的传统理念认为,他者生活在许多光年以外。所以这个激光装置可能是个自动装置,跟火星城市差不多。据推测,这是他者在无数年前就建好了的。"

"或者就在27000年前。"奥兹说道,"你是对的,但为什么恰好就当黄色家族的一员到达地球轨道时,它就开始闪烁呢?这样的自

---

① 竞争生态位,指一个种群在生态系统中,在时间空间上所占据的位置及其与相关种群之间的功能关系与作用。生态位又称生态龛,表示生态系统中每种生物生存所必需的生境最小阈值。
② 20世纪20年代,科学家提出一种理论,认为在45亿年前,在地球的海洋中就产生了存在有机分子的"原始汤",这些有机分子是闪电等能源对原始大气中的甲烷、氨和氢等的化学作用而形成的。

动装置可是相当复杂。"

这让我有点不寒而栗,"换句话说……我们正处于他们的监视中吗?"

他捻了捻他的胡子,"不然作何解释呢?"

在接下来的几天里,地球和"小火星"上的科学家们分析了来自海王星的信号。在飞虫—琥珀的情况向地球进行直播之后,经过 8 小时 20 分,信号中断了。

这个时长正好是向海王星发送广播所需时间的两倍。这个事实本身就是一条令人关注的信息:任务已完成,关掉吧。

很明显,激光束只是一束简单的相干光,功率强大,未经调制,除它自身存在的事实耐人寻味以外,没有携带任何信息。

有些自然的宇宙辐射源会产生相干光。但没人会往那个方向去想,因为它出现的时机,不可能是巧合。它是人造的。它存在的方式跟德雷克图一样都是信息,出自飞虫—琥珀胡言乱语的调频部分。它输出的能量是信息的一部分,很可怕的一部分。

它可以摧毁一艘接近他们所在星球的宇宙飞船,也许以前就曾经得手过一次。

信息的调频部分仍尚待分析。信号已经被重复了 10 次重复,每次都有不同的、显然是随机的模式。"小火星"和火星上的火星人听了那些录音,一致认为它们听起来像用火星人的语言说的,尽管音调单一,但毫无意义。飞虫—琥珀觉得很让人抓狂。他说:"这听起来就像一个人类白痴在一遍又一遍地说'啦啦啦啦'。嗯,也许是吧,但有时'啦'变成了'啦—啊—啊'或者就只发了个辅音'勒'。有时听起来又像卷笔刀试图在说'啦'。"

这件刺激的事情过了四五天之后，我锻炼完，拖着疲惫的身体回到住处，却意外地在走廊尽头遇见了红。火星人通常不会走这条路。

"卡门，我们总是在我的住处见面。我能参观一下你的住处吗？"

"当然行了，为什么不呢？"我的住处乱七八糟的，但我不觉得红会介意，他可以开开眼界。

我用拇指指纹开了锁，"通常我锻炼完后会冲个澡。"

"你的气味没有毒。"红的赞美见缝插针，说的可真是时候。

他在我的小房间里显得体形庞大，而且格格不入，被一堆他不能使用的小家具包围其中。他把书桌椅推到了他的身前。

"我们听点音乐好吗？《F大调巴赫第一协奏曲[①]》怎么样？"

"《勃兰登堡协奏曲[②]》，当然好啊。"那是很响亮的音乐，我向电脑点播了音乐。音乐开始播放了。

"再开大声点儿吧？"他示意我坐在他面前。

我照做了，他俯身向前，用几乎听不见的音量对我耳语。

"我在我的住处的一举一动都被记录下来，以供科学研究。但这必须是我和你之间的秘密，不能告诉其他人类，也不能告诉其他火星人。"

"好吧，我答应你。"

[①] F大调巴赫第一协奏曲：是《勃兰登堡协奏曲》这一套协奏曲中的第一号。
[②] 勃兰登堡协奏曲：德国作曲家J.S.巴赫（1685—1750）众多管弦乐作品中最为著名的一组乐曲，全曲共6首。

飞向火星

"我一听到信号的调频部分,就立刻明白了,只有我才能听懂它的含义。"

"只有你……是用只有你懂的语言说的吗?领袖语。"

他点了点头说道:"也许这就是我们身为领袖必须学习这一门语言的真正原因,因为迟早会派上用场。"

他的声音变得更低了,我紧张地竖起耳朵听着。他告诉我:"我们火星人是生物机器,是为此目的而创造出来的。如果人类发展到这个阶段,也就是有可能飞向其他星球的时候,我们就得和人类进行沟通。"

"我以为还火候未足呢。"

"在几代人之后就行了。他者的行动相当缓慢。"

"你的意思是说,他者的确是在海卫一上进化而来的吗?"

"一点也不,不是的。他们在离这里大约 20 光年的一颗行星上,那颗行星围绕太阳系外另一颗恒星旋转。那是一颗寒冷的古老星球,他们是低温下存在的生命,已经存在了数十亿年。

"海卫一上的个体,是专门为完成它的任务而设计的,就像我们所有的火星人一样。我们的功能都是监视你们人类。

"他者行动速度缓慢,他们的新陈代谢非常缓慢。但他们的思考速度很快,比你我都快得多,因为他们的思维过程利用了超导性。但是在他们的生存环境中……你必须等上好几个小时才能观察到他们的移动。

"海卫一个体的行动速度是他者的 64 倍;我们火星人的行动速度是海卫一个体的 4 倍,以便与你们人类相匹配。

"他们这样做是基于类比。假设你们人类,出于某种原因,不得不与蜉蝣进行交流。"

"那是一种昆虫吗?"

"是的,尽管蜉蝣的生命大部分是以蛹的形式度过的。当它变成一只真正的昆虫时,它只能活一天,你将如何与它进行沟通?"

"不可能与它沟通啊,它既没有大脑也没有语言之类的东西。"

红抱住他的头摇了摇,"哈哈,但这是类比,不是科学。假设蜉蝣语速很快吱吱作响,而且拥有智慧和文明,但是它的生命流逝得太快了,以至于它的生命从生到死只有一天。那么如何与它交流呢?"

"我明白你的意思了。我们人类就像蜉蝣一样。"

他又抱住了他的脑袋,"你泄露了谜底。但假设你必须和这些聪明的蜉蝣交流,可是对它们来说,你就像红杉树一样迟钝。你如何才能让它们认识到,你也是一种有智慧的生命形式呢?"

"造机器吗?和蜉蝣动作一样快的机器?"

"是的,但是不能一蹴而就。他者所做的是造一种机器,碳基生物机器,比他者的速度快——制造出的机器拥有能力,能制造出比它自身运转速度更快的机器,以此类推。"

"直到制造出能跟蜉蝣交谈的机器。在这种情况下,人类就是这样的蜉蝣。"

他点了点头说道:"这就是我们存在的理由,我们火星人。"

"你们唯一的功能就是和我们人类进行沟通吗?"

"我会用'命运'而不是用'功能'这个词。我们有生命,有文化,独立于你们。但人类却是我们存在的理由。"

"那为什么?"我一边随着音乐的节拍挥手,一边低声问,"为什么要保密?"

飞向火星

"因为我不应该把这件事解释给你听,不应该把这件事情告诉任何人。"

"我们应该自己解码信息吗?"

"我认为你们做不到。我认为即使是火星人,也不可能做到,不管他有多聪明,除非他在整个青春时期都学习我的领袖语。"

"也许即使那样也不行。"我说,"奥兹说你的大脑比其他火星人的大脑要复杂得多,可是为什么他者想保守秘密呢?"

"我还不知道具体细节,但是他们害怕你们,害怕你们未来会成为的样子。数百万年前,他们曾与附近星系中一颗行星有过纠纷,那颗行星与地球类似,有水——碳——氧生物。他们被你们行动的速度和进化的速度吓到了。"

"他们与那颗星球有过什么样的纠纷?战争吗?"

"我认为战争不太可能,我想这就是你们所谓的'先发制人的打击'。"

"那么……他者毁灭了他们的对手?"

红缓缓地点了点头,"在这颗年轻的行星开始发射星际探测器之后。他者的世界离这颗行星相对较近——他们到太阳的距离大约是地球到海王星距离的100倍,我们称之为宽双星系统——所以他者所在的星球就成了他们第一个星际目的地。"

"那个年轻的世界要跨越那样的距离入侵他者所在的星球吗?"

"他者并不知晓。但是在那颗有氧星球上有战争,整个星球上战火纷飞,早在他们进行太空旅行之前就打了很多年了。他者能够间接观察到这样的情形,就像我们以及他们对你们人类所做的那样。"

"所以他们突然自行发展了太空航行,然后发动了这场'先发制人的打击'吗?"

"哦,不是的。他们已经用探测器探索其他星球几千年了,他们曾经探索过这个太阳系,以及其他一些地方。用复杂的自主机器人收集信息,传送信息,然后自我销毁。"

他的声音变得更低了,"正如我们所观察到的,他们天赋惊人,势力强劲,能够在很远的地方操纵物体。他们早在决定必须使用先发制人的打击之前,就已经准备好了打击手段。"

"我的天哪,他们也在地球上做好了这样的准备吗?"

"这一点尚不明了。有时这个信息是暗示性的、隐喻性的⋯⋯这就有点像,'如果这是真的,那么人类对此已经无能为力,来不及做什么了;如果这不是真的,那么什么都不需要做'。"

"我们可能会有不同的感受,我是指我们人类。"

"他还说,为了人类,这样的威胁应该被保密。他强调,不是为了保护他自己,而是为了你们——我认为他不会过早采取行动。虽然我的感觉是'行动'不会像入侵或者发射导弹,而是做个小动作,就像打开激光信标一样。"

我的心怦怦直跳,犹如擂鼓,"他能这样毁灭地球吗?这么随便吗?"

"我对此表示怀疑,而且按照字面意思,海卫一个体也不想毁灭地球。他说如果你们被证明不合适继续存在,我们就可以拥有这个星球,我们火星人。"

"既然如此,从火星上降落到地球上的想法,应该很受你们火星人的欢迎。"

"别担心。谁会需要重力呀?他者是水生生物,或者是你们所说的,生活在液氮中的生物。他们对重力的认知跟鱼差不多，反正他们只是漂浮在液体中。"

我觉得他说的是实话。"你支持我们人类。"

他点点头，"海卫一个体看不见。即使我跟你之间没有贝格尼姆关系，比起他们来，我也会觉得和你、和所有的人类更为亲近。他者也许是我们的造物主，但就简单存在的角度而言，我们与你们更为亲近。"

"就我们的时间尺度而言，他们几乎不存在……技术上而言，他们永生不灭。"

"永远不死吗？他们是怎么做到这一点的？"

"1000年或者更长的时间，停止移动，停止新陈代谢。除组成他们个体性的信息结构依然存在之外，几乎可以说他们是死的。只有当再次被需要的时候，他们才有点……助动启动。"

"我不知道这个术语。"

"这种说法有点老套。简单地说，某个其他个体决定了唤醒的时间，并运用充足的能量，让他再次开始新陈代谢。这样的过程可能需要好多火星年才能实现。"

"所以在某种意义上来说，他从来没有真正死去。尽管寿命长达1000多个火星年，但他可能并不比存储在机器里的数据更有生命力。"

"他们中有多少人还活着，在任何特定的时刻？"

"可能是3个，也可能是3万亿个，我不知道。我们唯一需要担心的是海卫一上加速的个体。他者需要花30火星年，才能对我们所做的事情产生影响。他们需要很长时间才能做出反应。"

"如果有人，很多人知道了你告诉我的事情，他们就会对海卫一宣战。我知道这样做有很多好处。"

"劳民伤财却一无收获。他们所能做的最好的事情，就是派遣一艘全副武装的自动飞船去寻找海卫一地表之下的一个小目标，并摧毁它，但这是不可能之举。"

"理论上不可行，但如果大多数人非常想要促成此事的话，就可能会发生这样的事情。"

"我指的是实际上。你意识到了那束激光有多么强大吗？如果来个特写的话。"

"保罗算出了一些数字，如果它能像美国电影《星球大战》中的激光那样瞄准和使用的话，那么传统的太空飞行器在到达海卫一之前，就会被气化，灰飞烟灭。"

"哈哈！"他迅速地点了点头，"但是思维再宽广一些，假设这种激光远非他们的技术顶峰，假设他们有功率还要强大1000倍的激光器，假设那个激光器就藏在地球的卫星月球上。"

"这就会造成真正的损害，即使他们很快就停止激光发射。"

"很难停下来不是吗？不到一天的时间，他就可以摧毁世界上的每一座城市，烧毁所有的森林和平原，烟雾会持续很长的时间，足以扼杀地球上农业的发展。"

"难道……难道海卫一个体威胁要做那样的事情吗？"

"不，不是这么说的。他确实隐晦暗示，破坏只需一天。从这一点我推断出各种可能性。但这既不像是个威胁，也不像是个预言。"他停顿了几秒钟，"很难准确翻译其意图，只是提出了一种理论上的可能性。几乎算得上是海卫一个体的消遣，就像恐怖电影可以成为现实一样。"

"我想我很了解领袖语的书面语，但我从未听过这种语言的口头语。毫无疑问,我忽略了一些细微的差别。"

"仅仅一天的时间。"我们这儿需要一个科学家。"我想他可能会使一个足够大的小行星偏离轨道,从而造成像恐龙灭绝那样的灾难,或者在空气中释放某种毒素。但那样的举动,都需要超过一天的时间吧?"

"除非他同时在数千个地方释放毒素。但'一天'仅仅是个暗示,它代表的是一段较短的时间。与物种灭绝通常需要的时间相比,这可能是很短的时间。正如我所说,很难区分那是直接字面上的意思还是隐喻和象征意义上的意思。"

"你能跟海卫一个体交谈吗?"

"我不认为有什么不可以的,至少在技术方面可行。你们可以和他对话。他似乎懂英语。你们只要在6点新闻时间播报时说,'求您了,他者先生,请别在一天内毁灭我们人类'。但那样的话会泄露我们的秘密。"

"不过,你可以用你的领袖语,和他交谈。我是说在同一个新闻节目里。不要泄露秘密,说起你跟人谈过他说过些什么。"

"我最终会那样做的,但是首先我想看看他对德雷克图项目有什么反应。一天左右的时间就能准备好了。"地球环上的科学家正在与地球上的一个财团进行争论——争论对象当然也包括那个"破解了密码"的智利天文学家,结果那是个真正的讨厌鬼——他试图商定一个 29×19 矩阵的信息,通过红宝石激光发送回海卫一。

"也许他们应该只寄送印刷体的信函:收到你的消息了,请不要杀了我们。"

6. 和平祭品

事实上，他们送的信息也跟写求饶信差不多。排在第一条信息前5行的是用大写字母写的"PEACE"，然后是氨基酸的符号表示，以及一些硅氮分子的符号表示。这些硅氮分子，可能是构成其生命形式的基本构成要素，然后还有一个问号。

第2条信息是一张星图，是俯瞰银河的平面图，天狼星在星图中心。（如果他们来自附近的星球，天狼星也有可能是他们天空中最亮的恒星。）太阳的位置用十字表示，然后又出现了另一个问号。

我不太确定第2条信息——我是说，"我们告诉过你们我们是多么热爱和平。我们永远不会入侵你们。所以为什么不告诉我们，你们住在哪里呢？"

他们要发送信息的那天早上，我5点就起了床，然后发现一条留言，妲歌想在8点见我。

这可算不上是什么好消息。由于无法专心工作，我只能在网上浏览一下新闻和娱乐信息。我几乎想去叫醒保罗，但想到他会忙于传递信息，虽然更多的是出于繁文缛节，而不是为了科学。在发送信息之后，他还被安排要接受3个小时的采访，是通过虚拟现实技术进行的，所以他应该好好睡上一觉。

我也要接受采访，所以我睡不着。妲歌可能会告诉我，什么能说，什么不能说。祝我好运吧。

我慢吞吞地喝了咖啡，吃了硬饼干。8点过5分的时候她的门被打开了。

"请随手关门。请坐。"她正在低头研究一个笔记本电脑，没有抬头。

椅子硬邦邦的，而且比较矮。她继续读了一分钟，然后猛地抬起头来，"前天有个火星人去了你的房间。"

"所以呢？"

"所以他在那儿干什么呢？"

"好吧，我想你逮到我了，我们在做爱。"

"卡门……"

"感受无与伦比，真是让人欲仙欲死。你应该试一试。"

"卡门！认真严肃点。"

"我到他的房间去过很多次了，他对我的房间会是什么样子很好奇。所以怎么了？"

她只是瞪着我。她按下笔记本电脑上的一个按钮，《勃兰登堡协奏曲》的旋律开始响起。

"你……你在窃听。"

"你犯了叛国罪，背叛了地球，也背叛了人类。"

"跟红聊天而已。我一直都在跟他聊啊。"

"你们以前从来没在音乐声中窃窃私语过。"

我扬起眉毛，缄口不语。

"你们俩在说什么？"

"你先告诉我，录音里说了什么？"

她盯着我看了很长一段时间，她的嘴抿得紧紧的，满脸指责之意。我了解她的策略，但最终还是打破了沉默，"你不知道我们在录音里说了什么。"

"我无法破解大部分内容。但是其他人，声音光谱学专家应该能够破解信息。"

"那就把录音给他们吧。"我凑近她的脸,"你还得准备好解释,你是怎么得到这份录音的。"

"你威胁不了我,我听到了像这样的清晰表述!"我听到自己的声音在低语,"……收到你的消息了,请不要杀了我们。"

"你在恳求他者,是不是?你不能代表整个人类去跟他谈判!"

"你完全搞错了。"我站起身来,"我得跟红谈一谈。"

"你不知道你在做什么。他不是你的朋友。他是人类的敌人。"

我在门口停了下来,"你有什么最喜欢的音乐吗?比较响亮的那种?"

离发送德雷克图只有一个小时了,当然红也得在发送信息的现场。我打电话叫他顺便到我的住处来一趟。

我找到了一份古老的路易斯·阿姆斯特朗的专辑"热辣七人组",这将给我们提供相当稳定的噪声干扰。

当我告诉红我与姐歌的会面之后,他四臂交叉抱于胸前,思索了一阵子。

"加上完全不作为,有上中下三策,危险程度各有不同。"他低声说道。

"最简单的方法就是什么都不做,希望姐歌勿惊卧牛,少惹麻烦。"

"你的用词错了。不是牛,是狗,卧狗[①]。"

[①] 英语谚语"Let sleeping dogs lie"意思是莫惹是非,不要自找麻烦,红说的是"let sleeping cows lie",误把"狗"说成了"母牛"。

"啊！然后是另一个极端：假设他者是在虚张声势，只是播撒真理的种子，这几乎就很简单了。但如果他并没有虚张声势，那可能就是人类的末日降临了——也有可能是火星人的末日降临了。"

"但他说地球可以归你们火星人所有。"

"如果人类不存在了，我们就没有存在的价值了。我们不知道他者会不会说谎？像卧狗，哈哈。"

"中策，我们可以争取找一两个同盟，以便获得更好的洞察力和更深刻的见解。火星人这边，应该找飞虫—琥珀。人类这边，合乎逻辑的选择是妲歌·索林根。"

"绝对不可能。"

"我们的选择与个人恩怨无关，卡门。我跟飞虫—琥珀也不大合得来。"

"你们伟大的军事战略家孙子说过，'亲近朋友，但更要亲近敌人'，他有抵御外侵的经验。"

"可他没见过会懒洋洋地躺在液氮里，用致命的激光轰击你的他者。要不找保罗怎么样？"

"他的工程学背景和科学知识会很有用，但我还是建议你选妲歌，因为她已经知之甚多了。让她成为我们的盟友，也许能让她三缄其口。"

他做了个我从未见过的姿势：用他两只较大的手，把头压得几乎与地面平行，然后他叹口气松开了手。"遗憾的是，生活不是一部电影。在电影中，我们可以直接把她扔出气闸舱，然后继续做我们的事情。"

"精心伪装事故现场，让它看起来像一场意外。"

"当然。但侦探会发现我们，然后拿着手铐出现。"

"得拿好几对手铐呢，就你的情况而言。"

"哈哈。上策是我们表面上让妲歌成为我们的盟友,但不要向她和盘托出全部真相。"

"对她撒谎。"

"也许这是必要之恶。"我忽然怀疑,红告诉我的有多少是事实的真相。

"我们有什么能瞒着她呢?"

"威胁本身?我想她还不知道我能听懂信息。我们可以告诉她我能听懂,然后声称那不是那么令人不安的事情。"

"不……她听到我说我们得到了消息,而且说出了'请不要杀了我们'——她可以据此推断出很多东西。"

红点了点头,"只是生命危险。"

我尽量压低嗓门,"我们手中唯一她的把柄是,她违法窃听录制那段录音的事实。"

"还有个事实是,除那句话之外,她显然什么都没听到。"

我回想妲歌说的话,"真的,她没听到多少。她似乎不知道你已经解码了调频信息。'我们收到信息了',也可以指的是我们收到了德雷克图。据她所知,我们在密谋用英语与敌人进行沟通。"

他停顿了一下,"那么在我们分头行动之前,让我们先做一个可行的假设:她认为我们所拥有的数据并不比别人的多。与此同时,我们去招募飞虫—琥珀和保罗,要让他们发誓绝对保密。"

"当海卫一体回应地球的提议时,我们将决定自己的行动方案。"

"如果他没有反应呢,我们要等多久才能尝试自行联系他?"

"如果他的移动速度是我的1/8,我想会是一周。当然,他也有可能会提前准备好各种应对措施。"

"例如摧毁一切吗?"

"不。如果真是这么简单的话,他就不需要发送信息给飞虫一琥珀了。我们暂时是安全的。"

"可能这个安全期会是几百年或者几千年。"

"是的,只要我们不做任何会威胁到他的事,他要么回归家园,要么几小时或几天内毁灭地球。"他做出了类似人类的耸肩动作。

我的定时器嗡鸣作响,但几乎淹没在欢乐的爵士乐曲中听不到了。那是几个世纪之前,在芝加哥一带流行的迪克西兰爵士乐①。"离信息发送时间还有 10 分钟了,我想我们最好上去看他们按下按钮。"

几乎所有人,地球环和火星环上的人类和火星人,都出席了仪式。地球 A 室的一面墙是玻璃墙,墙的另一头是与火星环隔离区相似的房间。我们火星环的人均空间,或每个实体拥有的空间更多,但地球环的人拥有香槟。

在简短的演讲和按键发送信息之后,屏幕上出现了两份虚拟现实站点的采访名单。保罗和我被排在第一轮,但是采访我们的人不一样。采访保罗的人,来自麻省理工学院的技术期刊。采访我的是戴维·莱维特,她面容姣好,热情满满,但并不太聪明。在火星上,当大家狂吐毛团之后,她采访了我,给我整了个名号叫"火星女孩"。接下来的好几年,如果有人想惹我生气的时候,他们都会喊我:"嘿。火星女孩。"

---

① 一种将新奥尔良爵士与经典爵士混合在一起的爵士风格,它也曾被称为芝加哥爵士,因为它是从芝加哥周围发展起来的。

她对我的采访持续了一个小时，我只对她稍加讽刺。不过一直注视着我的妲歌，在接过我的头盔时，则一脸生气的表情。她使用了超量的消毒剂给头盔消毒，但是奥兹对我爽朗地笑了笑，并竖起了大拇指。

当保罗出来时，我碰了碰他的胳膊，朝我房间的方向使了个眼色。他眉开眼笑，但没想到实际上完全不是他期待的风花雪月。

在太空中不能滥用纸张。但是要把事情记录下来，又要避免电子监控偷看记录，这就是个好方法。我们一进门，我就把那张叠起来的纸递给他，那上面写着"保持对话——妲歌在窃听"，下面写着总结，红告诉我的所有关于调频信息，以及我们的初步计划。

我们聊起了我们的虚拟现实采访，主要是我在聊。我们褪去衣物，然后我向电脑点播了音乐，那是新浪漫主义吉他/特雷门琴抽象拼贴的合奏，朦胧而又哀怨。演奏者是某个芬兰组合，名字我都叫不出来。但是音乐很响亮。

他读完纸条之后我们就上了床，在音乐声中低声交谈，并发出适当的激情之声。

他用鼻子蹭着我的耳朵。"所以我们什么也不做，直到他者做出回应——然后红，还有你和我以及飞虫—琥珀——会回复信息，用红的领袖语。"

"是的。你能造一台无线电发射机吗？"

"我们已经有了一台，平时没什么人用。我们可以把发射方向调整到海王星，然后发送信息。"

"我认为那样不安全。"

"可能不太安全，如果妲歌非常狂热的话。但是我们这边没有电子实验室,没有零件就没法制出任何东西。"

"那么现有的无线电发射机,就不会出点儿小岔子吗?那样的话我们就能得到所有的零件了。"

"天啊,你真是个狡猾的女人。"

"那样可行吗?"

"是的,当然可行。我要研究一下线路,准备让它出点儿毛病。在测试机器'修复'的过程中,我将把看似胡言乱语的信息,送到海王星去。"

"但是有件事情你和红都忽视了。当妲歌承认窃听你们的对话时,她不必那么畏惧惩罚。他们能做什么呢——把她引渡回地球吗?停发她的薪水?这里什么都买不到,我们已经身处类似监狱的境地了。"

"好吧。奥兹也许还有其他人会帮助我们施加压力,解除她的管理权限,例如不让她使用电脑。"

"那样也许可行,让她无事可干只能盯着墙看,直到她恳求我们把她扔出气闸舱。"

"我喜欢你思考的方式。"我跨坐到他身上,"两分钟后音乐将达到高潮。"

"监督奴隶工作的狠心人哪!"

7. 语言障碍

考虑到光速传播信息的时间,他者只需20多分钟就能对德雷克图信息做出反应——这意味着大多数的应对手段早就提前准备好了,他只需选择按下哪个按钮。

也就是说,如果他在描述其时间限制时,对红没有撒谎的话。我突然意识到没什么令人信服的理由让他非得告诉我们真相。

或者说谎,如果他像他声称的那样强大。

对于信息的回复,是用英语口语说的,带着一种奇怪的美国口音,地球人很快就认出那是大卫·布林克利的口音,他是一个世纪以前的新闻播音员:

"和平是一种很好的观点。

"你们对于我身体化学构成的假设很聪明,但却是错误的。关于这一点,我们以后再聊。

"现在我并不想告诉你们我的族人住在什么地方。"

然后他以一种略微不同的语调开始了一段演讲。演讲稿可能是提前几年就准备好的:

"很长一段时间以来,我一直在关注你们的发展,主要是通过广播和电视。如果你们客观看待从20世纪初以来人类的行为,你们就会明白为什么我对待你们的态度必须小心谨慎。

"很抱歉,我在2044年摧毁了你们对海卫一发射的探测器,因为我不想让你们知道我在这个世界上的确切位置。

"如果你们再发射探测器,我还会再次摧毁它。先向你们致以歉意。

"出于某些你们很快就会明白的原因,我不希望与你们直接沟通。生活在火星地表下的生物体创造于数千年之前。其存在的唯一目的,是最终在适当的时候与你们对话。他们的功能是作为一种沟通的途径,经由这种途径我可以揭示我的存在。

飞向火星

"实际上是'我们的'存在。因为我们在其他地方有数百万个体,在我们的母星上观察着其他的行星,就像观察你们一样。"

然后他说了些我认为可以简化我们生活的事,至少可以简化我和红的生活。"对我来说,英语笨拙而且使用受到限制,就像所有的人类语言一样。火星人的语言,是为了你们和我之间的交流而创造的。从现在开始,我想使用最复杂的火星语,只有一个火星人会说这种语言,他就是你们称作'红'的火星人领袖。"接着,他发出 2 分钟的低沉沙哑的'噼噼—啪啪—噗噗'的声音,然后归于沉寂。

"所以那是什么?"姐歌说。

红用他的土豆眼睛目不转睛地盯着她,"请给我重新放一遍录音。"

他侧耳倾听,"你能把速度提高 8 倍左右吗?"

"没问题。"屏幕传出一个声音,"给我一分钟,我可以把双倍速做 3 次加倍。"

我们等待着,然后加速的录音听起来更像火星语。

"没多少信息,我可以给你逐句写下来。但他主要是礼仪套话——再见和某种形式的祝福——以及某种技术信息,即他将监控哪些频率的声音和图片,尽管我觉得他可能会监控万事万物。"

"为什么最初那条信息如此缓慢呢?"屏幕里的声音问道。

"他者说他花了好几天的时间翻译这条英语信息,再把它转化为美式口语音频。他在一年多以前录制了这条信息。"

红迟疑了片刻,"我们讨论了一下。奥兹、卡门、保罗和我讨论了他者的新陈代谢率会有多慢,因为他们体内化学物质的温度很低,他们必然行动缓慢。"他不想说出从这个仍然保密的信息中得来的任何内容。

"跟他交谈,完全不像谈话。但我们都习惯了与火星人对话时,说话和听到回应之间所存在的时间滞差。"

"为什么要等呢?"妲歌问道,"先是间接使用晦涩难懂的话交流,德雷克图信息深深埋藏在黄色火星人记忆中的那些奇怪台词里。结果我们发现,原来他可以直接联系我们,还是用英语!"

"妲歌,"奥兹心平气和地说道,"我们对他的心理活动一无所知。谁知道他为什么会这么干?"

"他在保护他自己。""月亮男孩"说道,"甚至有可能试图迷惑我们。"

"他的确很了解我们人类的心理。"我指出这一点,"毕竟他已经窃听了我们几百年之久。"

"而且他知道你。"红说,"你的存在。"

"我本人吗?"

他点了点头,"他者知道我们的特殊关系,并想利用这种关系。所以通过我,让你成为他主要的人类联络员。"

我怀疑他是不是瞎编的。

"他怎么会知道这种事呢?"妲歌厉声说。这一次,我跟她想法一致。

"他可以访问任何公共广播。卡门和我的关系有据可查。"他做了一个可能是安抚的手势,"当然,卡门会和大家分享她所听到的,而且我们会听取任何人的意见。"

"我不喜欢这样。你或卡门可以编造任何谎话,只要你使用的语言别人无法翻译。"

"我会把你的反对意见转达给他者。"

"我怎么知道你转达了呢?"

"我对你撒过谎吗?说谎是一种人类才有的行为。"保罗瞥了我一眼,又看向别处。我们都知道那不是真的。红曾建议过我们给妲歌提供一份半真半假的、无伤大雅的翻译。

奥兹说:"即使你完全信任红,就像我一样,也没有理由去假定他者对红都是实话实说。就像妲歌说的,如果他愿意,他可以从一开始就直接与我们联系。"

"月亮男孩"点了点头。"他肯定有他自己的日程表,他自己的策略。"他又对红说,"我们仍然不知道这个催眠暗示——无论这是什么——已经在黄色家族成员的身体里存在多长时间了呢?"

"黄色家族的成员,没人能给我们提供任何有用信息。他们说自从他者创造了他们,那个催眠暗示,就成了他们与生俱来的东西。除那个数字以外,其他都平淡无奇。"

"10 的 7 次方秒。""月亮男孩"说。

红点了点头,"这就要求他者或者这个海卫一个体能够在 27000 年前就能预测出,人类到达火星,并把火星人带回近地轨道,需要花多长时间。"

"还得是个黄色家族的成员。"我说。

"等一等。"奥兹笑着说道,"我们没有理由认为这个数字是正确的。他者不是无所不知、万无一失的上帝。27000 年,可能是 2000 年前的最佳推算数,也可能是 1 万年前的,也有可能是 5 万年以前的——在你们火星人一开始踏足火星的时候。"

"至少有 5000 火星年了,我们很久以前就有了相当可靠的记忆——至少记忆家族有这样的记忆。"

"你是这么想的。"奥兹仍然笑嘻嘻的,"但是看一看啊,如果他者能给黄色家族成员,也就是记忆家族编程,让他们在看到红色激光的时候就倒地不起,然后发出预先录制好的信息——那么他还能给他们编什么程序呢?也许5000火星年的历史都是虚假记忆。"

红抱住他的头,发出响亮的嗡嗡声,大笑了起来。"奥兹!你可能是对的。"他又发出嗡鸣声,"就像你们那些信教的人,他们声称,上帝在6000年前就创造了地球,所有的化石都可以为证,谁能说你错了呢?"

"火星学家就能。"奥兹说,"这是个很严肃的问题。特丽和琼现在就在火星上,在你们火星人的城市里四处探听,试着确定你们存在的年代。如果找不到比几千年前更古老的东西呢?难道是几百年吗?"

红交叉四只胳膊,抱在胸前,这通常意味着他正在进行思考。"这也不是不可能,我有直接的证据。只有三个以前的火星领袖留下了与他者有过书面交流的证据,还有第四位领袖曾提及有过交流。但加起来的时间不到1000火星年。"他转向"月亮男孩","琼和特丽找到更古老的东西了吗?"

"我想她们还没有,但是她们仍然在做前期工作,非常谨慎。"

"我们必须让她们试一试,挖出迄今为止最古老的东西,证明存在年代。这件事挺吸引人!"

我自己觉得有趣的是红说完"我对你撒过谎吗?"之后,改变话题的方式。

8. 信号噪声比

红写下了他者在发送完英文信息之后，传递给他的信息。先前那一条秘密信息既危险又复杂，而这条信息却既无害又平淡无奇。简单来说就是："我想合作，但我步伐缓慢，你们必须适应。"

我在房间里到处搜寻窃听器，但没有找到我期待找到的东西：什么也没找到。你可以在立体视频购物频道上买到比跳蚤大不了多少的窃听器。

红询问我们火星环的所有人以及地球环上的大多数人，他们是否有问题或信息要传达给他者。我知道，他想传送一条很长的信息，以便于他自己想传送的那部分隐藏在其他人的信息当中。

好消息传来，我的老爸老妈将乘坐下一班火星穿梭机到达此地，这让我很高兴，尽管我不得不承认，我其实并没有太想老爸。所以卡德会被韦斯特林一家非正式地收养一段时间，这无疑让他变成了一个快乐男孩。他向来羡慕逍遥法外、为所欲为的巴里，当母亲是小说家，而父亲是个疯狂的发明家时，姑且不论他们的工作头衔是什么，孩子可能都会活得自由又快活。

在接下来的两天里，我又接受了8次虚拟现实采访。问题最琐碎的是我的高中母校进行的采访；最有趣的则是哈佛大学召集了一群"外星人心理学家"对我进行采访；而最古怪的是最后一场采访，来自基督启示教会，他们认为整件事情从太空电梯开始都是一个骗局，是政府为了掩盖自己的目的而编造的弥天大谎。我告诉他们，可以走出地球看一看太空电梯如何运行；他们可以将天线对准火星，并在火星右侧面对准地球时，拦截那里发出的信号。采访者狡黠地笑了笑，说"是的，这是我们应该相信的"，或者"圣经里都有解释，但跟你们那些人说的不一样"。

在熬过了所有采访之后，我回到自己的住处，感觉自己就像团队中最可有可无的成员。迎接我的只有来自妲歌的一条信息："请在方便时尽快跟我会面。"

我穿上运动服，去划船和慢跑。"月亮男孩"在划船机上，所以我在跑步机上慢跑了一会儿，看了看地球上的新闻，看起来没什么重要新闻。

所以我的"尽快"就是跑步和划船一英里消耗了250卡路里之后。我没洗澡，汗流浃背地就去了妲歌的办公室。

我走进去，随手关门，她的鼻子皱了起来。她没做任何铺垫，单刀直入地说："你听说过 ess-to-en 吗？"

"没听说过……是硫和氮的化合物吗？"虽然我这部分记忆不怎么靠谱，我也知道这不可能。

"这是我刚找到的一个研究工具，它极大地增强了声频数据收集中的信号噪声比。"

她总是随身携带的笔记本电脑放在书桌上。她戳了一下上面的一个按钮，然后清楚地传出我的声音："那是一种昆虫吗？"然后红开始用蜉蝣进行类比。背景声中有微弱的巴赫音乐。她关掉了录音。

"我全录下来了。"她说道，"行动超级缓慢的他者，行动更快的海卫一个体，以及红的秘密语言的基本原理。面对他们古老的智慧，我们这些蜉蝣的无助。"

"所以，现在你知道我所知道的一切了。你还是不能——"

"也许我知道的比你知道的多一点。你把你的火星朋友所说的一切都当作是纯粹的事实,我可跟你不一样。"

我要是一开口,就不知道自己会蹦什么怪话出来了,所以我只是点了点头。

"这跟所有人从海卫一看到的和听到的实际通信完全不同。我想这都是红编出来的。"

"编出来的?他为什么要那样做呢?"

"其实很简单,他对他的部落的权力,以及他现在对我们的用途,都取决于他所假定的语言的独特性。如果那仅仅只是另一种火星方言呢?我们的语言学家正在列出其他四种火星语的相似之处。有了足够多的语言样本,我相信红的领袖语,也能被找到语言规律。"

她根本不知道自己在说什么!火星语可不是什么"方言",就像汉语不是土耳其的方言一样。也没有语言学家能够用任何一种复杂的火星语,说出"2+2=4"。这些火星语有共同的音素,这一点倒并不是很神秘。

"我相信这可能是真的,"我听见自己说,"从理论上而言。但我需要的不仅仅是猜测。"

"当然啰。我知道你把他当作朋友,所以不会要求你背叛友情。只是试着客观地听听他说些什么——跟我一样持怀疑态度。尽量考虑一下这种可能性吧。"

"好吧。"在所有我能考虑的可能性中,有一种是妲歌终于彻底疯了。"但如果他说的是实情呢?我们不敢冒太大的风险,将你的理论公之于众。万一海卫一个体知道了,他可能会按下按钮启动打击装置。"

"绝对会,所以必须极其谨慎并保密。"

当我离开时，脑袋有点晕乎乎的，我弄清楚到底妲歌在玩什么把戏。

我不敢相信，她居然改变了对我的看法，相信在她策划阴谋时能获得我的帮助。但她确实完美地给我下了个套——不揭露红的致命秘密，我就不能告发她窃听的事实。

但是她可能是对的吗？"致命秘密"是虚假的，是精心设计的一部分骗局吗？

不会的。那需要与海卫一个体事先勾结好了才能办得到。

也许妲歌是在陷害我，让我做个双面间谍，让我监视红，然后她再向红告发我，让红失去对我的信任。现在我不能将此事告知红或保罗，不能冒着被人偷听的风险。

但我能把这些话写下来，我不愿意相信电子邮件或任何其他电子产品，但我还能消费得起几张纸。

我先给保罗写。在去洗澡之前，我整理记忆，把妲歌全部的复杂方案都写了下来，小字写满了半张纸的两面，然后我把这张纸折成小小的一块。

等我洗完澡回来，我跟保罗在大厅里见了面，当我们亲吻问好时，我把这一张折好的纸，悄悄塞进了他的口袋，他对我微微点了点头。

我花了几个小时，试图从结构语言学的方法中提取某些有用的规则，来理解火星人的通用语。一位地球研究人员曾做过很多关于鲸类动物交流的研究，我认为她用很多漂亮的图表和很没有说服力的类比，掩盖了她缺乏实际结果的事实。这两种生物都是通过重复的噪声模式进行交流，但是海豚主要是说"跟我去捕鱼吧"，或者是"让我们交配吧"。而火星人显然热衷于更抽象的概念。

保罗缺席了晚上的正餐，我和奥兹以及梅丽尔一起共进了晚餐，梅丽尔提及了妲歌。"真奇怪！发生了这么多令人兴奋的新事情，但她却看似怒气冲冲，而不是兴趣盎然。"

奥兹说那就是妲歌的做派，"她本质上是行政管理者，而不是科学家。管理者不喜欢意料之外的事情。"

我本来可以给她们提供几个数据支撑，但不得不按捺住自己的蠢蠢欲动。

当我回到住处时，我的屏幕上出现了一封幽默的、带有色情意味的情书：兔女郎。于是我刷完牙就去了保罗那儿。

我生平第一次感觉前戏实在是太长了，为什么他在这方面不能更像一只兔子呢？我可以看到自己的纸条和他的回复都摊在他的书桌上。

事后，他沉沉入睡，或者表现得好像睡着了。我从狭窄的床铺上溜下来，蹑手蹑脚地走到他的书桌旁，读了那张便条。内容全部使用大写字母书写，字体小而整齐：

她让你进退两难。也让我很难堪，假设她在我俩做爱的时候也录下了我们的"对话"。当然我会假作不知道她已知道，至少在她告诉我之前。

你认为她要么失去了理智，要么脑子里有个邪恶的计划。让我说说第三种可能性吧：她是对的。

我们只听了火星人的一面之词，就是他们不知道海卫一个体的存在。如果他在几年前——或者几十年或数百年前——联系过他们，并让他们发誓保密，结果会怎样呢？

我们的科学家不懂那些收音机、电视、立体视频接收器的工作原理，他者可能在地球发出第一个无线电信号后，就马上联系了他们，说:"外星人(人类)来了,你们现在必须如何如何。"

大多数的火星人,看起来都很直率并且诚实,但他们有几百年的时间来研究人类行为,看着我们不断地对彼此撒谎——此外你怎么判断一个火星人是否撒了谎呢?凭他50只眼睛里那种躲躲闪闪的神情吗?

如你所述,红要求你去歪曲关于他者的真相,然后又自告奋勇去撒谎,在隐藏信息这方面去误导姐歌。

我会说,很可能火星人一直对我们直来直去毫无欺骗之意,但是我们应该记住还有另一种可能性。

你可以利用姐歌狡猾的头脑,她也许能想出办法,在红没有察觉的情况下测试他。

我真讨厌她有可能是对的这种想法。

我睡不着,于是我吻了吻保罗,道了晚安,然后默默地回到我的住处。在那里,我记下他便条上所说的内容,然后把纸条撕成小块儿,搓成药丸大小,再喝几口水,就着水把碎纸片儿吞下去了。卡门·杜拉,好一台人体碎纸机呀!

同样的话,姐歌说起来听着就像偏执狂。而出自保罗之口,听起来就几乎是合情合理的了。我不得不再三考虑这个论点本身的价值。

让我们从头开始:

1. 红本不打算开始与人类进行接触。他只在必须拯救我的生命时才露面,这完全出乎他的预料。(但这种情形迟早会出现在某个人的身上。)

2. 火星人并不知道我会得肺囊肿——这需要他们提供拯救生命的干预措施。但也许他们确实知道会发生这样的情况——红肯定没有浪费时间，立即做出反应——也许他们撒谎说所有火星人都得过此病，也许这种疾病是在基因上专门针对年轻的人类动了手脚。

3. 红宝石激光对黄色家族成员的影响，证明火星人事先并不知晓海卫一个体的存在。（或者他们是杰出的演员。）

4. 他们自己也不知道他们的技术运行的原理。这是一种能自我修复的技术，始终存在。（或者这只是他们的一面之词。）

5. 要让欺骗起作用，所有火星人都得一直生活在谎言中。（或者只有我们经常接触的那十几个火星人是这样的——他们是由火星人自行选出的，而非随机选择。）

也许所有火星人都身处骗局之中，因为就我所知，对特丽和琼这样的人类调查员，她们接触火星人是不受限制的。

我终于睡着了，做了一个令人不安的噩梦。我在地球上参加一个正式的派对，就像画廊开幕仪式一样。我手里拿着杯子，像幽灵一样在宴会中穿梭，没有人注意到我。

除了一个高大英俊的男人，他一头红发，系着一条红领带，目不转睛地看着我。但当我向他走去时，他不知怎么的，后退了。镜花水月，梦一般消失得无影无踪。

严格说来，我们这边没有人是语言学家，但是乔西除了会说英文，还会说中文和西班牙语，而且一直在孜孜不倦地研究火星通用语。奥兹除了懂得挪威语，还懂得拉丁语和希腊语。在下一次跟红促膝谈心之前，我跟他们约好了"喝一杯"，以了解他们对火星语的看法。

我们在"小火星"上的饮食，大约有10%可以自行选择，90%由火星公司的专家掌控。他们可不会在我们有需要的时候，给我们送一瓶杰克·丹尼尔[1]威士忌酒。但我们有个装烈酒的大玻璃瓶，上面有电脑控制的龙头。让电脑扫描你的视网膜，它就会给你倒一到两杯所谓的"伏特加"。

那是从希尔顿空间站的垃圾中蒸馏出的纯酒精，加上一点酸橙味调味香料，再加入50%来自希尔顿下水道污水净化的纯净水。你可以把它和各种东西混在一起任意调配口味。我选择了浓缩葡萄汁和另一杯水，让它看起来像葡萄酒。

奥兹放了两块冰，又加了一滴"波旁浓缩酒"。乔西则把她的那杯"伏特加"倒进了一杯橙汁里。

"没有哪个人类真的能说火星语。"他说，"如果没有机械的帮助。有10或12个音素，只有蟋蟀或垃圾处理器才能发出那样的声音。"音素是构成语言的基本声音。

"他们有很多吗？我是说音素？"

"大约有70个音素，不像英语只有四十几个。不过，有的人类语言大概有100多个音素。"

"但是没用电锯帮忙，你也把这些音都念出来了。"不知怎么的，他的喉咙里发出了声音，就像香槟的软木塞从瓶子里弹出来一样。用这样的声音作为句子开头，他说，"科萨语[2]是个挑战。"

---

[1] 美国威士忌酒名，产于田纳西丘陵地，故也被称为"田纳西威士忌酒"。
[2] 非洲南部科萨族所使用的语言，也是南非共和国的官方语言之一。属尼日尔-刚果语系，班图语族。

"火星语几乎毫无重复。"乔西继续说,"人类的语言中不断出现 the 和 and 这样的词。如果火星语有类似的词的话,他们被隐藏得很好。"

"比那还糟糕。"奥兹说,"你认识地球环那边的波兰人吗?"

我告诉他我不认识。"他们正在分析声音,把我们听到的每一段火星人的语言都记录下来,然后把它输入电脑程序中计算音素,或者至少听起来是重复的声音。"

"有 8 种相关的声音,听起来像在清嗓子,比其他的声音出现频率更高。另外七十几种声音,似乎分布很均匀——出现的频率相近。"

"如果你把清嗓子的声音去掉的话,"乔西说,"听起来就像夏威夷语。"

"Wannalottanookie。"奥兹低声咆哮道。

"跟我说说吧,你一直在关注词典的编纂进程吗?"

"上一次我听说,他们还在原地打转转。"

"是的,毫无进展。就像他们从来不会用同一种方式说同一个短语两次,但他们懂得彼此的意思。他们无法解释原因,因为他们从来不需要学习他们自己的语言。"

"除了红。"

"他提出了他自己的一长串问题。"奥兹说,"他生来就会说所有其他的火星语,但后来不得不学习他自己的领袖语,那是其他火星人都不被允许学习的——包括我们。"

"我不知道为什么。"我说,"从一开始,这就是一个非常黑暗的秘密。"

"我们的语言样本确实很少。在来自海卫一的最后一条信息中,波兰人分析了那条信息。也许它有很大的不同，但样本太小，没办法肯定，是吗？"他看着乔西。

"738 个音节，其中四十几个是清嗓子的声音。我想，那可能是某种标点符号，音素类型的声音，和其他语言一样，但不像均匀分布。"

"波兰人对信息做了破解，我可以把破解信息发给你们。有些声音只出现了 2 到 3 次。其中大约 15 个构成了 90% 的信息。"

"所以红的领袖语，更像人类的语言吗？"我问道。

"那也是唯一一种有书面形式的火星语。如果你恭恭敬敬地问他，你觉得他会给你一个语音样本吗？"

"要不你就去扭住他的胳膊不放——或者扭住他的四条胳膊不放，追着他要？"

"当我在火星上跟他要时，他说那是不可能的，不是说'不能那么做'，或者'这是非法的'，而是说那是不可能的，就像在天花板上行走一样不可能。"

"不可能让你读，"乔西说，"还是他不可能给你看？"

"两种原因都有吧。不是他不给我看——其实他自己写的记录也属于他的家族，而不属于他自己本人——而且即使我看了那些记录，我也看不出他的笔迹。"我喝了一大口自制假葡萄酒，"当我试图逼他这样做时，他只是笑了笑。我甚至无法让他写下一个字，尽管他书写人类语言已经足够好了。但他说你不能用铅笔、钢笔或者毛笔来写，然后他笑了笑，改变了话题。"

保罗从梯子上爬了下来，"我想也许我能在这儿找到你，我把手机落在房间里了。你们是在聊关于红的事吗？"

"红和语言。"奥兹回答道。

"有个消息。"他一屁股坐在椅子上,"5到6分钟之前,火星人在进行交配。琼录了段立体视频,除开头的几分钟以外,录下了全过程。"

我尴尬一笑,"火星人色情片吗?"

"不管叫什么,只要你觉得好用就行,但有趣的是新生的芽不是用来替代死去的火星人的,而是用来替代在'小火星'上的那些火星人。"

"等一等,没有红的替代品吧?"

"甚至包括红。"他耸了耸肩,"事实上这很显然出自红的授意。我迫不及待想听听他的解释了。"

我看了看手表,"我跟他还有不到一个小时就要碰头了。来吧。你们也来。"我对奥兹和乔西笨拙地添上了后面这句邀请。

"那样的话人挤了。"奥兹说,"你可以晚点来找我们。"他伸了个懒腰,"我想,我需要小睡片刻,喝完酒就想睡。"

"我也想睡。"乔西说道,同时把还是半满的杯子,递给了保罗。"如果你不嫌弃我的细菌的话。"

"怎么可能嫌弃,喜欢还来不及呢!"他答道。

9. 反戈一击

我知道,在18点我们碰头之前,红将会忙着和一些中国的外星生物学家打交道,所以我没有提前去拜访他。我准时拜访了他,在他的门外我就告诉他保罗和我在一起，红说欢迎保罗。

当然，我们穿得很暖和。保罗在公司制服外面套了件旧羊毛开衫，那是他去新西兰买回来的纪念品。他还戴着一顶毛线编织的帽子，上面有跟帽子不相衬的雪人，那是他在火星上玩扑克牌的时候赢来的。我只多穿了件衬衫，然后在运动短裤外面穿了条牛仔裤，还用一块大手帕做了顶帽子，这还是我四年级做万圣节海盗时老爸教我的把戏。

当我们溜进红的房间时，气温下降了20多度，我们赶紧把门关上。

嗯，过了好一阵子，我们才习惯了昏暗的光线。

红在"小火星"上的住处类似室内花园。在暗淡的灰蓝色光线下，一盘盘蘑菇状的东西生机勃勃，他刚结束跟中国科学家的通话，靠墙的立体视频机仍在微微发光。

这里有很多种中性灰色的坐垫，形状不一，大小不一，散落在立体视频机前，是给来访的人类使用的。红朝那个方向做了个手势，"卡门，保罗，很高兴见到你们，请坐。"

我不知道他是否考虑过，访客坐着而他总是站在访客面前，这样居高临下带给他的那种心理优势。当然他考虑到了。

"我们刚刚听说了那件喜事。"我们坐下来后我说道，"在火星上。"

"挺有趣的委婉说法，地球上经常是这么做的。"

"你在要求你自己的继任者出生。"保罗说，"你会很快死去吗？"

他慢慢地耸了耸肩，"像你们一样，我随时都有可能死去，但是我催促有人接替我的位置的原因，与其说是出于哲学上的考量，不如说是出于经济上的考量。"

"我意识到我再也回不了火星了，其他在这儿的火星人也没法离开火星。费用很高，从维持生命的角度来说，而且我的离开，对公司没有任何好处。与之相反，其他人都不能像我这样与他者进行高效的交流。"

"而且对于火星来说，远离人民的领袖也极为不便。简单的是或否的决策，都有可能被推迟半个多小时。"

"以前会花好长时间呢。"保罗说。

"是的，谢天谢地，有了中继卫星，不过这些火星人的家族，应该有一位不会缺席的领袖。"

"那么你会是什么地位呢？"我问道，"等他长大以后？"

"下一任火星领袖会是'她'，我想我会担任一段时间的顾问，但我可能会把更多的精力放在与他者打交道上，而非操心火星事务。"

"这将是第一次同时有两个红色家族成员存活于世。"

"哈哈。如果你们不介意，我也不会介意的。"

"我的意思是，在所有你们的历史中，你们一段时期只有一位领袖。"

"下一位领袖会是她，她学习需要知道的东西可能会花上12个火星年，像我一样，也可能比我所学用时多几个或少几个火星年。等她学会了，我就会去地球，在那儿颐养天年。"

"一个火星人，恰巧知道秘密领袖语，以及能跟令人毛骨悚然的外星人之类的家伙打交道。"

"说的对，我不会忘记那种语言，我不知道我们火星人是否有可能会忘记一种语言。"

铃声响起，红对着立体视频，发出了类似亲吻的声音。显示屏中间出现了一个小正方形，上面也是妲歌·索林根的脸，背景显示她正站在门外。

"我能为你做什么吗,姐歌?"

"我刚听说……正在创造你的接替者。我想知道是不是能跟你谈一谈。"

"卡门·杜拉和保罗·柯林斯都在这里。"

"我知道。我不反对他们也在场。"

红把头转向我,我耸了耸肩。

姐歌穿着普通的短袖工作服进来了。至少她不打算待太久。

她开门见山地说道:"这件事看起来好像微不足道,但是已经有些人表达了对于礼仪的担忧。这样做的话……萌芽是否意味着你将不再是火星人的领袖了呢?"

"正如你所知,这总是一种生育后代的简化形式。我们不像人类那样繁衍,但事实是形成另一个个体,具备我的特征,让她变得不那么简单。如果要拿人类历史来做比较的话,我想我现在是个摄政王,哈哈,也是一个领袖。新的红将在拥有足够多的知识并足够强大后接管火星事务。"

"身体上的强大吗?"她问道。

"她的身体会很强大,但是不光如此,你应该说'她拥有领导才能',我想这种说法对于我们火星人来讲更为确切。她会在学习语言时,传承我所会的全部。"

姐歌目不转睛地盯着他,也许是在斟酌如何措辞。"我不知道杜拉是否告诉过你,我能够破译你和她之间的秘密谈话。"

"我还没来得及找时间告诉他呢。"

红的声音比平时响亮多了,"你有权这样做吗?"

"没有这方面的规定,正如没有规定你们使用什么背景音乐掩盖你——"

"胡说。"保罗说,"太空法是国际法的延伸。如果我们这里有监狱的话,我们可以把你关进监狱。"

"我认为你做不到,这么说毫无意义。"她看着红。"你说他者能对我们这样那样……我不明白你为什么要把这件事托付给这两个人,而不是寻求政府部门协助。"

"信任。"红说,"这是你们的说法。我应该信任你吗?"

"是的,如果你之前信任了我……就什么事都不会发生。"

寒冷的空气变得更为凝重,"所以发生了什么?"我几乎是在低语。

"为了从我的录音中提取你们的真实对话,我使用了一些工具,引起了安全部门的注意。他们要求我进行合作,并呈递了世界法庭的传票,要求我交出使用了那些工具的所有材料。"

"我们不在地球上,妲歌。"我说道。

"天哪!"保罗说,"如果走漏了风声怎么办?你可能会害死我们所有人。"

"别说得那么戏剧化。"她厉声答道。

红摇摇头,"他可能是对的,我想这只是个时间问题,但是我本希望这能拖到我死后再发生。"

"你强调过保密的必要性吗——我的意思是,如果他者知道了机密泄露,可能会有什么后果?"

"你说的话他们全都听到了,包括那些荒诞的威胁。"

"那就给你瞧瞧什么是荒诞的威胁。"他说。他摆出了一副我从未见过的架势:四只胳膊都伸直了,不住颤抖。"你想成为第一个被火星人杀死的人类吗?"

他朝她的方向走了一步,她就以令人吃惊的速度逃到门外去了。

她没关门,我轻轻地关上了。"我们该怎么办,红?"

他陷入沉思之中。"真希望我对他者能了解得多一些。我们的古老传统与他们的本性相关。但是关于这个特定个体,你知道的,跟我知道的一样多……好吧,有件事,听了不会让你觉得安心的。"

"什么?"

"你知道在他们的母星上,他者从技术上而言是长生不老的。也就是说,事实上,他们大部分的生命都像岩石一样静止不动,但他们时不时会复活,做些什么,然后再回到休眠状态。"

"而海卫一个体则不是那样的,因为他必须留在岗位上,直到任务完成。他已经活了 10 的 7 次方秒了,连续 27000 年没有休眠。"

"他嫉妒他在母星上的亲朋好友,因为他们能定期休眠。"

在黑暗寒冷的房间里,我骤然出了一身冷汗。"他想死吗?"

"死亡,或者回到他可以长久休眠的地方。我不确定他更乐意选择哪种状态,或者他没觉得这两者有很大的不同。"

也许这就是火星人对死亡抱有如此模棱两可的态度的原因,这可能反映出了他们的造物者对于死亡的态度。

"秘密有可能泄露,你是不是应该让他有心理准备?"保罗问道。

"正如我所说,我不确定,这可能只会让他按下按钮——或者他可能一直在撒谎。"

"我们还是别冒这个险为妙。"我说道,"让我们希望她的'当局'比她更为小心谨慎。"

保罗点了点头,但他的表情表明,他对此抱着多么渺茫的希望。

飞向火星

10. 特洛伊木马

不到半天，事情就有了结果。我辗转反侧无法入睡，于是4点左右就起了床，忙于回复来自家人和朋友堆积如山的邮件。当我正在给卡德写便条时，屏幕鸣响，一个红色的感叹号开始在屏幕右上角闪动。

我让电脑显示新闻，然后切换到《今日生活》，而不是《泰晤士报》。新闻标题的字母足有一英尺那么大，鲜红夺目，犹如闪光灯一样：海卫一怪物威胁地球末日！！火星中间人揭示一切！

我开始阅读这条新闻，但泪水一直模糊了我的视线。他们怎么能这样做呢？

电话响了，是保罗打来的。"抱歉吵醒——"

"我醒了，我看到了。"

"耶稣基督啊，我们现在怎么办？"

"我认为问题是现在他将做什么。"

"是的。该死的！我们在楼下一起喝咖啡吧。"

"会有人排队等候的。"我匆忙穿好衣服，把头发别在一边。

我到的时候他正端着杯子等我。我刚喝了一口，我们两人的手机同时响了。

是地球环的科学协调员伊尚·金贾尼打来的。"通告一下，我想让所有人，人类和火星人，都在45分钟以后于5:30集合。火星环的人，请到地球A室，地球环的人请到A会议室。恐怕这是生死攸关的大事。"

空腹喝了微温的咖啡，又听到了坏消息，我晕头转向。我在卫生间吐得翻江倒海，等吐干净以后我感觉好多了，但我的皮肤又冷又油腻，手也在发抖。

保罗从卫生间的另一头出来了,他的脸色不比我的好多少。

我看着我的杯子,"真希望能喝上一杯真正滚烫的热咖啡再去死。"

"最好现在就喝。"他重重地坐了下来,"对不起。"

"即使是黑色幽默,也好过一点幽默细胞都没有。"我看了看手腕,"我们还有40分钟。"我朝着通往我房间的楼梯点了点头。

"不,我不能。谢谢,但我真的有心无力。"

"其实我也没有性趣。"我擦干眼泪,"我真想杀了那个泼妇。"

"我们当时真该抓住她,把她扔给红,让他了结了她。"

"是啊。"我笑出声来,但听着一点儿也不像在笑。可惜已经无法改变任何事了。

说曹操,曹操到——我的电话响了,是红打来的,"卡门——通信中心说有一条信息,来自海卫一。我想,我们应该早点到地球A室去,越快越好。"

"我们在楼下餐厅。"我说,"到那儿碰头。"保罗点点头,站起身来跟着我上了楼梯。

只有奥兹和"月亮男孩"在我们之前抵达了地球A室。奥兹对着我不自然地笑了笑。"乔西很快就到。她需要多花点儿时间清醒清醒。"

立体视频是开着的,但却是一片空荡荡的蓝色。"红说他们得到了海卫一的一些信息。"

"也许会是'把妲歌·索林根的脑袋拧下来给我'。"

"不知道她会不会来。"

"不会来了。金贾尼发明了'本宅软禁',将她置于软禁之下。她被锁在她自己的房间里,与外界隔绝。乔西或我每3小时来一次,带她上卫生间,还给她送面包和水。"

"她会起诉的,如果我们中有人能幸存的话。"

"让我做品德证人吧!""月亮男孩"说。

"十多年来,她一直给我穿小鞋特意针对我。"我真想知道我们中有多少人曾在姐歌手下吃过苦头。

伊尚·金贾尼的影像出现在立体视频上,看着我们,"火星人还没到吗?"

"红已经来了,金贾尼博士。他说有消息?"

他点了点头,"五六分钟前就开始了。我们正在录——"他的影像突然消失了,屏幕被静电干扰,房间里的灯光忽明忽暗。

保罗本能地蜷缩起身体,"妈的。那是什么?"

"喂?"充斥着静电噪声的立体视频中传出了金贾尼的声音。然后他的影像重新出现在屏幕上。"那是……"他低下头,摸了摸耳朵。"哦,我的上帝……我们有画面吗?"

立体视频变暗了,然后出现了我们熟悉的景象:哈勃太空望远镜上行星照相机拍摄的海王星,一个近乎平凡无奇、毫无特征的蓝色球体。伴随其旁的有海卫一,形如小小的白色圆球,还有在屏幕上只是个小光点的海卫二和其他几颗小卫星。

然后,海卫一爆炸了。

白色小圆球突然化作了一团强烈的白光,越来越亮,然后屏幕因静电干扰而变成白茫茫的一片。

接着,屏幕又暗了下来,一个女人的声音说:"现在是实时画面。"过了好一会儿我们才明白这些话的意思。实时,没有记录。

当时的视角和之前一样,但海卫一被一个发光的圆圈包围其中。众目睽睽之下,这个发光的圆圈明显膨胀增大。

红站在门口，"发生了什么？"

"也许你可以告诉我们到底发生了什么。"保罗说，"你的他者显然做了件引人注目的事。"

金贾尼的影像重新出现在立体视频上，"爆炸亮度达到了视星等[①]-27。有个瞬间，它的亮度甚至超过了太阳。"

"距离远40倍。"保罗说，"所以在某个瞬间，它释放的能量是太阳的1600倍。他是怎么做到这样的呢？"

"也许红可以告诉我们。"金贾尼说，"这是他发出的信息；先说了几个英语单词，然后就是放慢了语速的火星语。"他朝画面外的某人点了点头，"我们已经为你加快了火星语的语速。"

大卫·布林克利的声音再次响起："当然，我监听了你们的新闻广播。最近的新闻迫使我做出决定。我很抱歉。但你们已经知道得太多了。"然后是一段加速的火星语，持续了大约2分钟。然后是静电的沙沙声。

红静默无语。"他做了什么？"金贾尼问道。

"他……回家了。"他的手臂环抱在胸前。

"他可能真的回到了自己的母星星系，也可能是死了。火星语的用词是一样的。就好比你说某人回归故里，他可能是回家了，也可能是被下葬了。"

"回家前，他摧毁了海卫一上所有的技术痕迹。他不想冒风险，导致技术被人类发现了并复制。"

---

① 天文学术语，是指观测者用肉眼所看到的星体亮度。视星等的大小可以取负数，数值越小亮度越高，反之越暗。

他停了一下，吞吞吐吐地用单调的声音继续说下去，"即使知道人类将很快从地球上消失殆尽，他还是这么做了，因为火星上的那100多人可能会幸存下来。"

我咽下涌到嘴里的胆汁，"他打算干什么，红？"

"他已经干完了。"他前后摇晃着身体，"我很抱歉。我发誓我事先什么都不知道。我没怀疑过。"他摇了摇头。

"不知道什么，红？"奥兹问道，"我们能做点什么吗？"

"我是个定时炸弹，特洛伊木马。他者想让我到地球上去，或者到地球附近，然后再启动激光信标开始毁灭地球。所以……如果事情发展不尽如他意的话，我会被迫成为地球终结者。"

"怎么可能呢？"保罗说，"即使你全身上下都变成了爆炸物——"

"我重约一百千克。通过质能转换方程，得到9乘以10的18次方焦耳。这相当于2000亿吨级当量的核武器。

"地球有望幸免，因为我们距离地球表面有2.2万英里远。但是核聚变并没有描述所涉及的爆炸威力。核聚变是造成海卫一爆炸的原因吗？"

"我猜不是？"保罗说，"不，当然不是。他者说了有多大……你能有多大的破坏力吗？"

"足以将我们所面对的地球一侧的海洋蒸发殆尽，将所对应的大部分大气层吹跑。这样我们背对的地球另一侧也会毁灭。"

"什么时候？"我问。

"几天之内。"他摇了摇头，"也许两天，也许三天。"

"能量不是来自这里。它会在邻近宇宙中制造出类似黑洞的东西。自从我们抵达火星，我们就一直使用这种装置了。"

"所有火星机器的神秘能源。"奥兹说,"水培农场的光源。"

"我想也是。直到今天我才知道这件事。但他者说有个像我一样能自爆的东西在海卫一上,它只停止充能几个小时,聚集能源以备爆炸。这将使爆炸上升几个数量级。

"恕我直言,红。""月亮男孩"说,"我们现在应该把你锁进飞船里,然后把你扔得越远越好。"

红表示同意,"那可能是最实用的做法。要么你们可以杀了我,要么我可以自杀,以防聚集能源的过程需要我活着。"

"但他者并未提及这两种可能性的后果。如果我死了或者离开'小火星'附近,我可能会提前自动爆炸。"

"这可能还是有可取之处,"乔西说,"如果他导致爆炸的威力减弱。我们……会死,但地球可以幸免。"

红点了点头,"我说不好是哪种结果。"

我试着像姐歌一样,带着怀疑倾听这一切。他者可能对红撒谎了,或者红可能在骗我们。"这可能只是一个测试。"我说,"他者在观察我们在极端情况下的反应。"

"如果他者是人类或火星人,我会说那是可能的。"红摇摇头,"他者不可能。我认为那种想法没有任何希望。'月亮男孩'是正确的,应该把我送走。但我不知道两天时间我是否能走得足够远。"

"我有个主意。"保罗说。他舔了舔嘴唇,直视前方。"让我们使用火星穿梭机,把红送到月球的另一面。让 3000 千米的固体岩石成为地球的防爆层。"

"哈哈。完美。我现在就去。"

"你自己没法去。你需要一个飞行员。"

飞向火星

"保罗……"

"我们不需要整架火星穿梭机,只需要火星着陆舱。我们会计算出弹出转移的正确时间,让它在那一刻分离螺栓脱开连接。我们弹出转移,然后屁股朝后弹出去,减速,最后找个地方滑行着陆。"

"这是自杀。""月亮男孩"说。

"不,我能做到。月球背面有很多平滑的区域。我需要几周的生命补给。下周,将有飞行员驾驶齐奥尔科夫斯基号出现。如果红没有爆炸,正好来接我们。"

"你不必亲身驾驶。"我说,竭力不让自己的声音流露出恳求的意味。"你可以通过虚拟现实技术驾驶。"

"恐怕不行,没有中继卫星。一旦我到了月球背面,我就会和这里失去联系。这是凭感觉的,看看就知道了。我有信心能成功着陆。"

红说:"如果你不能成功着陆,我们就会坠毁。这可能会引发爆炸,也可能会阻止爆炸。"

"你这么开心吗?"我厉声说。

"我们对死亡的看法不一致。"他说。我们在火星和"小火星"上都就此问题争论过。他援引人类哲学家塞涅卡①的话,说前137亿年他并不存在,他显然不介意这种状态。几个世纪的生命,宛若火花,绚烂而又短暂。然后他将会在接下来数万亿年内不复存在,就跟前137亿年一样,他也乐在其中。

"因此,有个解决方案。"他说,"保罗,如果我们只是让着陆

---

① Lucius Annaeus Seneca,约公元前4年—65年,古罗马政治家、斯多葛派哲学家、悲剧作家、雄辩家,著有《俄狄浦斯》《阿伽门农》等。

舱在月球背面坠毁，我们就不需要飞行员了。就把我看成货物吧，死亡对我来说无关紧要。"

我如释重负，"红，太好了！保罗，你不需要成为一个该死的英雄！"

保罗没有看我，但他也没看其他人。当他说话时，他就像在课堂上背诵课文："红，我很感谢你的好意。但太空飞行绝非简单的计算。火星着陆舱不是为这样的任务设计的。而且，在最关键的阶段，它将失去与外界的所有联系。"

"所以就让他坠毁吧！"我说，"他说了——"

"不。一种操作失误会让他坠毁，但其他大多数的操作失误都会让他留在轨道上。这和丢球不一样。轨道上的物体倾向于留在轨道上，至少在短期内是这样。只要红不在月球背面，他就是地球的世界末日机器。"

"飞行需要多长时间？"奥兹问道。

"我可以把时间缩短到一天，而且还有足够的燃料来进行着陆机动。"

"我们最好忙起来。"

"我能……我能跟你一起去吗？"

他面无表情，"不，亲爱的。最少的生命补给，最大的飞行机动性。"他走向我，把我搂在他的怀里。

他低声呢喃，说得很慢，很仔细。只有我能听到："我们共度了一段美好的时光，比大多数人都要幸福。"他的声音变得嘶哑，最后一个字化为了深深的叹息。

"你知道，我对死亡的想法跟红差不多。我爱你，如果这一切都要结束的话,我会遗憾我们本可以一起度过的那些时光——我已经开始怀念我们的燃情岁月了——但最坏的情形,无非是在那一瞬间,我会重返长眠之地罢了。"

我嘶声痛哭,除了显而易见的"我爱你",我什么也说不出来了。

11. 结局,开始

在最后相处的几个小时里,保罗和我都不再谈论那样的可能——一切太平,他将在几周后回到"小火星",就好像谈论它会给我们带来厄运似的。

不过,红还是转弯抹角地暗示了一下。我在通向火星穿梭机的气闸舱旁等着,他走过来,用一只大胳膊和一只小胳膊夹着一捆东西。那是他冒险登上火星表面时所穿的薄膜太空服。

"为了安全起见。"他说,"谁知道会发生什么。"太空服能保护他进行几个小时的飞船外活动或月球漫步,或者在火星穿梭机的生命维持系统关闭时让他存活一段时间。

保罗从气闸舱里出来的时候,看起来就像立体视频里太空部队征兵广告的模特。白色的太空服闪闪发光。他剃光了头,在头骨上贴上了感知触点。

我强装镇定。奥兹给了我几片粘贴式的强效镇定贴,但我想等到火星穿梭机发射后再用。

保罗放下头盔,隔着盔甲一样的太空服抱住我。这并不是我想要记住他身体的方式,他的身体掩藏在足以防弹的塑料材质后面。但我能想象那下面的躯体模样。

"你还记得我们相遇的那一天吗？"我说，"向鬣蜥扔石子？"

他笑了，"是的，我记得。"

"你认为你能成功登陆月球吗？"

"月亮可比鬣蜥大得多。"他最后一次狠狠地吻我，与我唇齿纠缠，然后退了回去。他没说再见也没道珍重。他只是专注地看了我很久，然后拿起头盔，穿过气闸舱。

当气闸舱关闭时，我往手腕上贴了片镇定贴。当砰的一声巨响传来，意味着他们已经发射时，我贴了第二片。

我们存有一瓶进口的波尔多葡萄酒，是准备将来庆祝用的。我拿起酒瓶，拿了很长时间，回忆着我们的种种过往。但我又把它放回去了，然后下楼去用葡萄汁掺乙醇自制了一杯葡萄酒。

我把酒带到了地球A室，几乎所有人都聚集在那里。我几乎希望他们把妲歌暂时放出来，看看她的盲目武断所带来的后果。

但我可能会说些不该说的或做些不该做的，我以后肯定会后悔的，如果还有以后的话。

哈勃望远镜显示，小小的飞船在明亮的阳光中漂流，偶尔有星星在背景中从容掠过。保罗与"小火星"和地球上的技术人员交谈，而红则不停地独白。飞虫—琥珀说，他显然说的是他专用的领袖语，是留给他的继任者的信息，或者也许最终是留给他者的。

酒精和药物让我昏昏欲睡。我吃了一个汉堡，因为我知道我必须吃点什么。然后我回到我的房间，闷头睡了20个小时，没有做梦。

飞向火星

　　我被自己的闹钟、电话和电脑屏幕的嗡嗡声和叮当声吵醒了。我心领神会,把它们都关了,然后去了卫生间,把水泼在脸上清醒了一下,用梳子梳好头发,去了地球A室。

　　他们没有使用哈勃望远镜,因为月球太亮了,无法在上面聚焦。奥兹说用的是夏威夷的一架望远镜。在它显示的画面中,火星着陆舱是一个小圆柱形,正在向月球边缘移动。

　　我知道它在减速,但画面上看不出来。

　　保罗的声音突然大了起来:"再过大约22分钟,我们就要开始在星球上降落,我想,说在月球上降落更为确切。21分钟。还有不到一分钟,无线电即将失联。"

　　飞船和月球的轮廓几乎是连在一起的。"嗯……我没有什么遗言。'坠毁'柯林斯的结束语。希望能成功着陆。姐歌,地狱见。亲爱的……亲爱的……好……"

　　好吧,至少姐歌会得到完整的留言,而我的留言则需要发挥一点想象力补全其意。乔西走过来,从一边搂住我,梅丽尔则从另一边抱着我。

　　梅丽尔抽泣着,"人们不会知道他已经有了这个绰号。"

　　画面切换到地球,一轮满月高悬在平静的海面上。也许是在夏威夷的山顶上,天文台就在那里。

　　似乎过了20多分钟,一个声音从立体视频机播放器传来:"还有一分钟着陆。"

　　我们屏住呼吸,足有一分钟。然后又等了一分钟。我们不知道会发生什么。

　　大约20分钟后,人们开始离开,回到他们的住处,或到楼下的餐厅，或只是四处闲逛。

出于某种理由，我一直盯着月亮，也许我希望自己在夏威夷，也许无思亦无想——不管怎样，我是少数几个真正目睹事情经过的人之一。

起初，月亮周围只有微弱的光辉，好像纤云笼月，影影绰绰。然后，突然天翻地覆。

看过日全食的人说这跟日全食差不多，但更壮观。光辉灿烂的光轮闪过半空，犹如天国之光。倏地，圆月中央出现了一个黑色的圆圈，相形之下显得极为昏暗。

静电的噼啪声和人声打破了寂静。"天啊！死里逃生。"那是保罗的声音，他还活着！

是红提出了这个计划，理智清醒的太空飞行员可能想不出这样的主意。

着陆后，保罗竭力控制着陆舱的滑行，不想让绰号"坠毁"成为现实。他努力寻找地势为"上坡"的地方，尝试让着陆舱尽量指向天空。

然后红就会离开。等他到了安全的地方，保罗就可以开足马力——越过地平线，试着回到轨道上去。等保罗从红的视线中消失，红会再耐心等待10分钟，然后打开他的太空服自杀。这样保罗就有充足的时间进入轨道飞行了。但时间不足以让他绕行一整圈，在红死去的时候正好到达红的上空。

我们原来假设红的死亡会引发爆炸，结果证明这个猜测是正确的。

保罗能死里逃生，一方面是因为他有逆天的运气，另一方面是因为他有高超的驾驶技巧。他可以用滑雪板在一定程度上控制方向，当

飞向火星

着陆舱的速度放慢时,他控制着陆舱向某个无名小丘的斜坡滑去。当停下来的时候,着陆舱上仰大约15度,没有障碍物挡路,一片平坦。

红已经穿上了他的薄膜太空服。他穿过气闸舱,小心翼翼地沿着火山口一侧往下走。等红发出信号表示可以了,保罗就加大油门。一飞过地平线,他就调整了飞行姿态,进入低空的绕月球轨道,等待着。

当爆炸发生的时候,保罗几乎被闪光弄瞎了眼睛。伽玛射线穿过着陆舱,他陡然浑身发热犹如火烧。他可以看到,在他身后,汽化的月球物质被炸上了天空。

那个救了他一命的小火山口该有个名字用以纪念这一壮举。但那个小火山口连同周边几百千米的一切都已经完全被汽化了,取而代之的是一个完美的圆形巨洞,比之前最大的陨石坑奇奥尔科夫斯基还要大。

我想他们应该管它叫"坠毁"。

所以每年1月1日,我们都会递交一份解除隔离的请愿书,而每年我们的例证都以不够充分而被驳回。但是现在有了直达火星的太空电梯,所以在隔离区内有很多非常便宜的往返交通。在"小火星"上待了5年之后,我们又回到了火星。有一颗行星在你的脚下——在你的头上也有一颗,这感觉真好。

奥兹组织了一个神圣理性离奇教会,这样他就可以让我和保罗结婚,而不会触动其他人的敏感神经了。我们打算要孩子的时候,还想着火星上已经有太多私生子了。

我们生了对双胞胎。我们给那个女孩起名叫"纳迪亚",意思是"希望"。她的中间名是"蜉蝣",我希望她长命百岁。这个男孩有相同的中间名。

版权专有　侵权必究

图书在版编目（CIP）数据

飞向火星 /（美）乔·霍尔德曼著；吴天骄译. —— 北京：北京理工大学出版社，2022.11
（火星三部曲）
书名原文：Marsbound
ISBN 978-7-5763-1661-2

Ⅰ.①飞… Ⅱ.①乔…②吴… Ⅲ.①幻想小说 – 美国 – 现代 Ⅳ.①I712.45

中国版本图书馆CIP数据核字(2022)第160967号

北京市版权局著作权合同登记号　图字：01-2022-4365

Copyright © (exactly as it appears in the US edition of the Works)
This edition arranged with The Lotts Agency Ltd.
through Andrew Nurnberg Associates International Limited

出版发行 / 北京理工大学出版社有限责任公司	
社　　址 / 北京市海淀区中关村南大街5号	
邮　　编 / 100081	
电　　话 /（010）68914775（总编室）	
（010）82562903（教材售后服务热线）	
（010）68944723（其他图书服务热线）	
网　　址 / http://www.bitpress.com.cn	
经　　销 / 全国各地新华书店	
印　　刷 / 三河市华骏印务包装有限公司	
开　　本 / 880毫米×1230毫米　1/32	责任编辑 / 徐艳君
印　　张 / 8.5	文案编辑 / 徐艳君
字　　数 / 180千字	责任校对 / 刘亚男
版　　次 / 2022年11月第1版　2022年11月第1次印刷	责任印制 / 施胜娟
定　　价 / 49.80元	排版设计 / 飞鸟工作室

图书出现印装质量问题，请拨打售后服务热线，本社负责调换